南　剛

空気のような世界、空気としての構造

カフカより孤独に

人文書院

まえがき

ドゥルーズしかり、デリダしかり、ベンヤミンしかり――どの思想家も、その書いたもののうちでは、カフカ論がもっともできが悪いと言いきっていいだろう。直接教えを受けた先生方しかり、親交のある友人たちしかり、だ。できそのものが悪いわけではけっしてなくとも、みんな、他の対象を扱った論考よりは、カフカ論がほぼかならず不出来だ、と言わざるをえない。

それらはじっさい、世のカフカ論の中ではたしかにすぐれた例ではあるとも言える。本文中（第IV部第八章第一節）では、歴史的に――ベンヤミン同時代と今のこの現代とで――パターンをもって最低最悪である、自然的および超自然的な例を、それとなく原理的普遍的、ゆえに網羅的に、指摘してもいる。

だが、通常流布しているような、いわばいたってふつうのうけとり方における言及や引用も、あるいはグロテスクすぎ、あるいはわかったふうに権威的にアートぱっていて、ほんとうは、もしそれがカフカなのならむしろそれが神経に少々さわる、そんなものにできれば触れずにいてすませたい、というお坊っちゃまお嬢ちゃま風の反応の方がまともであると言える場合がほとんどなのでもある。たんに朝起きたら世界の様子がかわっていたり、目的地にたどり着けなかったり、動作不全の処刑機械によって処刑されたり、引っ掻くように書きものにふけっていたり、ということがひとり歩きしては、具合が悪いのだ。だが、また、カフカの文章にそれが出てくることでもあるのだから、地道に原典に取りくみつつ論をすすめていると、しらずしらずのうちに、書きたくもないのである原典の細部の事実内容のまわりを論が堂々めぐりしかねなくて、困惑する（そしてじつそこで困惑すべきなのである）、という袋小路に、入りかねない、ことが、しばしば生ずるのである。——ここでは、長年の、そのときそれぞれの努力によって、どうにかそれをつねに避けることはできた論を提示し、カフカの、いわばあたりまえの姿、「あたりまえのカフカ」を、奪還することには、最低限成功していると思っている。

カフカについての考察を、それを試みたここ二十年ばかりの足どりもそのままとどめつつ——その足どりの少々の不整合を含めて複眼的な見方をしてはじめてカフカの姿はとらえうるのであり、その矛盾含みのものの提示のさい、その思考のたどった足どりがなかったらかえって全体像がわかりにくくなるとも思う——、全Ⅳ部十章に、編んでみた。分裂含みであるところをともかくまとめるのは、新稿の序章終章のみに託すつもりでいる。（またたとえば、通例、本や長篇小説の題は二重カギ括弧で短篇小説は一重カギ括弧のところ、初出時の執筆要項によりすべて二重カギ括弧になっている部分および同様に原題が文中にその章のみ入っている部分すら、それはそれで文のつながりになっていると考え、あえて本書全体による統一はしなかった。執筆時期のちがいによる訳文の不統一等も、残さざるをえなかった。）

第Ⅲ部は、そのころの執筆予定では、カフカの描写や書く出どころの実態を、それがストーリーとは別の実質的な救済をになうものとして扱って別に数編設けるつもりでいたので、それへのつなぎをなす間奏のつもりでいた。ところが全体構想が、そういう部分を必要としなくなったので、「描写や書く出どころの実態」を実質的にはすでにここで対象としている部分として、まとめることとした。（しかもなお、この第Ⅲ部が本書中で間奏的な内容・質のものであるにすぎないことはいなむべくもない。）「書くこと」や「筆致」そのものでの救済解決、というわけには、やはりいかないだろう。ともかく、この部では、小説とそれ以外のものの、カフカにおける共通の出どころを、——小説以外のさいの外界へのとまどい方もそれ自体有意味なものとしてでなくもっぱら小説を読むときの分析のために——提示している。(ムージルとの、「奇妙さ」のちがいを含む章も、そのためにここに組みいれている。)

ほんらいの構想の中心をなすのは、第II部だが、総論的・包括的・メタ記述的成果でもある第I部が、一章のみでそれと拮抗しつつ、やや別の観点からの見方をも含んだ読みを提供している。(第IV部第八章は、第I部の直前に書かれたもので、カフカを読む方向は相当に第I部と共通しているものだが、ベンヤミンのカフカ論を、ベンヤミンそのものとして細かく読みつつ、直接に扱っている。最後に書いた第九章、第十章を合わせて、この第IV部が、本書の中心部分をなす。第II部第四章は、第IV部第八章執筆の直前に、大幅に改稿して活字にした。もともと、第II部の三つの章は、博士課程在籍中の八六年、八七年、八八年に、その順で、博士課程の院生のデューティーとして年間一本ずつ、部内で発表を行なうために書いたものが元原稿となっており、それを改稿して、ややのちにそれぞれの場で活字にしたものである。その中でも第四章のみ、元原稿に欠陥が多くて、改稿に手間取った。というより、この全体のまとめ方を思いついて、やっと改稿してその中に当初予定の一角どおりの位置を占めることとなった。)

第II部と、第I部第IV部と、終章とで、三つの、ほんのちょっとずつ観点の異なるカフカ像を、ここに提示している。それらは、合わせ鏡のように、カフカのあたりまえの姿を、——多角的に——映し出している(はずである)。第II部では、カフカの作品の世界がもつ構造を、できるだけ、構造のかたちをなすものとして、描き出そうとしている。第I部では、それを含みこみつつ、その構造が、構造ではあること、しかし、いわば空気としての構造でしかないものであること、を、示している。そして、——それでほんらいメニューは完結してもいいところなのだが——終章でもうひとつ、『審判』の再読を経て、そのような空気としての構造と、『審判』の各章のあり方と、カフカ同時代の現実および現在の同時代日本の現実の中での、「法の社会的浸透」(『審判』はじめの方のヨーゼフ・Kの腹の中でのせりふから)のあり方を、重ね合わせてみるつもりである。第I部でいう空気のような世界構造は、むろんわれわれにとってこの現実の世界の姿でもあるつもりで述べてはいるのだが、『審判』の具体的再読をこのかん一度経ると、もっと細かいことをこの現実にかんしては述べるべきである気がしてきた（それは、第II部第四章や第IV部でなした問題提起とも、重なってもいるはずである）。その結果それは、ふたたび、やはり空気としてではあっても、より構造らしい構造でも同時にあるものとも、なっているかもしれない。

目次

まえがき

序章……11

I

第一章　空気と世界構造――ヘタうまカフカ――……27

一　空気のような世界構造――書く出どころと空気――　27

二　空気としての世界構造――空気と長篇――　34

三　ヘタうまカフカ――書く出どころと書くこと――　40

II

第二章　変成とカタルシス――『アメリカ』『審判』試論――……51

一　先行する世界把握変成　51

二　遅れてくる世界構造　56

三　世界観と目的意識　58

第三章　機構と彼岸の女性像――『城』試論――……62
はじめに　62
一　村と城　67
二　機構と幻想実体　73
三　戦いと彼岸の女性像　79
第四章　イメージの初源と終焉
――カフカ短篇小説試論　またはベンヤミンとともにみる必敗の回避――……87
一　形象論理と所与性――またはカフカの初期短篇――　87
二　イメージとストーリー――またはカフカの中期短篇――　98
三　謎と消失点――またはカフカの後期短篇――　101
III　（旧構想間奏）
第五章　女　へ――ムージル『合一』『三人の女』における愛と不倫――……109
一　カフカとムージル　109
二　愛の三項関係　114
三　物語の析出　120

第六章　空虚でたのしい走行……125
——カフカ「罪、苦悩、希望、真の道に関する考察」について——
一　小説以外の散文作品での論理構成　125
二　行為の抑制と是認　131
三　走行の成功の構造　136

第七章　凝固と反転——カフカの感覚と対象性についての斜視的間奏——……144
一　日常感覚と作品世界　144
二　凝固と二重身　150
三　反転の作品的実現　156

IV

第八章　真理と正義——ベンヤミンのカフカ論について——……163
一　世界の年齢（ヴェルトアルター）とはなにか　163
——ベンヤミンのカフカ論の完備性・構築性——
二　寓話とやり過ごし——カフカとカフカ論における救済の首の皮一枚——　173
三　太古と神話——ベンヤミン思想そのものにおける成果と問題点——　177

第九章　ベンヤミンのヘルダーリン論または『海辺のカフカ』……181
——「詩作されるもの（ダスゲディヒテテ）」をめぐって——

一　ベンヤミンの立論前提の再整理
——過去分詞一般の三重性と三相の圏域——　181
二　ベンヤミンのヘルダーリン把握
——根本的ただしさと原理的あやうさ——　192
三　村上春樹における「詩作されるもの（ダスゲディヒテテ）」
——傑作『ねじまき鳥クロニクル』作品圏と駄作『海辺のカフカ』作品圏——　198

第十章　カフカとベンヤミンにおける彼岸的なものの近代的位相
——超越論的世界と宇宙、あるいは思考可能性と論理総体——　204

一　カントと福音書とアメリカ
——理性宗教ならぬ超宗教と啓示のオイレカと独立独歩の良心——　204
二　カフカにおける論理的に彼岸的なもの
——「ことがらのさらに外なる全体者」とそこからの視線——　222
三　ベンヤミンにおける思考的に彼岸的なもの
——「メシア的なもの」と対応する歴史内現在——　227

終　章　235

注

あとがき

初出一覧

空気のような世界、空気としての構造

——カフカより孤独に——

のうのうと安心こいて威張るなよ。どんなご立派な安定した土台のうえに立っているつもりだか知らないが、てめえの立っている地面そのものは、ほんとうはぴたりとてめえの足の裏の大きさだけであるに、すぎないぞ。

（カフカ「罪、苦悩、希望、真の道に関する考察」二四番、南贋作）

自分の立っている地面そのものが、ほんとうはぴたりと自分の足の裏の大きさ以上であるということがないということは、じつは、しあわせなことである。そのしあわせを、理解するのが、よい。

（カフカ「罪、苦悩、希望、真の道に関する考察」二四番真作、南敷衍）

序　章

一

むずかしいことを、少しでもわかりやすく書くことが、批評の、――いや小説であってもものかきの文章の――使命である。

このたび、池内紀『ゲーテさんこんばんは』という本を見ていて、目から鱗が落ちるような気がしたことが、それにかんしてある。恩師の先生方のうちでも、池内さんによって目が開かれる思いをしたのは、じつはこれで二度目になる（以下、直接の授業での話は、研究室でそうであった日常どおり池内さん、ご著書の話は、著作への言及の中性的一般例どおりの方がたぶんよりあたりまえの敬意の表明となるはずで、敬称略、とする）。

一度目は、非常勤で見えていたまだ学部三年生のときの授業で、文学の解釈について、精神分析的解釈と、物語論的解釈とを、――ほかにもいくつか挙げられただろうがたしかその中でも両極をなすような例として――ちょっとそういったものを小ばかにしたような表情をなさりながら、挙げられた、ことによってだった。ちょうどそのころ、精神分析に――もっと言えばユング派の分析心理学に――凝っており、それを自分なりに受けとめるなかで、文学作品のストーリー自体が、ユング的にはいろいろな可能性のうちにもっと開かれてあるべきところを、作者によって、ことがら自体が求める論理としては恣意的にすぎないような決定をみている場合が多いのではないか、という、懐疑をいだいてしまっていたのだ。それが、池内さんのひとことで、まるでそれこそ憑き物が落ちるみたいにあっけなく、文学作品の読み方にそのようなたとえば分析心理学でクライアントに接するさいにあっての理由と帰結や原因と結果の束の非単一性などといったことを持ち込むのは、むしろそれこそが、勝手な思いこみによるつまらないひとつの解釈にすぎない、ということに、一気に気づいたのだった。それ以降、文学の論理、また、批評の論理——それらはまた当然、形式論理学や記号論理学における論理とは異なる——というものを、みがくことに、よろこびを見いだすようになった。

ところが、いま思っても、その池内さんが挙げられた精神分析的解釈と物語論的解釈のふたつが、まさに現在でも、ことカフカについてはとくにしばしば——そうでもしないとしかたがないといったぐあいに、あるいは気がついてみたらそうなってしまっているといったぐあいに——じっさいのところなお幅をきかせてしまっている（とくに、ユングはともかくとして、フロイトでないばあい、ラカンなら持ちだすのが大いばりだ、というやからもいるには、恐れ入る）。第八章第一節中でごく軽く批判しているのも、そのふたつであり、奇遇のようにも感じる。

二

『ゲーテさんこんばんは』で池内紀は、ゲーテの、ドイツ文学研究者一般の間では非常によく知られているような、種々の恥ずかしいまたは馬鹿馬鹿しいエピソード（それに対して通常、ゲーテ研究者は、下の下だとゲーテ金科玉条主義者の昂然たる却下のしかたをし、中の中だとそれはそれで自分のえている歴史的文脈の記述のうちであたたかい笑いのねたのなかに分解し、上の上だと大きな流れの歴史そのものとゲーテの思想との種々の姿をとった葛藤の読み解きのちょっとしたアクセントにうまく使い、といったことになるのであり、下の下と上の上の間にはむろんさまざまのヴァリエーションが現に日本のドイツ文学研究の学界にごろごろ実在する）を、「こんばんは」というぐあいにちりばめている。

そのとき、しかし、奇妙なことがおこる。（だがまさか、それをきちんと読みとって、それを評価するゆえ、その本が、売り上げをのばし、ドイツ文学研究界でない京都の大御所学者四人の選考にかかるさる学芸賞を受賞したのであるとは、とても考えがたい。）

池内は、恥ずかしいエピソードのうちにあるゲーテの気分、感情を、われわれはまた歴史的事象としてもすでに必然的に知識を持っているのであるその時代から、われわれの同時代のうちへと移しかえ、それによって、さぞかしゲーテもこの輩には往生をこいたことであろうとかゲーテはこのさい彼自身のヴィヴィッドな欲求としてはこういうことをまわりのうけとり方に要求していたのだろうとかいう、「こんばんは」の具体的な諸側面が、導きだされるのである。まるで、――ここでは事象内実も真理内実も関係ないからこれはただの形態だけからいうたとえだが――ベンヤミンの「ゲーテの『親和力』」において書かれる事象内実と真理内実について、事象内実の方はのちの世にとっては過去のものとして目をひく自明のものとなるが真理内実はかくれたままだからという理由で、書かれた時代にはくっついていた事象内実と真理内実が、のちの世にとっては分離する、とベンヤミンが言うのの、裏を行っているかのようだ。つまり、いわば、事象内実自体をゲーテその人の分のみは現代のものへとおきかえることにより、そこに、それとふたたびくっついたかのようである、現代の気分のなかでよくわかる模擬真理内実が、自動的に注入され、それが、「こんばんは」といって戸をたたくと、すなおな顔をして現われてくるのである。

これがことがらの裏、そして、そのさい、ことはベンヤミンの真理内実の裏を行っているとすれば、ここには、さらにことがらの裏の裏がある。そのことがらの裏の裏は、ベンヤミンの真理内実の裏の裏を、行っているようなぐあいになる。それは、池内自身にとっての、池内自身が、どう「こんばんは」とここに現われているか、ということについて、言っているのだ。

つまり、ここで、カフカも、ゲーテも、柴田翔（研究書『内面世界に映る歴史』やまた読み物でもそれと等質な『詩に映るゲーテの生涯』の著者）も、この『ゲーテさんこんばんは』に対して、あきらかに、「こっち」の側にいるのである。「こっち」とは、端的に、「売れていない」ということである。もちろんそれなり以上には当然売れているご著書に対して売れていないなどと失礼を申し上げて恐縮なのだが、柴田翔のそれらの研究書や読み物がロングセラー『されど　われらが日々――』のような売れ行きをするはずがないし、またいかにそれこそ世界的ロングセラーであろうとも、カフカもゲーテも、現在の日本の書店での売れ行きそのものでいえば、「さっぱり売れない」作家であるのは自明である。また、「売れていない」ことを「こっち」と称するのは、「売れている」方がたとえば非現実的で足場のない「あっち」だからではない。むろん「売れている」方が、現実に足場をもっているのである。「こっち」と称するのは、ひどく僭越ながら、この文章そのものにとって、そしてこの文章の書き手の主体にとって、カフカもゲーテも柴田翔も、「こっち」にいる、そして池内紀は「あっち」にいる、というつもりなのであるにほかならない。批評のたくらみとしてあえて一定の評価をなすにも足るのでもある、『ゲーテさんこんばんは』のこの「裏」のしくみは、しかしそれが「こっち」ではなく「あっち」にある質を、明白に物語っているのだ。

「こんばんは」といって、この「裏」のしくみで、ゲーテが、「真理内実の（冗談的）裏」として現われ出ている――それと同時に、それとまったく同じ手法によって、当然、この「あっち」の池内紀自身が、著者池内紀自身の意識にとっても、そしていまやこうしてこの「裏」を見ることができている読者全般にとっても、「真理内実の裏の裏」として現われ出ている、ことになる。これが、ことがらの「裏の裏」の事情である。

三

「むずかしいことを、少しでもわかりやすく書くこと」とよく似ているかのようで、明らかにそれと正反対のことがある。それは、「きわめてわかりやすく書きあらわしえないことは、書こうとはしない、それどころか、考えようとすらしない」ことだ。「むずかしいことを」という仮定の部分が逆だから、ことがらの意味内容も、一見よく似ているようでじっさいには正反対になるのである。本とは、当然、前者の条件を満たしているもののことをいう。

四

「むずかしいことを、少しでもわかりやすく書くこと」が、「こっち」をなし、「きわめてわかりやすく書きあらわしえないことは、書こうとはしない、それどころか、考えようとすらしない」が、「あっち」をなす。「こっち」の定義は、「売れないこと」だったが、前者は少々のブームにはなりえても、現今の日本の「本屋」の店内風景の大勢に影響があるほど爆発的に売れはしない。「本屋」に並んでいる、「売れる」「本」は、当然後者の条件を満たしていることになる。

五

さらに言おう。「よい文体」とは、「むずかしいことがきわめてわかりやすく書かれていながら、しかしそれよりほんのわずかにまさって、もっとむずかしいことが考えられ、書かれようとしている文章の文体」のことをいう。その、「ほんのわずか」が、ここちよい知的緊張感となり、読書のスリリングさとなって、「よい文体」の内実をなすこととなるのである。

これはむろん小説の文章にもあてはまる。

六

ついでに言おう。カントの第二批判における、「善の定式にみずからこのんで従おうとするということ自体が、自由ということをなす」という、通常は自由と逆のような内容を自由の定義としている馬鹿馬鹿しい部分は、ひとつの読み方によってのみ、意味のやっとわかる、そしてそのとたんにきわめて有意義な、ものとなる。つまり、「いまあるままの私が持ち出さんとする、私にとっての個性的なきまり」などではなく、「私が本来ありたい私にとっての、節操」にかなうことが、私にとっての自由である、ということだ。(ただしこれはベンヤミンとカントをめぐる論集の本文ですでに展開した内容である。)

もっと言えば、「私が本来ありたい私にとっての、節操」を求める装備ができている場合以外には、この世の中に、「個性」はない。それは端的に、「もっとむずかしいことが考えられ、書かれようとしている」場(もしくはそれと同等の芸術的な磨きこみと結実の場)を経てえられる装備であるにほかならない。そうでない場合にうそぶかれる「個性」とは、ただのお仕着せの意匠(たんに表面的な衣装だと指摘しているにすぎないのではもちろんなくて)であるにほかならない。「いまあるままの私」、とくに、昔からだれでも十五歳ぐらいでやっとまともな本をぽつぽつ読み始め急速に知的に発達していって十八歳ぐらいでちょうどスタート地点であるゼロレベルというべきところに到達するものであるが、その、十八歳未満の段階では、「個性」は、萌芽としてしかない。(現今の日本で、ティーンエイジャーたちは、大人のほとんどだれもが「なぜ勉強しなければならないか」という問いに答えられないことにいらだっている。むろん、つい最近までは、それはその問いをたんに無駄な寝言として無視してすませるということが社会のリアリティーであるような、問いだった。現今の日本ではしかし、「個性」というもの自体を、また「本」というもの自体を、社会の全体がまちがえて、多くのティーンエイジャーたちの無為な日常をわざわざ受けいれて待ち、それによってしかし、それ以上にほかならぬそのかれら本人たちのやりどころのないいらだちを、総体的に誘発している。）

なお大急ぎで補足しておけば、この序章では、ほぼ第三節と第五節のみが、それ自体、「よい文体」である。（それをひとことで指示できるようにこのあたりの節はあえて小分けにした。）この第六節自体、すでにそこからもれる（これはこれで簡潔な社会的処方箋ではあるのだが）。それに対し、全Ⅳ部の本文（第Ⅲ部以外）は、全体に「よい文体」のつもりである（また終章の主要部分も）。少なくとも、その資格をそなえていると思っている。

七

わかりやすい文体、むずかしい文体、よい文体、について、このところかなり悩んでいた。とくにこうやって、論集をまとめようということになると、なおさらそうだった。それを、池内さんが、ふたたび、目をさますほど、一気に教えてくれたのだった。

またこれにより、同じく池内紀『カフカのかなたへ』のモチーフも、よりわかるようになった。『カフカのかなたへ』は、『ゲーテさんこんばんは』と同じ側にあり、カフカにとっては「あっち」にあるのだ。（たぶんそれによってお苦しみになってはおらず、むしろ看板にいつわりなくちゃんとそれをお愉しみになっておられるようだから、それはそれで、まあけっきょくそのいまあるがままで構わない、のだろう。）

八

カフカもゲーテも、そしてさらにベンヤミンも、「こっち」側にいる。そのベンヤミンを読むときに必要とされる厳密さと、カフカを読むときになんといっても問題になる、読みの勘のようなものとは、部分的に重なってもいながら、また少々異なってもいる。

早い話が、ベンヤミン自身、かれのカフカ論において、ときにはかなりの、読みちがいをしてもいるのだ。ベンヤミンをちょっとはなれて、久しぶりにカフカの原典にあたってみたりすると、その前者を思いがけないほどつよく感じたり、ベンヤミンを読んでいるときには見すごしていた後者の例にまたひとつ急に気づいたりする。

ごくごく最近気づいた、ベンヤミンの読みちがいの例は、『審判』第八章でフルト弁護士が、「被告人たちはみんな美しい」とヨーゼフ・Kに対して言う箇所についてである。犯した罪や、これからくだされる罰が、被告人たちを美しくしているのではない、なぜなら、全員が無実でなくてじっさいに罪があることはありえないし、また全員が処罰されるということもありえないからだ、だから、なんらかのかたちで被告人たちにつきまとっている訴訟手続が、かれらを美しくしている、と考えるほかはない、とフルト弁護士は言うのである。ベンヤミンは、これをかなりまにうけて、女たちにおいてでなく「むしろ美はカフカの世界ではもっとも目につかない場所においてのみ姿を見せる」と述べている。だが、そうではあるまい。そもそも、『審判』を読み直してみると、各章ごとに、およそへんてこな世界像が、その像のなかではしかし表面上の論理のつじつまがきっちり合っているぐあいに、いろんな場面をもちながら、ヨーゼフ・Kの刑事訴訟の手続をめぐって、作りあげられている。その、へんてこでしかもいちおう無矛盾の像の種々相の造形、細かい書き込みに、カフカは苦心し、工夫をこらしている。そもそもおよそ、へんてこであるような世界像の造形というものは、設定をいくらでも勝手に作ってもかまわないということでもあるから、いくらでもどうにでも作れそうなものでありながら、じっさいには、ことが荒唐無稽になりすぎたちょうどその箇所で、「などなど」ですむことになってしまうから、さらに書くことが維持できなくなってしまい頓挫するものである。『審判』ははじめからそういうことにならないように、巧妙に「自然らしさ」を彫琢しぬくことを積みかさねていっているのだが、それでも、ある章ある章の題材ごとについては、ちょうど、現行の各章の内容ぐらいのところで、そこを超えると「などなど」に転落する頂点の一歩手前まで書いていっているのである。それが、しかし、題材の局面をまたちょっと変えると、話に読者がついていけるものなのであり、かつ、それぞれの局面がまさしく合わせ鏡のように、作品全体の「自然らしさ」を、――そしてそれにより作品世界がもつ世界としてのリアリティーを――さらに巧妙に演出する、ことになる。――カフカは、『審判』の内容を、各章でぎりぎりまで展開しているのであり、その結果、各章の関係では、こういうことを行なっていることになるのだ。そして、その、「ぎりぎりまで展開する」とき、各章には、「よりによってそこにつかないそんなことを作者はここに生じさせるのか」といった、面白おかしいアイデアが必要であった。「被告人たちはみんな美しい」とは、まさしく、よりにもよって「美」などがもっとも関係ないところで、そんな「美」などということを、作品自体としても読者に対して面白おかしく持ち出し、また登場人物フルト弁護士としてはヨーゼフ・Kがさぞかしおったまげたであろうぐあいに作内にそれを持ち出してきてそのこと自体がまたさらに二重に面白おかしい、という結構を、なしている場所であるのにほかならない。(もしくは、それをまにうけていることを批判して言うなら、「であるのにすぎない」。)

しかし、さらにいえば、これをまにうけて読むこと自体、ふたたび、ある意味でそれはそれで正しい、とも言えることに、なってくる。なぜなら、ここにおいて、「そこにつかなさ」は冴え返ってきわだっており、それが、まるで、この被告人たちの「美しさ」がそこでなんらかの鮮烈な意味をもっているかのほどに、強烈な印象を与えるからだ。それを過去においてまにうけざるをえなくなった商人ブロックは、すでにこの場面においてフルト弁護士に犬のように屈辱的に服従し、この場では「そこにつかなさ」に呆れかえっているヨーゼフ・Kも、もっとあとの章では、これをどこかでまにうけてしまっているのと同断に、勤務先の銀行の業務をまるっきり上の空でおろそかにしてしまっている。「そこにつかなさ」を逆に鮮烈な意味をもつものであるようにまにうけてしまうことが、その、服従自体、屈服自体を、ちょうど象徴している。被告人たちが、ことがらとまったく関係のないはずの、「美」に見えるのは、じっさいにまた、ことがらそのものの方がそれほどまでにおろそかになって、関係のないことにおいてのみ、いわばカントの美の規定の一部たる「利害関心がない」ところにおいてのみ、血道をあげて、ポイントをじっさいにあげてしまっていることであるに、ほかならない。カントとの冗談のようなその符合自体、あまりにもことがらの本質に関係がないところへと、しかしうまくいったギャグにさらに雰囲気がおまけをつけてよこすように本質的には無縁なことがらがそっちの方から触手をのばして、表面上のみの関連をもつかのように、ギャグの利子が生じているものである。

ここではいわばまだその、まにうけることへと屈服していない主人公ヨーゼフ・Kになりかわって、慧眼な読者のベンヤミンが、先回りしてそのみごとさを、まにうけてしまったのだ。

九

カフカを読むにおいてもむろん必要とされる厳密さと、それがたんに厳密ということと一辺倒ではいかない面を含むものでもあることの、微妙さの例をあげておきたい。それは、とくにアフォリズムにおいては決定的でもありうるが、小説においてもまた検討すべき面ももつ、問題である。

それは、この世界が、その全体以外のところにも、別の或る全体に相当するものをもつものであるとするとき、それがこちらの全体の中にいるわれわれからは、どのように論じられうるのか、という問題である。

たとえばカントの第一批判にとって、時間空間というもの自体が、人間の認識能力の側での直観形式であるにほかならない。カントは、その時間空間の制約を超えての、感性的内容を直接に認識し終わっているぐあいにくまなく把握し尽くすような、神だったらそれが可能なような認識可能性を、知的直観として、人間の能力においてはとざされているものとして退ける。ところが、まさに、「神の知性（インテレクトゥス、カントの用語における悟性）」にはそれは可能なのであり、しかし、神についてなにも語らぬではないカントは、神がなす認識の分析に空想的に筆をすすめるようなことはしない。

だが、たとえば聖書の楽園や、知恵の木の実と生命の木の実、などの原理的な考察を考えの手がかりにして、人間にとってのこの世界の全体よりも外のところにおいて、救済の可能性を論じる場合、それは、この世界の中での言語使用においては、論理的に、可能性は「ない（この世界にはたしかにない）」ものとしてあらわれてくるのか、「ある（論理の仮定のうえにのみだったら論理にとっての世界としてその別の世界の場自体がたしかにある）」ものとしてあらわれてくるのか。

カフカは、そのような楽園や生命の木や知恵の木についての原理的考察を、あだやおろそかにはせず、厳密に扱おうとしている。しかも、そこには、この、無限をひとつ分飛びこえるかのような矛盾が、つきまとってもいる。少なくとも、カフカがそこでも厳密であるような部分において、表面的には矛盾に見えてしまうような考察モチーフを、断片のアイデアの記述においてはとくに、残してしまっている。（ただし、これらの点においては本書第十章においてさらに議論を展開する。）

十

柴田翔『内面世界に映る歴史』附論第四章「反文化としての芸術または全体小説の偽造性について」は、「人間にとって世界の総体性は全体としてではなく、常に無限としてのみ現われる」（筑摩書房、一九八六年、五一五ページ）ということを前提としつつ、「無限の連関としての自然と人類史」に対し、「構造としての文化（連関を日常的に把握可能なものにし無害化するもの）」、さらにそれに対し「反文化としての芸術（無限の連関へむけて開くもの）」という構成で、認識能力（しかも認識内容が充足されたかたちでの）と文化と芸術とを関係づけている。「反文化」もまさにそのとおりであるが、はじめの「無限の連関」も、人間の文化が人間以外の自然を題材にして把握をなす、という手合いの素朴な世界観に対して、きわめてもっともな、異議申し立てとなっている。そのような素朴な世界観においてならば、自然に対して適用される人間の秩序づけの側は、整序された構造体をなすことになるが、じじつはまさにそうではなくて、われわれが認識を行なうばあいの認識対象自体に、既存の人間の諸観念はすでにすべて整序されてないかたちで溶けこんでいるものとして現われているのであるにほかならず、それは、認識にとってそのつどとらえなおされるべきものとして、認識対象の側に、自然と重なりあって、あるからだ、との解説も、柴田はそこに加えている。それは、認識内容が充足されたかたちでの認識能力という、いわば必要な場面のみから始める場合の正確な認識論に（そして一般的にも重要なコメントに）なりえていることに、たしかになるだろう。

だが、その説得力にもかかわらず、気づいてみると、そこに小さい必然的な困難（反文化の成立にはさらにそのあとの立論の展開をなす大きい必然的困難があるのだが）が、ありもするのである。それは、巧妙に、この「文化」にいまだおさまらない「連関」の重なりの要素をなす場合には「人類史」ということばが用いられ、他方、

「構造としての文化」の方では、「文化」の実例として、共同体ごとに実態の異なる把握法の網目のあり方が念頭に置かれることにより、一読上はなんの差しさわりもなく回避されている――がしかし、「人類史」が認識にとっては対象の無限の連関の部分にふたたびどんどんくみこまれていく駅亭の例としてあげられている「法律」、「法哲学」や「法律史」、「法哲学史」や「法律史学」は、ふつうに言えば、まさしくそれが、「文化」の例でもあるのである。

そもそも、ことが、はじめから、(とらえ尽くした)「全体」と(把握不可能であり限界に到達不可能なものとしての)「無限」の話をめぐって言われていることから、この小さい必然的な困難は生じているのであり、芸術の成立がもつ大きい必然的な困難よりも、それは根元的であるともいえるのだ。

無限を外からとりあつかっているかのような、カフカの考察については、具体的には、第十章と終章で、さらに話を進めたい。そこでもしかし、より重要な焦点は、当然ながらこの世界にこそあるのであり、無限の考察も、たんにこの世界の考察と相関しているものであるにすぎない。

I

第一章　空気と世界構造

——へタうまカフカ——

一　空気のような世界構造
——書く出どころと空気——

カフカの、短篇長篇、初期中期後期をとわず、すべての作品は、ある空気で充満しつくされている。それは、ものすごく濃密な空気である。作品は、その空気によって充満しつくされているというよりむしろ、その空気のみから、作品のすべてが生じているかのように見える。また、その空気から発生したかぎりにおいて、まるで、作品はついにその空気がどういったものであるかという以上の世界をもたず、その空気以上の世界を構成せず、いわんや、世界構造などというものをなしてなどいない、と見ることが可能であるかのようである。それは、ベンヤミンによれば、「村の空気」というべきものである。(もっともベンヤミン自身、それを、ゾーマ・モルゲンシュテルンのベンヤミンとの会話においてのことば「カフカにおいては偉大な宗教の教祖みんなにおいてと同じく村の空気が支配している」[1]としてひいたあとで、それに基づく一連の部分の論究を発展させている。ベンヤミン自身によるモルゲンシュテルンのその発言のメモも、別に残っている。[2])

なにしろ、「田舎医者」にせよ「隣村」にせよ、あるいはあの『城』における城のふもとの村にせよ、じっさいにカフカに登場する村の姿には、だれもがたしかにそうだ村だったとぴんときてじじつたちどころに思いうかべるにことかかない。だが、村の空気によってすべてがおおいつくされ村の空気それ自体がすべてを発生させているかのような印象は、ベンヤミンがその前後三度にわたって言及する、中期の短篇「中庭の門のノック」（一九一七年執筆）において、もっとも迫力をもって成立するといってよい。そこでは、自分自身ではなく妹が、ある門をはっきりたたいたともかぎらずたたいたかもしれないという可能性だけが、なにやら致命的な事態そのものを、まるで粒子からなる煙の不透明な気体がわきたちながらかたちをどんどんかえてうずまくように、その先へ先へとわきおこしていってしまうのである。

夏の、暑い日だった。わたしは妹といっしょにうちへ帰る途中、ある中庭の門のところを通りかかった。妹がいたずらごころで門をたたいたのか、それとも不注意でか、それともこぶしを振り上げてたたきそうにしただけで全然たたかなかったのか、わたしはわからない。百歩先の街道が左に曲がるところで村がはじまっていた。わたしたちの知らない村だったが、はじめの家を過ぎてすぐ、人々が出てきて、友好的に、だがまた警告するようなようすで、おびえたような様さえして、驚いて身をかがめながら、わたしたちに手招きした。彼らはわたしたちが外を通り過ぎてきた中庭を指して、門のノックのことをわたしたちに思い出させた。中庭の持ち主はわたしたちを訴えるだろう、すぐに調査がはじまるだろう、というのだ。わたしは落ち着き払っていて妹も落ち着かせようとした。彼女はきっとまったくノックなどしていないのだ、もししていても、こんりんざいどこにも、その立証などない。わたしは相互に納得がいくよう、人々に対しても同じことをこころみた。彼らはわたしの言い分に耳を傾けたが判断を示そうとはしなかった。あとから彼らは、妹だけでなくわたしも兄として訴えられるだろうといった。わたしはほほえんでうなずいた。わたしたちはみんな、遠くで煙があがるのを見つめて炎があがるのを待っているときのように、中庭をふり返って見ていた。

するとじじつ、まもなく馬に乗った人たちが広く開け放たれた中庭の門の中に駆け込んでいくのが見えた。ほこりがたちのぼり、すべてをおおいつくした。高い槍の穂先だけがきらめいていた。そして一隊は中庭に消えるやいなや、そのまま馬を返したようで、もうわたしたちの方に向かう道にいた。(3)［下略］

（「中庭の門のノック」）

知りもしないどこかの世界の片すみにも、いまのいままでそこに世界の耳目を集めるような何ごともなかったら我々が忘れ去っていたような、そこの不思議な半現在的な司令部が強硬な軍事指導をしていたり高官が戦闘地域の激励に訪れたりしていなどもするのであり、この村の空気はそれと直結している。また、われわれの日常においても、なにかの法的な機構の、誤作動、というよりもむしろ、およそひとが過信しているのがおかしいのであって予断を排除したその機関の徒手空拳からの証拠集めはもともとそのような無細工なものでしかありえない杜撰な正常作動が、あるいはまたそういうハード的機関すらともなわないなにやらあやしげなひとびとのその場かぎりでの共同意志の無残にも因業な作動が、突然、その牙を剝き出しにしないとも、いついかなるときも、むろん、かぎらないのである。どちらも、上下をひっくり返したばかりの砂時計の、上に溜まった砂の上面のまだ平坦な平面が、総括的には数分のうちに一粒残らず落下することはまぬがれえないがそれはそれとして砂粒同士の流体力学的には、多変数の微分方程式を構成せざるをえないためミクロ視においてはどの粒とどの粒のどういう関係によって崩れていくのか解が求められえないことが論理的に証明されうるはずの、その、ミクロ視における、偶然そうなったのでしかありえないその都度の連鎖的な没論理的関係によって、崩落する具体予想例のようすのようなものだ。その過多変数微分方程式のような流体における事情には、事後的にはみまごうべくもなく唯一それのみが事実であるものとして確定した事実を、事前という方向から読みかえるような、同じ確定度のことばは存在しないし、ミクロの側から確度をあげる作業を積み重ねるというやりかたによってでは、マクロ的に当然な事実に到達するすべは、原理的に、もっと言えば原理的にこそ、とざされているのである。

ベンヤミンは、この空気を——この村の空気を、カフカの書くもの全体へと向けていちど還元し、そしてそれをふたたび等質な具体箇所に抽出しなおして、見せてくれる。その結果、これはカフカにおいて、なんら偶有的な事態なのではなく、本質において、これがカフカの作品全体をおおいつくす濃密な空気なのであることが、言いあてられてしまう。それは、同時に、カフカ自身をとりまく、カフカが呼吸し、持ちこたえなければならなかった空気なのであり、そこを出どころにして、カフカの作品が出てきた、いわば書くより前のカフカの思考世界の生理ともまた一致する地点でもあったのだった。同じ、村の空気が、カフカその人を、またカフカの作品を、覆いつくしているのであるに、ほかならないのである。

カフカにおいて、しかし、一見これと似たたぐいの事情であるかのように見えるある種の事態は、これと比べるとまったく深刻でない、表面的な現象である。たとえば、ごく初期の『ある戦いの記録』(A稿一九〇四―一九〇六年、B稿一九〇九―一九一〇年)において、外界の山や並木や水や風がその部分その部分での話者のことばにしたがってほんとうに変化してしまったり、その部分その部分の話者が、まるでソシュール的分節をその場その場で新たに別様に導入しさえすればポプラも月もその新しい名にしたがって相貌そのものを変化させる、という、ゆらぎが見られ、あたかもカフカ自身も、言語の分節の編み目同士の相対化がとどめるところなく流されていく中で、相対化の中にばらばらにほどけていってしまう危機に直面しているように、見えないわけでもない。物語がいろいろな箇所で初期の短篇集『観察』(一九〇八年から雑誌初出、一九一三年出版)の一話一話をなす魅力的な部分部分を唐突におりまぜつつ、全体は放恣に入れ子状態化して、中核をなすまん中の部分の主な語り手は、前後の外枠の部分のわたしが見た、それこそ宗教の創始者のような奇態な「太った男」であるが、さらにその太った男が語る重大な中身である祈る男との対話の中に、太った男の対話相手である祈る男の語る酔っぱらいとの対話がそれも重大なものとしてしかし三つ目の入れ子状態で出る、という、とめどもなく雪崩をうった崩壊を、しめしているかのようなのである。――だが、そこにあるのは、じっさいにはむしろ、語り手が枠物語の枠の中から外へ、外から中へそのまま移行しても事態がまったく変わらないことから逆にあらわれるような、語りの主体としての、ことばとともにある、血気感傷青年ロマン主義式に言語信頼的な、主観の客体に対する専横的な言語のあてはめであるにすぎまい。入れ子のようであることが逆に同一レベルの安泰な主観なのであり、そこでは、語りが単純に一意的に、むしろ外界を構成までしてしまうのである。（カフカの、初期以前の「最初期」をなす、メルクマールであろう。）語りをせきとめるように不自然にちりばめられた断片だけが、『観察』に取り入れられてないものも、宝石の原石のように固まって、光っている。「わたしたちの肺はどうしたらいいのだ。速く息をすると、肺はそれ自身で、それ自身が息が切れた毒で、窒息する。ゆっくり息をすると、息ができない空気のせいで、いきりたったものがあふれてきて、窒息する。しかしちょうどいい速度をさがそうとすると、さがしているということにすでに息が切れ窒息してしまう。[4]」たしかにある特定の身体運動などにともなって息の吐き吸いに過度に意識を集中させるとかならずやこういうことを来たしはするものなのだが、そしてそうでもないかぎり無意識の呼吸くらいはできるからだれもが生きていられるわけだが、ところがあろうことかここは、他人が溺れるのを見ているときにあわてて叫ぶことばとして、文中に押しこまれている部分なのである。そしてそうやってこの作品はなにも危機も帰結も持たないまま、しかも空気としては、すでにあの「変身」のザムザがいなくなったあとの家族たちのせいせいしたような春のピクニックにそっくりな像を、自分を除外した話相手たちの上に話者がかぶせる想像の姿において、未完の結末部において、作内にくっきりと産出し、気泡のように内に含み持つのだ。[5]

だが、また逆に、ブロートへの一九〇四年八月二八日の手紙にも書かれていてまたその『ある戦いの記録』の中にもほぼそのままのかたちで引かれているのみならず、そこにおいても作品にとって一種決定的でもある印象を与える、眼を見張るような、ある確実性も、ただそれ自体としては、主観にとって、確実な客観が正当にしめす、あたりまえの水準以外のなにものでもない。

別のある日、短い昼寝から目をさまして、まだ夢うつつだったとき、母が自然な調子でバルコニーから下に向かってたずねるのが聞こえた、「そこで何をしているの？」すると庭からある女が答えた、「外でおやつを食べているのよ」。このときぼくは、人間がなんという確信を持って自分の存在を担って生きていくことができるか、驚嘆したのだ。(6)

（ブロートへの一九〇四年八月二八日の手紙）

この客観の側の確実性はなんら主観の側をおびやかすものではない。たしかにこの具体事例は、カフカ本人の注目にもあたいするだけ、あまりにもあざやかである。しかしいかにこれがここにありありと切り出されているとはいえ、このおどろきそれ自体は、およそ主体にとってあまねく共有されるものなのであり、そこからさらに主体の側がくずれゆくことにも客観世界の相貌がかってに自己主張し増殖することにもつながらないのであって、むしろ事態は、語りのレベルが枠物語のレベルを内へ外へと移行しても質のかわらない平行運動を示しているにすぎないような、いましがた見た、いかにも若い青年ロマン主義式な作家気風の要素に、そしてそこでただ断片的に光っている気泡のような諸成果に、そのまま通底しているといえるかもしれない。

だが、村の空気にふたたびもどろう。

ベンヤミンの見た、村の空気は、これらの要素そのものよりはもっとはるかに濃厚な、根元的なものである。たとえばそこでは、このような客観の気泡も、空気の中に溶け出して巻き込まれ、しかも巻き込まれたのでなくはじめからその空気の中から産み出されたような様相を呈することだろう。それがわれわれのなじみ深い、ことに中期以降には典型的となる、（初期以降の）カフカ全般の世界である。そこでは、カフカその人の、書くということの出どころが、その書かれた作品内の世界とともに、その空気にひとしくひたされているのであり、およそれは、社会というよりはまず個人的な観念にまつわる世界である。しかしそれが、まるでそこにおける社会のかたちなど、構造的に追究しても意味をなさないかのような様子を、さきに見た中庭の門のある村同様、呈するのであり、そのかぎりにおいて（つまり、かたちなくであるからこそ、ものとしてはすでに包摂して）社会的なものにまで、じっさいには版図を広げているのでもあるのだ。

　その空気においてもっとも重要なことは、それが、空気である、空気のように作品を包み込み、また産み出している、という指摘そのものであり、それ以外のなにものでもないかのように見える。そして、社会もそこに同様に包み込まれ、作品の中にとらえられえているのだとすれば、そのかぎりで、そこにおける社会の構造などを、作品世界の性質として求めることは、およそ意味がありえぬものであるかのように見える。しかも、こと、ベンヤミンの筆がもつ密度の中では、ことがらはそれのみですでに決していているかのように思われるのである。「この村の空気は、あんなに腐って互いに混じり合ったありとあらゆる未成熟のものや爛熟したものに、染まずにあることはできないのである。カフカは生きている日々の間、この村の空気を呼吸しなければならなかったし宗教の創始者でもなかった。どのようにして、彼はこの村の空気の中で、もちこたえたのだろう（7）」。この村の空気以外のところで、確たる社会の構造をカフカにおいて言おうとしても、はじめからなかったようにこれそのものに回収されるだけではないのか。

　だが、ほんとうにそうなのだろうか。世界構造ということも、社会ということも、それがいったん作品の視界に入っている以上、みずから、思わぬところで思わぬ展開を、ほとんど虚像のようなものとしてであろうと、あるいは用意してしまうのではないのか。

　そしてじじつ、そこには、少なくとも語らずにすますことのできない、事情がよこたわっているのだ。

二　空気としての世界構造
——空気と長篇——

つまりは、ことがらは、つぎのとおりのことなのである。まず、カフカにおいて、書くということの出どころは、カフカその人の吸っていた、空気であるにたしかにほかならなかった。また、カフカの作品の中をみたし、カフカの作品の中のことがらを動かし進めていくものも、たしかに、同じ、その空気そのものであるにほかならなかった。ところが、ことに長篇小説において、そのカフカの作品世界は、やはりそれと同時に、構造という姿を少なくとも予感させるだけの、世界構造をもたないでは、いられなかったのである。それはまた、なによりも第一義的に、その長篇小説の作品世界における、またカフカその人にとっての問題性における、社会、というものの姿に、重なりあうものであるほかはなかった。なぜなら社会が、とにもかくにも、世界の全幅の、広がりがもつ大きさだからである。

だが、カフカにとって、社会はたとえば、当時人々を熱狂させていた社会主義や、ユダヤ人にとって実をあげつつもあったシオニズムなどが描写し、予定する、簡明な姿をとるものでは、決してなかった。社会主義は、一九一七年のロシア革命においてともかくの結実をみたからこそ、たとえば一九二〇年代の日本の知識人たちは、社会主義の成立を肌身の近くに感じたのだったし今すぐにも日本に波及してくるかもしれない歴史的必然としてヴィヴィッドに想像せざるをえなかったのだが（そのことは、現在、当時の作家の感じ方などが、漫然と読み返している場合にはむしろ不思議な妄想のように思われがちなので、革命成立とのその時間的近さ、共時的感覚というものを、現在のわれわれははっきりと思い起こして読むのでないと読み誤ることになるというぐあいに、とりたてて、意識する価値があることなのである）、カフカには、むしろ社会がある意味で当時の水準を超えてはっきり見えていたからこそ、社会主義の単純な図式のようにはとらえられないということが、よくよく、わかっていたのである。しかし、いかに水準を超えていたとはいえ、理解の全体はカフカも当時の水準の中でもがくほかはなかったのであり、はっきりとした、別の把握像を提示してみせることなど、できるべくもない相談だった。むしろ、現在のわれわれこそが、やっと、当時の人々の社会理解の水準というものが（あるいは逆に社会主義というものそのものの水準および一般に社会思想史と資本主義社会の本質理解というものそのものの水準が）どの程度のものでしかなかったか、ということを、その「しかなかった」という抽象的否定的なかたちにおいてだけかろうじて、あたりまえのこととして理解できる水準に到達しているのであるにほかならない。カフカでなく――やっと現在のわれわれが、ではどういう把握像を提示できるか、というスタートラインに、ほんとうに立つことができているのであり、一九一〇年代一九二〇年代に生きたカフカは、そのことを、ただ本能的に、象徴的に、理解していたにすぎないのである。しかも、それは理解というよりほんらいただ予感であり、しかしその予感の正確さにおいていわば本能的に、本質的理解をまで、していたのであった(8)。

その結果、しかし、カフカの長篇をはじめとする作品世界における世界構造は、かたちをみずからあらわすのに困難をきわめ、いわば必敗というに近い姿を示すことになる。その世界構造をあとづけるという作業の方も、確信をもって着手しても、それにあわせて、局所的戦利のかたわらかならずそれ以上の失地をしいられるかのような具合となる。別のところで試みたが、少なくとも、その世界構造は、帯状の細長い視線を軸としてある変形を（変形前と変形後の明確な姿を痕跡として示しさえしながら）なしておりそのメカニズムが一定度とらえうるし、あるいは、原現実・作品現実・究極現実といった視点を導入すれば、いわば語られていない背後でほのめかされている裏ヴァージョンのストーリー展開として、一定度その所在を示すことは、可能である(9)。だがなにより、ここで確認したいのは、カフカが、そこで「社会」を視界におさめていたのであること、そして「当時に生きる人間としての水準においてカフカ自身がその社会の姿自体は明確な像としては示しえないということ」そのものを知っていたということ、のふたつである。端的に言おう。その場合、その世界構造自体が、ふたたび、空気でしかありえない、ものとなるのだ。しかもそれは、もはや、空気のようなものでしかない作品の出どころや、村の空気としての作中の世界構造などあるべくもない空気、なのでは決してない。そうでなく、それは、まさしく世界構造なのであり、しかも、社会のすがたが水準的に定位不可能であるという明快な認識そのものとして、ふたたび空気そのものであるような、ほかならぬ、空気としての世界構造でこそ、あるのだ。しかも、繰り返せば、それは、カフカが不正確だったためでなく、正確であったがためなのである。

カフカは、一九二〇年二月一五日に日記第十二冊目に数えられるノートに、「彼」としても流布しているアフォリズムシリーズのひとつとして、あの『ある戦いの記録』を思い起こさせるようなラウレンツィ山を舞台として、書いている。

つまりはつぎのようなことである。わたしは何年も前、あるとき、たぶんとても悲しかったに違いない、ラウレンツィ山の斜面にすわっていた。わたしはわたしが人生に対してもつのぞみの数々を検討してみた。もっとも重要なもしくはもっとも魅力的なのぞみが、人生についての見解を手中に収めるというのぞみ（そしてーーむろんそれと必然的に結びついてのことだがーー文章でその見解を他の人々に知らしめうるというのぞみ）であることが明らかになった。その見解にあっては、人生は自然的な浮き沈みをたもってはいるものの、同時にそれにおとらぬ明晰さで、無として、夢として、浮遊として、認識されるものとなるはずなのである。わたしがこののぞみをしかとのぞんでいたならば、それはすばらしいのぞみだっただろう。それはいうなれば、机をおそろしくきちんとした職人的熟達をもってハンマーで組み立て、そのさい同時に何もしていない、というのぞみである。しかも、「彼にとってハンマーを打つことは無である」と言いうるようにではなく、「彼にとってハンマーを打つことは現実にハンマーを打つことでありそして同時に無でもある」と言いうるようになのであって、それによりじじつハンマーを打つことがさらに大胆に、さらに決然と、さらに現実的なものに、そしてそういいたければ、さらにきちがいじみたものとなっただろう。

しかし彼はまったくそうのぞむことができなかったのだった、なぜなら彼ののぞみはのぞみとなってなく、たんなる自己弁護、無の市民化、彼が無に与えたい一抹の快活さであるにすぎなかったからである。彼は当時無の中に意識的な第一歩をほとんど踏み入れていなかったが、しかしすでに無を自分の一要素であると感じてはいたのだった。それは当時彼が青春の仮象世界に告げた一種の別れだった。ちなみに仮象世界は決して彼を直接は欺かず、周囲のあらゆる権威のことばに彼を欺かせたのだった。このようにして「のぞみ」の必然性が生じたのであった。(10)　（「彼」）

般若心経における、「色即是空、空即是色」とは、おおよそ、かたちあるものははかないものであり、かたちないものも、しかし多様なゆたかさを含みもっているのだ、との意であるはずである。後段の方にむろん重点がありつつも、それは、存在でない無のことを述べているのではない。存在そのもののレベルにおいて、その存在の、存在レベルの中においての事象である存在の価値づけのようなものを、存在レベルの中での見方として別の構造を講じつつその中へと、読みかえることを、していることになるのである。だから、ハンマーを打つことは即是空（無）である。それに対し、このカフカはそもそもにおいて、もっとぎりぎりの論理そのものではあるだろう。存在はあくまで存在そのものとするのであるし、それはそれとして決してそのレベルにおいてはなにひとつ否定せずに、ただただそのままに放置しておく。しかし、存在でないまったく別の――美とか善とかもそうかもしれないのだが――存在にとっては無であるようなあり方を、そこにまったく別次元のものとして、非存在であるものとして、同時につけ加えるのである。美や善とは言わないまでも、見えない社会的構造の真も、当時の理解水準自体においてカフカにはまだしも、どういう説は少なくともまちがっており、人々が心をとらえられるもののうちどういうものでは少なくともじじつはないかはわかったのであって、しかしそれなら正しくはどういうものであるかはあまりにもなんとも見えるべくもないものであり、つまりは、それ自体が、まさに、こういう確定不能ないしはさらに非存在でこそあるようなものの、端緒だったのである。
　しかも、さらにカフカにとっては、この、空気としての世界構造――はっきり構造としてあるものでありながらしかもそれが空気としてしかありえない――は、社会構造にとどまるものではなかった。カフカにおいて、もうひとつ大きな問題である、女性とのかかわりの持ち方をめぐる問題が、また、ここにかかわってくるのである。

　官能的な愛はひとを欺いて天上的な愛が存在しないかのように思いちがいさせる。官能的な愛それのみにであれば、そんなことはできないだろう。しかし、官能的な愛は無意識のうちに天上的な愛の要素をみずからのうちに含みもっているものだから、そんなことができるのである。[11]
（一九一八年ごろ、「罪、苦悩、希望、真の道に関する考察」七九）

　この世界の誘惑の手段とこの世界が過渡的なものであるにすぎないことの保証の印とは、同一のものである。当然のことである、なぜなら過渡的なものであるからこそこの世界はわれわれを誘惑できるからであり、またこの印は真理にかなったものだからである。ところがものすごくひどいのは、われわれが、誘惑にかかったあと、この過渡的であることの保証を忘れることなのであり、そもそもそうやって、善がわれわれを悪へ、女のまなざしがわれわれをベッドの中へ、誘いこんだのである。[12]
（同、一〇五）

　この点にかんしては、ほんとうはしかしカフカは、ありていに言えば、ベンヤミンの言う[13]事象内実に相当するものとしての官能的な愛によるさまたげの中のように見えるところに、真理内実に相当する天上的な愛が生身のわれわれにあってもじっさいにそのままありうるのであるにもかかわらず、事態を逆のものであるかのように、勘違いしているのだ。官能的な愛が、それ自体よろこばしいものとしてあると同時にたしかに感覚的なかぎりにおいてもわれわれにとって一種神経にあまりになまなましくよそよそしくさわり神経そのものをさかなでするようなものであって（その点をカフカは、たとえば長篇『アメリカ』で少年カール・ロスマンが女中に誘惑されて射精するときのわけのわからないいやな感覚や、[14]『判決』最終場面で橋から飛び降りて溺死するゲオルク・ベンデマンの溺死自体をブロートに射精だと語りたしかに[15]――というより逆に――その瞬間橋の上で雑踏かつ性交であるフェアケーアがプロメテウス・アトラス的にとめどもなく始まってしまう様において、はっきりと描き出している）、その上なお、官能が愛そのもののための必然的なみちすじであるにもかかわらず愛そのものを濁らせるのでもある正体までもがこういうふうに認識されえているのだから、それも無理もないことではあろう。だが、だからといって、認識のつながりの上で、そのように愛が官能によってそらされてしまうのは、ものごとの正しさの半分までしか到達していないのであるにほかならず、ほんとうは、むしろその半分までがはっきり認識されてよけいに、それにもかかわらずそこになお愛があるのだという真理内実そのものをなす真実の残り最後の半分が、かえって見えてくることのできるものなのでこそ、あったはずなのであり、そこにおいてはカフカは、途中の感覚のいやさかげんによってへばらされてしまったのである。

とはいえ、そのような女性との関連をめぐることがらは、カフカにおいて、彼の個的な内省的想念と、世界構造をなす、社会へのまなざしとを、つなぐものでも、またあったのである。長篇小説において、明らかに、世界構造が内省に、もしくはいわばひとりよがりでもある希望的観測に、おくれてあとからすがたをあらわそうとするとき、その橋渡しとなるのは、女性への欲求である。または、世界構造がおくれてすがたをあらわしたときに、それがあとの祭りであるかのように、先行する個的なものとの間を裏打ちするものとして、女性への欲求が、示されるのである。[16]いわば、個的幻想、対幻想、共同幻想に対応する、ありうる人間の観念領域のすべてが、こうして、世界構造において、そろい踏みをしているのであり、世界構造が空気としてのすがたしかもたぬ背後で、ひそかに、激しく、切り結んでいる。

さらに言えば、ここで、個的幻想、対幻想、共同幻想、のそれ自体、あるいは、よりによって内部にとどまるかのような内省、女性への関わりとの対峙、社会の認識、のそれ自体は、そのようにたがいに重なりあいながら、しかもそれぞれがそれ以上の関係を持ちえないでいる。そのようにして、短篇の、村の空気でしかない部分、半身が人間に変身して外に出ていかないでむしろ不変身のままコガネムシとしてベッドの中にとどまってしまっている部分が、そのまま、長篇における世界構造と重なりあっているのであり、それらは一体でありつつ、しかも関連の発展をなしえないでいるのだ。ところが、ここそ、またカフカの、もっとも進んだ成果をそのままなす点でもあるのだ。それがそのままで、濃密な空気の作品を、とりもなおさず成果としてまず残したのであり、そして、考えてみるとそのあり方が、およそ作家や芸術家の、世界の中に存在するにおいての、われわれの現在の水準にあってもわずかも不足のない、基本体・自然体を、感性として、おのずからなしているのにほかならない。

しかもそれにとどまらない。じじつ、なんといっても、作内のすべてが空気でしかないことと世界構造であることとの関係が、カフカにおけるいちばんの鍵でたしかにあるのであって、また、それがまさしく人間にとっての問題であるがゆえに、じつは、それがカフカのおよそ魅力の根元をなしてもいるのである。こうして、幾重にもわたって、まさに世界構造が空気としてあることにまつわる問題のかぎりない複合が、ことがらの核心をなしている。——カフカの書いているのは、つまりはこういうことなのだ。

三　ヘタうまカフカ
——書く出どころと書くこと——

カフカの、書くということのこのような出どころから、その書くということの作業そのものの現場に、ちょうどつながるところに目をあてて、このかんの事情を、たどりなおしてみたい。すると——およそカフカの書くという作業のみを話題に選んで議論をふりまわしつつまるでカフカにおいてじじつ場面としてはなくはないのである「書けない」ことそのものの方にしか焦点があたりえていないかのようなグロテスクにしくじったなさけない言説が世にまま見うけられるのに反して——、カフカにおいて書くということがまさにどのようなことなのであるか、非常にすなおなありさまが、浮かびあがってくるのである。

カフカが初期にブロートとともに書いて雑誌に発表した、「(マックス・ブロート、フランツ・カフカ『リヒャルトとザームエル』第一章)最初の長い汽車旅行(プラハ—チューリヒ)」(一九一二年五月掲載)という交換ノート形式の作品がある。一九一一年八月から九月の旅行における、カフカとブロートのそれぞれのじっさいの旅日記をもとに、主に一九一一年一一月から一二月にかけて、いっしょに執筆されたものである。ブロートによれば、リヒャルトには主にカフカの特徴とカフカの旅日記を用い、ザームエルには主にブロートの特徴とブロートの旅日記を用いたが、逆のこともかなりあったということで[17](ブロートは完全に入りまじった共作であるという言い方もしているが)[18]、それだけの前提知識をもとにして読んだだけでもどこのどの部分がカフカが書いたものでどこのどの部分はブロートであるか、相当程度に推測でき、またそれは細かいところでじっさいにカフカの旅日記そのものおよびブロートの旅日記そのものにあたってみても、当然ながらいよいよその直感的な読みがあたっていることがたしかめられる。ここではむろん、最も細部にいたるまでの、カフカ・ブロートの執筆判別が問題なのではないし、またそれこそそうなってくるとブロートの言うように入りまじった共作なのであるから、そういう「実証的」作業は原理的におよそいかなる意味ももつわけがないことはいうまでもない。だが、その、きわめてはっきりカフカである部分、ブロートである部分を見ると、おどろくことに、ブロートがむしろきわめてまともな通常の観察、執筆をおこなっており、カフカの方が、下手とでも言わなければならないほど、目のつけどころやものの言い方がたんにへんちくりんでやぶにらみできめが粗っぽい点が、二人分同じ調子で入りまじって並んでいるだけに通常にはないほどに、浮き彫りになるのである。

ザームエル　ある駅でぼくたちの窓の外に向きあって農婦たちの乗っている車両。笑っている女のひざに、もうひとりが眠っている。目を覚ましながら、彼女は夢うつつのうちに、ぼくたちに向かってふしだらに「おいでよ」と合図をする。ぼくたちが向こうへゆけないので、ぼくたちをあざわらっているかのように。その隣のコンパートメントには、髪の黒い、堂々とした女、まったく動かずにいる。頭を深くうしろにもたせかけて、彼女は窓ガラスにそって外を見ている。デルフォイの巫女。
リヒャルト　しかしぼくの気に入らないのは、ザームエルの農婦たちに対する、結びつきをつけたがっているような、いつわりで親しみを示しながらの、ほとんど媚びへつらうような挨拶だ。さて汽車が動き出し、ザームエルはあまりにも壮大に始めた微笑みと帽子振りだけをもってひとり取り残される。——ぼくは誇張しすぎだろうか。——ザームエルが最初のノートを読み上げてくれ、ぼくは強い印象を受ける。ぼくは農婦たちにもっと注意を向けるべきだった。(19)（「最初の長い汽車旅行」）

始まってすぐのところなのでじっさいにはふたりとものノートに農婦についてはあるていど似た記述も残っている部分ではあるのだが、「おいでよ」という合図は、明白にブロートの筆によるものである。その、尋常な、内界と外界のバランス均衡にのっとった外界把握に対し、旅日記では書くとブロートを悪く言いすぎになるから書くのを控えると記しながらブロートをからかってここではあとから思い出して書き下ろしたらしいカフカの方は、外界把握のさいの内部と外部との接し方において、いびつに内向きなのである。
それはそのまま、いかにもカフカらしい（そしてじっさい旅日記からももっと明白にカフカのものとしれる）描写において、その、下手さのままで、カフカ独特の雰囲気を、たったそれだけでも十二分にかもしだす点景となる。

空気入りタイヤが、雨に濡れたアスファルトの上で、映画映写の機械と同じような音をたてる。[20]

（同、ミュンヒェンでの雨中二〇分間のタクシードライブ）

だが誓って言うが、ぼくはヴュルテムベルクのどこかで、それがヴュルテムベルクだということもはっきりわかった気がするのだが、夜中の二時にある男が、別荘のベランダで手摺りに身をかがめているのを見たのだ。彼のうしろには明かりのついた書斎のドアが半分開いていて、ただ眠る前に頭を冷やしにちょっと出てきたというふうだった……。リンダウでは、真夜中なのに、駅の中で、それから到着や出発のさい、いっぱい歌声がきこえた。[21]

（同、夜汽車で残った印象）

旅において人のこころに残るべくして残っている瞬間なのであり、下手のまま、しかしまさにカフカしか書けないものとしてこれをとらえている筆致は、ヘタうまとでも称すほかにはないのである。これが、いちばんみごとに、カフカそのものとして結実しているのは、この文中ではつぎの箇所である。

ぼくが汽車の中でよく眠れる理由を、ぼくはつぎのように説明する。いつもは過労から生じたぼくの神経過敏が、騒音によってぼくを眠れなくさせるが、この騒音は神経過敏がぼくの中に引きおこすのである。それが、夜のあいだ中おおきなアパートと外の通りでたまたまおこるあらゆる物音によって、遠くから近づいてくる車の音やら酔っぱらいの喧嘩やら階段の足音によって、ものすごくあおりたてられるものだから、ぼくはしばしば腹をたてて、ぜんぶをこのぼくの外の物音のせいになすりつけるのだ。他方汽車の中では、走行の騒音の一定性が、ちょうど車両のばねが働く音であれ、車輪の摩擦やレールの衝突であれ、木やガラスや鉄の車体の振動であれ、完全な静けさのような平面をつくり、その平面の上でぼくは眠ることができるのである。みせかけの上では、まるで健康な人間であるかのように。[22]

（同、リヒャルト）

この眠れないと嘆いているくせにさっさと眠れる男自体は、おどろいたことにじつはブロートの方なのであるが、ブロートの旅日記で、恒常的に強い騒音がそれ以上の驚く音の余地を残さず停車以外には起きることがないと簡単に書かれているのに反し、ここではこのあとに、起きることもこれと同じ調子で続いているのからも明らかなように、これはカフカの書いたものだろう。眠りにかんしてはここを頂点としながら悪乗りしてこの前後にもっと長々と続いている。日記でも眠りにかんする部分のできへの満足と、そこかどこかが長々としすぎていることへのブロートの不満らしき記事とがある。[24] 自分の内と、外との、騒音が、旅行場面ゆえに、奇妙な単調な下手さの痕跡を残しつつ、論理としてカフカそのもののうまさで、ヘタうまとして組み上げられている。[23]

カフカの、このヘタうまさかげんは、じつは、いくらでも考えるに世界方向への向きがありうるだろうによってというような調子で思想が外界へと出ていかずに磁力場に呪縛されているかのように内向きにずれてしまうようなアフォリズムにおける、一見奇妙きわまりない思考の対象にかんしても、よく見るとぴたりとそぐったものとなっている。そこでは、言われていることがら自体のちょっと見にはあさってであるかのようにも思われかねない論理は、きちんとたどってみると正確をきわめている。

わたしは自己統御を求めない。自己統御とは、わたしの精神的な実存が無限に放散されるうちの任意の点において作用をはたそうとすることである。しかし、わたしがこのような円をわたしのまわりにひかなければならないくらいなら、むしろそのものすごい複合をなにもできずにただ見ていながら、その光景がそれと対照的に（エ・コントラリオ）与えてくれる強さをもってうちに帰っている方が、ましである。[25]

（「罪、苦悩、希望、真の道に関する考察」三一）

最小限のごまかしを求めることも、中くらいにすることも、最大限のごまかしを求めることも、どれも欺瞞である。一つ目の場合には、善を得るということをあまりにらくらくとなそうとすることにおいて善を欺き、悪に対しあまりに不利な戦いの条件におくことにおいて悪を欺くことになる。二つ目の場合には、地上的なことがらにおいてはけっきょく善を求めさえしないことにおいて善を欺くことになる。三つ目の場合には、善からできるかぎり遠ざかろうとすることにおいて善を欺き、悪を最高位にたてまつることで悪を無力化することを期待していることにおいて悪を欺くことになる。するとこれによれば二つ目の場合を選ぶべきかもしれない。なぜなら、どの場合でも善を欺くことになるが、二つ目の場合には悪を、少なくとも見かけの上では、欺いていないからである。(26)　　（同、五五）

思考自体が、まったく対象として無効であるかのような、まわりとのかかわりにおいてでない抽象的な自己統御そのもの、抽象的な善というものや抽象的な悪というものに、よりにもよって限定されて張りめぐらされるものだから、まるで、内容はたわごとに近いものになっているかのように見えながら、よくみると、単に正確なのである。まわりとの具体的なかかわりなしでも自己統御とはそう定義されるものにほかならず、ようするに、自己統御などできると思っているやからの方が、とんでもない勘違いをしているにすぎないのだ。また、善や悪を、世において、たしかにこういう具合に、欺瞞を最大にしようとしても最小にしようとしてもじじつ欺くほかないのは、わかりきったことであり、だからこそ、この正確さにおいて、通常の善人づらをしたあらゆる処世術の瞞着が、あますところなくあきらかにされているわけであり、それは、誠実に生きようとするひとであれば、なんらかのかたちですでに往生して、あきらめたり、その都度たんに苦しまぎれにすり抜けたりしてきたことのかずかずにおいて、たとえ無意識にせよ、そのように思いしらされていることであるにほかならない。そうやって、たしかに、中くらいという煮えきらないあり方を、とりあえずはとるほかはないのだし、それにしたって、悪を欺かずにすんでいるのは当面いちおう見かけ上最低限のことであるにほかならないのである。こうして、人格上成熟した大人はもちろんだれでも、まちがいなく、中くらいのごまかしを選びとって生きているのである。わざわざ考え直せば、はっきりそうなのである。これが、ただし、次のようにまでなれば、あたかも神学的な（もしくは宗教的な、もしくは究極において絶対的に倫理学的な）善、神学的な（もしくは宗教的な、もしくは究極において絶対的に倫理学的な）悪を語っているかのように見えなくもないから、なにやら意味ありげな具合にとまどいもさせられはする。

悪から秘密をもっていることができる、だなどと、悪によって、信じさせられるな。[27]　（同、一九）

だがここも、いわくありげに見えてくる理由じたいが、二重否定による論理の形のよさだけによるのではない。この中に、悪魔でも絶対悪でも反価値の総体でもなんでもなく、抽象的ではじつはない、生活内でわれわれが避けようとこころがけたかったり場合によっては戦略的にそれに与しようとしてみたりするこまごまとした「悪であることども」が、われわれと身に身を接しているさいにじじつもっている、本性を、正確に言いぬいているからなのであるにほかならない。

この同じ点から、あるおよそ一般的なことがらをめぐってのただしい知見が、しかしまたことカフカの村の空気からカフカが書くという作業が出てくる瞬間の最大の秘密が、知られることになるのだ。それは、笑いとは一般的になにか、という問題であり、また、カフカにおける笑いとはなにか、という問題である。さきほどふれた眠りの平面において、じっさいにはブロートが汽車の中でしか眠れないとこぼしつつさっさと儀式をすませ顔をおおい場所を占領して寝つくのに対しカフカは家とちがって眠れる理由を分析しつつやっぱりそそくさと目覚めてしまってブロートをたたき起こしてある橋を指摘しなどもその前後でしていたりする。そうなると、その眠れる説明は、ほとんど、あの『城』の山場において、役人のビュルゲルが気まぐれで接触をもってくれたよりによってそのときだけ主人公のKが眠りはじめるその眠さのメカニズム[28]を、暗示してしまっているほどである。カフカは、およそふざけることのできるところではふざけのめさずにはいられないという、物書き共通の性癖をご多分にもれずもってもいるようだが、ここで引きおこされる笑いの正体は、指摘したことがらの正確さの本性によるのだ。およそ古来、笑いをめぐってはろくな理論が存在せず、すくなくとも馬鹿馬鹿しさのかたちが問題にされなければならないところで、馬鹿馬鹿しさそのものが言及されるにすぎぬことが多いが（カント『判断力批判』、ベルクソン『笑い』）、ジャン・パウル（一七六三―一八二五）が著名な『美学入門』[29]（一八〇四）において古来の情念論の立論の装備に依拠しつつもヴィッツにおける知性能力の要素（類似しているものの発見能力）に注目しているそのすぐ近くに、笑いの本質をつく、真実があるのであって――笑いとは、AとかけてBととくそのこころのCがなす、かたちそのものに、知的に由来するのだ。カフカの笑いが、これをあますところなく示しているのである。およそ、ギャグという意味での日常ドイツ語としてのヴィッツが示す実例が、イギリスのユーモアやフランスのエスプリやアメリカのジョークとちがって必ずブラックユーモアじみているのは、その、ほんらいのヴィッツによる真実をえぐりだすことそのものに由来する笑いが、まだしも痕跡を残しつつも、日常ではいちいちにおいて真実を深くえぐることにでなくある一定の擬似真実のなす常識共有状態へと着地することによってしか果たされえず、その擬似真実がにぶい（フモーア）にせものである点から（シニシズム）と真実に近い点から（ザティーレ）との両方から（イロニー）かならずブラックであるためである。――カフカの笑いの本性は、ひとが、読んでなお、正確だと気づかない、いまでもほとんどだれもまさにそういった個々の文をそう読めないでいる、そういうレベルで、まず正確にことにふれる、という書き方をしてしまう点にある。その、ひとに気づかれさえしないことじたいが、ひそかに、Cととくそのこころのかたちをなしているのであり、その今まで通常読まれえなかった細かさでしか正確さをなせないでいたことがまた、ヘタうまのゆえんでもあったのだ。正確さという笑い一般の本質を体現してしまいつつ、村の空気の中から、書くということが、書くというまさにその瞬間に発している、いわば炎色反応の色がそれなのだ。それがまたそのまま、カフカの叙述の、文体の、仕上げ、生地、手触り、肌理そのものにかんしての、世に思われるところの問題性だったのである。およそ空気でしかありえなかったことのヘタうまさ、しかもここでも、そうであってなおかつそれ以上には正確であるということは人間の水準にのぞめないだけの正確さが、書くということについての、ありもしない仮象の問題性を、ひとびとに見せてきたのであった。

II

第二章　変成とカタルシス

──『アメリカ』『審判』試論──

一　先行する世界把握変成

われわれがカフカを読むとき、普段はほとんど意識されないままに、行間に、或いはページの背後にあるかのように、心にわだかまってくるものがある。それは、プロットやストーリーを追うかぎりでは、意識にひっかからない何ものかだ。そのうちの、おそらく最大のものの一つは、カフカの描写が実は細かなところまで非常に形象的でしかも作品内のリアリティーとして矛盾をきたすことが非常に少ないのにもかかわらず、全体の印象だとあたかも世界が不定形で未定のものであるかのようだ、という、齟齬感であろう。それは、考えてみれば、カフカの描写は細かなところでは説明がゆきとどいているのに、それが積み重なっても、大きな全体像がさっぱり見えてこない、ということだと定位できるように思われる。しかし、実はそれでもまだ十分ではない。本当は、細かなところをくわしく描写している、作品の視線のあり方そのものに、すでに、最大の問題がひそんでいるのだ。

描写の視線はほぼ常に主人公の位置に置かれているが、その主人公自身の視線のあり方に、問題の最初のいとぐちがあるだろう。主人公が世界を把握する際の視線は、或る欲求、いわば、「世界全体を自分自身にとって同一性の世界として感知したい」という欲求によってあらかじめひたされており、そのため、それは読者の目の前に登場したとき、すでにかなり特異なものとなっている。そしてその特異さは、主人公の世界把握の視線が或る狭い一方向に限定づけられている、という種類のものだ。たとえば、『アメリカ』のＫ《カール》・ロスマンは、渡米の船の中で偶然ゆき合った一人の火夫に、突然、とてつもない思い入れを寄せる。これは、話の筋が進むうちに、Ｋ《カール》にとってこの火夫がしだいに信用のできる人物に思われてきて、彼のために一肌ぬごうという気になっていく、というものでは全然ない。作品の叙述は背後でしらじらと、ほとんど、読者の作品内での時間感覚を寸断するような調子で進んでいる。あたかもＫ《カール》の背景としての場面が、場面自体による世界了解を読者やＫ《カール》の気づかぬうちにつくりあげていて、それがのちに船長や上院議員らによって表白されるかのように。——そしてある時がたってみると、Ｋ《カール》はすでに自分の身の上も忘れて火夫のために夢中になっているのであって、実はＫ《カール》ははじめから「自分にとって同一性を満たしてくれる人物としてこの火夫を見たい」という視線で火夫を見ていたのだということがわかる。ここで読者が時間感覚を寸断されるような感じをうけたのも、むしろＫ《カール》の世界把握視線と、作品内で現実におこっていることとの、ギャップだったのだと考えられる。また実際Ｋ《カール》自身そのような現実に対する悟性を失っているわけではなく、火夫の人格を疑いもするような独白を突発的に繰りだし、読者に、Ｋ《カール》の思い入れが異常に先走ったものではないかのように思わせている。

『審判』においても、Ｋ《カール》・ロスマンの純朴さではもはやないながら、主人公Ｊ《ヨーゼフ》・Ｋの世界把握の視線は、やはり叙述に先だって世界に対しての同一性の思い入れが込められたものとなっており、その分、狭い一方向に限定されている。Ｊ《ヨーゼフ》・Ｋの同一性の思い入れは、自分の権能が及ぶととりあえず信じている身辺の世界に対して尊大であって、彼は、下宿のおばさんがちょっと出すぎた口をきいてしまうとすぐ会話の中でそれを罰してやらなければならないような気がするし、田舎から出てきた叔父がＪ《ヨーゼフ》・Ｋの事務室の机につい腰をかけると、それがあたかも彼をめぐる同一性の世界秩序への乱入者であるかのように、すっかり放心状態に陥ってしまう。部下の三人組は、その愚鈍さ・怠慢さ・愛想笑いの悪癖といった些細なことでＪ・Ｋ《ヨーゼフ》のにくしみの対象となり、それが彼にとって同一性を乱すことが甚しいため、彼が不本意にも裁判所に向って町なかを走らなければならないようなとき、ほとんど関係妄想的に、この三人の姿が彼の視界の中に入ってきてしまうほどだ。

　このような、主人公の世界把握視線が作品開始に先立って或る一方向に限定されていることによるほんのわずかの知覚異常から、主人公にとっての世界の変成までは、本当は紙一重で連続している。それらの間の移行の瞬間をとらえているのは、例えば『審判』の、Ｊ・Ｋ《ヨーゼフ》が初めて裁判事務所に足を踏み入れたとき、船酔いのような知覚異常を感じる場面だ。そこでは、空気のせい、という一応の理由づけがなされるものの、Ｊ・Ｋ《ヨーゼフ》の対世界意識の変異が、体感という表層にまではっきり現われている。「まるで水が木の壁に打ちかかり、廊下の奥から水しぶきのようなざわめきがきこえ、廊下が斜めに揺れ、両側で待っている被告たちが浮いたり沈んだりしているかのようだった。」

　或る種ユートピアのインスピレーションを受けての知覚異常とちがって、ここでは視線が身体を離れ予視的に世界をさまよいめぐっているわけではない。これは、Ｊ・Ｋ《ヨーゼフ》にとって環境世界が変成しつつある感覚そのものだ。また実際、この感覚はＪ・Ｋ《ヨーゼフ》にとって一時的なものではなく、彼が裁判所に関係の深い場所に足をふみいれるたびにおこるものだ。とはいえまた、このような場面でＪ・Ｋ《ヨーゼフ》のまわりの世界がアメーバのように無定形で時々刻々その形を変えつつあるというわけではない。Ｊ・Ｋ《ヨーゼフ》の知覚は異常感によって変成を現在進行形のものとして感じているのに、それにともなうＪ・Ｋ《ヨーゼフ》の世界把握視線があらかじめ狭い一方向に先行していて、或る特定の、裁判の世界をはじめから現出させている。その世界は、たとえば逮捕見張人がＪ・Ｋ《ヨーゼフ》の朝食を不当に横どりするなど、理不尽の感を喚起するが、それも後にここでも実は違法だったことがわかるのであり、きわめて条理の整った世界だということができる。逮捕見張人がとった、すきあらばつけ入るという態度も、現実のきわめて正常な反応が、そのままＪ・Ｋ《ヨーゼフ》の世界把握視線の限られた方向の内部に入ってきたものだ。一般に、この変成した世界で不可解に見えることは、J・K《ヨーゼフ》の世界把握視線の方向性と世界のそれ以外の方向領野との間の論理的接続が彼にはなかなか理解できず、そのため読者も、世界の任意の一点と全く同じ資格で本当はそこでもスムーズにつながっている論理性が、J・K《ヨーゼフ》の世界把握視線の内と外を境に断絶しているかのような錯覚に一瞬とらわれることによっている。

『審判』の叙述は、ところどころで、この変成した世界の、作品のリアリティー以前の原形がどのようなものだったかを垣間見せている。それは、ビュルストナー嬢や他の女たちに対する、J・K《ヨーゼフ》の女性意識と、ライバルの支店長代理をはじめとするJ・K《ヨーゼフ》の銀行内での及び取引先との人間関係の意識・それに付随する貧民街に対する意識との、複合体だ。それらの意識は、それぞれ別のあり方で、J・K《ヨーゼフ》の、同一性を求める世界把握視線との間できしんでいたものだ。そのため、読者には、この変成した裁判の世界は、J・K《ヨーゼフ》の女性意識の直接の変形であるようにも見え、またJ・K《ヨーゼフ》が意識のどこかで持っている裁判と銀行との間の関係妄想も、思わず承認したくなる。また、裁判所のある貧民街の中庭で目にとまる、取引先の見覚えのある商標という断片的にまぎれ込んだ点景にも、J・K《ヨーゼフ》同様、思わず注意をひきつけられてしまう。しかし——そのうちのどれか一つが正しいのではなく、全部同時的に——、実際にこの変成した世界では、裁判の記述の後には必ずKの女性関係とその変調の記述が種明しのように厖大・綿密にともなうし、司法関係者はすべて助平で、また裁判所関係の場所はすべて貧民街の屋根裏にある。おそらくは、逮捕前に昵懇になっていたハステラー検事らのサロンで見聞した司法世界の晦渋さと、ハステラーのいかがわしい女性関係とが、J・K《ヨーゼフ》をめぐる変成の像を、裁判の世界へと向けたきっかけとなったのだ。（探偵小説としてのカフカは、読者の潜在的な探偵趣味に、おそらくこのあたりまで、論理的な世界推理と対象への心理的潜入をゆるすだろう。事態の全貌は、原理的には決して不可知でも未決定でもないが、ただ作品によって十全には与えられていない。その時、変成の——まさに不条理ではなくして——条理が、事態の全貌を読者には決定不能なものとし、逆に場面自体による世界了解という様相をもありうるものとしているのだ）。

変成した世界が作品のリアリティーとなるための本当の鍵は、語り手の世界把握視線が、主人公の世界把握視線の先行したのと同じところまで、あらかじめ先行していることだ。主人公にとっては現実か知覚の病的異常か決定的には断定のつかない世界の変成が、語り手のとる語りのレヴェルとなる時、変成は世界像として確定し、定着される。『審判』に即していおう。J《ヨーゼフ》・Kが裁判を無視しようとしつつも知らず知らずちゃんと全人的に対処してしまっていることにより、裁判の世界がJ《ヨーゼフ》・Kの女性意識・行内対人意識を、拮抗しつつちょうど写し出している。変成した世界が仮想的原世界の事情をすべて写し出す地点に、まさに語り手が立っているというわけだ。さらにこれは細かく言えば、語り手の視点が主人公の世界把握の変成をあらかじめ追認した場所に立っているだけでなく——但しその意味では、主人公の同一性の欲求は、作者の思想における世界観の、先行的一端をなしてはいよう——、むしろ語り手の世界把握視線自体が、ちょうど世界の変成をよびおこす分だけ、作品に先だって、或る特異なものとして先行しているということだ。たとえば『アメリカ』においては、語り手が描写に際してとる視線は、あたかもK《カール》・ロスマンの同一性の視線の狭い方向性に対応するかのように、世界を細く帯状に射ぬくものになっている。まるで暗闇の中で主人公の傍らに立つ語り手の位置から投光器で帯状の光が照らされ、その光の中に入ってきたものだけが描写されるようなしくみになっている。建物から路地を見おろした図や廊下の奥行きにそった図が好んで描写され、一方空間描写は、この帯を何本もぎこちなく組み合わせてなされることになる。

『アメリカ』冒頭で、日光の帯の中で、自由の女神が炬火のかわりに差しあげている剣は、当然作品にとってのリアリティーであり、このような語り手の世界把握視線の帯状の先行によって定着している変成を象徴するものだ。また、その場合、世界把握視線が変成しながら作品に先行しているのではない。世界把握視線が作品に先行しているということ自体が、作品にとって、リアリティーが世界の変成として現われることを意味しているのだ。

二　遅れてくる世界構造

『アメリカ』『審判』のストーリーが進むにつれて、先行した世界把握視線のまわりに、作品のリアリティーにおける世界構造が、しだいに明らかになってくる。このことは「組成実体とみえるアメリカ社会」「法、裁判所、訴訟」といったものを中心として、また、作品内の人々の意識がそれらにまつわることをとおしておこる。これらのものは、現実には空虚な共同幻想（人々の幻想としての制度）なのだが、作品の中では、この共同幻想が、まるで実体を持った構造体であるかのように現われてくるのだ。その実体をなすものは、その幻想をいだく母集団の成員が、その幻想に関連して持つ相互意識の総体であると思われる。

たとえば、『審判』においては、「法、裁判所、訴訟」という共同幻想は、J・K《ヨーゼフ》と逮捕見張人、逮捕監督、裁判所の洗濯女、法学生との間の相互意識や、それらの間の差異の総体として、しだいに明らかになっていく。また、フルト弁護士は、裁判の実態を弁護士や下級役人、上級役人の人間関係およびそれらと被告との間の相互意識としてJ・K《ヨーゼフ》に説明するが、J・K《ヨーゼフ》にいたっては、それを世間一般に関しての子供に与えるような諭しとこそみなすことにより、聞き流しているほどだ。その間銀行においては業務主任J・K《ヨーゼフ》の対人関係はおそろしい勢いで崩壊をつづけている。その際、J・K《ヨーゼフ》にとっては訴訟と関連して意識される支店長代理や、訴訟についてなぜか知っている工場主と、J・K《ヨーゼフ》との関係は、「法、裁判所、訴訟」という共同幻想が、遅れてやってきた世界構造そのものを、銀行の人間関係をめぐって明らかにさせてくる、という場面をなしている。また、画家ティトレリによると、貧民街の屋根裏はすべて裁判事務所となっているのだが、それはこの共同幻想が作品の世界構造全幅に対応していることを示している。さらに、のちにフルト弁護士はJ・K《ヨーゼフ》に「法、裁判所、訴訟」というものを思い知らせるために、やはり被告の一人、商人ブロックとフルト弁護士との相互意識と、J・K《ヨーゼフ》とフルト弁護士との相互意識との差異を、Ｊ・Ｋ《ヨーゼフ》に見せつけるのだし、刑務所教誨僧は、挿話的に語られた『掟の前で』の短篇を、法について何も知らない男とやや誤解のある門番との相互関係によって、法の実体の片鱗が表わされたものとして解説してみせる。

基本的に、共同体成員による相互意識の総体が少しずつ展開されていくことによって、作品の遅れてきた世界構造が明らかになっていく、というしくみは、のちに、三つのうち最後の長篇『城』において最もはっきり現われることになるであろう。二作めの『審判』では、Ｋ《カール》のとるまずいふるまいの非常に納得的な必然性と、場面がストーリーの背後で着実にＫ《カール》をつつみこんでしくむ事情とによって、プロットがどんどん移っていき、遅れてきた世界構造は現われかかったと見る間にすぐ次へと先送りされる。正直なＫ《カール》がまれに方便として小さな嘘でもつこうものなら、たちまちそれは悪意あるものと人々に解釈され、Ｋ《カール》はさらに次の場面へと追放される、といった具合に。

このような世界構造には、場面自体が事情の全体として、いわば自動的に世界了解をなし、それが主人公の必死の世界了解を必ず一廻り凌駕し包囲してしまう、という作者の——もう一端の——世界観が、思想として深くしみこんでいる。『アメリカ』においては、Ｋ《カール》の世界了解をその断片とするような場面自体の一つの固体的な世界了解が成立しているように見え、またその世界了解がおのずから火夫、伯父といった断面から断面へと移り変っていくとすれば、『審判』においては、裁判を軸とする世界了解が、Ｊ・Ｋ《ヨーゼフ》の日常個別状況のそれぞれと同一線上に立ちながら、まるでいんちきな魔術のように、事情のモザイク的総体として、ほとんど仮構的に成立している。（同じ意味でそこでは、原理的には先行したはずの変成状況が、Ｊ・Ｋ《ヨーゼフ》の行く所、罪にひきつけられて裁判所が現われる、という具合に、宿命的に現在形と感じられつつ物語に接合されうるのだ。）『審判』の方がその分だけ、——生活の別箇の側面においてではあるものの——同じ人間的状況をよりきびしく表わしているといえようか。

——そして、「組成実体とみえるアメリカ社会」「法、裁判所、訴訟」といった、本来の空虚な観念としての共同幻想が、作者の世界観のこの一端を象徴していよう。それは、個々の場面でいえば、K《カール》の伯父のめまぐるしい事務所・K《カール》が利用できずに行きまごうホテルの食堂・ひたすら喧噪のもとに見せもののように継起する選挙運動の隔絶感であり、また裁判の進展における雑多な手だての分岐混迷感である。しかも、この世界観は、実は思いのほか納得的でもある。フルト弁護士の説をきこう。「この大きな裁判組織は、いわば永久に宙に浮いたままだ。自分の立場で独自に何かを変革しても、自分の足場をとり去って墜落することができるだけだ。」だがこれは、実際の日常における現実全体にも、おのずから究極的には妥当してしまうことにちがいない。

同様に、『アメリカ』の料理長が、K《カール》に厚意をもっているにもかかわらず、事実に則したK《カール》の弁明を、残念ながら虚偽だ、と判断してしまうのも、実際には納得的である。場面の事情全体が、彼女にその判断を強いるのだ。また、短篇『判決』のゲオルクは、現実の裏側にあって遅れて出てきた父の言い分が、思いもよらないことにはすべて正しいことに気がついて、父が水死刑を命ずるままに、川にとびこんでしまうのである。

三　世界観と目的意識

作品空間において主体――表現主体としては作者、言語表出の仮想的主体としては語り手、表現内での心身の主体としては主人公、というふうに、それは原理的には微構造を保ちつつ明快に分離する――のもつ思想は、現実の人間のいだく思想と同様、世界観と目的意識という契機によって、普遍的に考えることができるだろう。一般に、そもそも主体のいだく目的意識は、その世界観と一定の関係をもってのみ発現できるものでありながら、本来的には世界観と目的意識は独立の変数として様々な値の組合せをとりうるのであって、むしろ、世界観と目的意識という二つの直交座標軸がなす平面上にこそ、それらの複合体として思想の全体像がうかびあがるのだ。

もちろん、目的意識という観念は、一種超越的なものへ陥るという、巨匠的に致命的な危険を内在するため、独立のものでなく世界観の複雑な関数とみなして、いわば世界観の色調として照らし出すべきものだ、とも考えられよう。それは勿論、その限りにおいて説得的だ。だが、目的意識はいかに複雑な関数を介しても、世界観には還元されえない。現実の、また作品表現における主体は必ず、日常内の何のためとは特定されぬ幻想・理念のために——少なくともイメージとして構想し、よりどころにしながら——生きている。目的意識はいわば、特定の関数が存在しない連関という意味でのメタファー、というあり方で、現実に関する世界観に連接している。そしてすべて作品・表現は、その連接がたどる軌跡の相貌を質料（の核）として成立しよう。

それは、カフカに関しても基本的には例外でない。ただ、事情はここではさらに一層複雑だ。カフカの作品の主体における目的意識の座標軸は、世界観の座標軸と決して交わることなく、したがってこの場合直交座標系を直接は形成せず、いわば作品空間の中に別方向を向いたベクトルとして浮かんでいる。しかしさらに、それと同時に、目的意識の座標軸は世界観の座標軸に垂線をおろすことによって、世界観のそれぞれの相をひそかに裏打ちしているのだ。

先行する同一性の世界観を裏打ちしているのは、女性関係への期待、性的イメージの肥大といった、男女関係の幻想にまつわる目的意識であろう。『アメリカ』『審判』の主人公は、異性関係を決して最高の行動原理とはしていない。だが——おそらく作者の思想も微構造的に関与して——K《カール》・ロスマンは、同一性の欲求の中でも角度のねじれた女性欲求がそれだけいっそう端的にかなえられるかのようにふるまうし、J《ヨーゼフ》・Kは、裁判に対して直接には冷淡なのと同程度に、ビュルストナー嬢の手を直接にぎり口にキスを押しつけるのだ。——またそれがほとんど短絡的に像として表現されているのが、例えば『審判』の人気ない法廷でK《カール》が見る、裁判文書の冒頭に描かれた、男と女が裸でソファーにすわっているという絵だ。

それと並行して、カフカには、いわば希望の原風景をなすような、或る種の落ち着きをともなう場面が散見されることも、おそらく見まごうべくもないだろう。たとえばK《カール》がふと隣のバルコニーに見つけた学生メンデルと、

	先行する 世界把握変成	遅れてくる 世界構造
世界観	同一性の世界了解が 実現されうる という世界観	場面自体が一廻り大きい 世界了解をなしてしまう という世界観
目的意識	男女間の幻想に まつわる 目的意識	共同幻想のネガ としての カタルシス

しんみり語り合う夜の場面だ。そして同様にイメージの原風景として考えた時、いつもは像が何を指向しているかわからなくて奇異な感を残す或る種の場面が、ひそかに目的意識と連なっているように思われる。たとえば、K《カール》・ロスマンが伯父のもとから追放された直後の、ニューヨーク郊外の場面。遠景では山脈に日光があたり、近景ではひばりやつばめが高く低く飛ぶ。その間で、やせた畑や工場にはさまれて、「無作為に建ち並べられた貸アパートでは、数多くの窓が様々な動きと光の具合にふるえ、小さくて貧弱なバルコニーの上ではどこでも女や子供たちがいろいろなことをしていて、そのまわりではつり下げられたり横に張られたりした布や洗濯物が、彼らを見え隠れさせながら、朝風をうけてはためいたり大きくふくらんだりしていた」。

牧歌《イデユレ》であるかのように見えて自然《ナトウーア》の情感にはひたらず、都市の風景を見るまなざしであるかのように見えて実際には田舎くさい郊外を描いているにすぎず、読者をなんなくとまどわせる描写だが、この正体は、「組成実体とみえるアメリカ社会」がちょうどネガになったような、カタルシスである。これは、直後にある、ニューヨークを斜め足元に見下した時の、人間が捨象されて都市の抽象的な外観だけが思われるイメージを、ちょうど裏返しにして、郊外に目を向け直して像化したものなのだ。都市の内部以上に都会的な荒涼をすら装った構図の中で息づく、空気、土地、生活、そして風景の、かすかな肌ざわり。演劇においては、悲劇のストーリーでの愁嘆・恐怖が観客の情緒の鬱積を放出的・地平転換的に浄化することをカタルシスというとすれば、ここでは、共同幻想やそれに象徴される圧倒的な世界観の像からそのネガ像への放出的・地平転換的な解放が、読者を巻きこみつつ、瞬間的になされている。そしておそらくこれが、場面自体が自動的に世界了解をなしてしまうという世界観に、目的意識として、ひそかに裏側から拮抗しようとしているものだ。同様に、『審判』においては、挿話『掟の前で』の男が死にゆく時、掟の門の奥からさしてくる後光が、「法、裁判所、訴訟」がネガになったカタルシスであり、『城』においては城の方からよろこばしげにひびいてきて主人公Kの心を憧れでしめつける、大きい方の鐘の音が、共同幻想「城」のネガであるカタルシスとなっている。

『変身』においてグレゴール・ザムザが変身してしまうフンコロガシは、『田舎の婚礼準備』においてはカブトムシ、コフキコガネとしてベットに横たわり冬眠する安息のイメージとして現われるものであり、これも同様のカタルシスにほかならない。また、『判決』の結末で、ゲオルク・ベンデマンが川に飛び込んだ時の、「その瞬間に橋の上を文字通り無限の雑踏が動いて行った」という一文を、カフカは友人マックス・ブロートに、「強烈な射精」のイメージだと語ったというが、これも同様のカタルシスだったのである。そしてこれらのカタルシスの作用をしているイメージは、カフカにとって、──いわばそれぞれの詩人が彼独特のものとしてたどってしまう独自の形象論理のように──書くということの起源において、まずとってしまう像の傾向性、感じ方の傾向性をなしているのではあるまいか。その意味で、これらはカフカの原風景をなしているのだ。

第三章　機構と彼岸の女性像

――『城』試論――

はじめに

『城』に関して述べる前に、フランツ・カフカの作品に関して一般的なことを、いくつか考えておきたい。

カフカの作品世界をかたちづくっているものは、およそ普通に考えられる小説がそうであるのと同様、作品の中に描かれた現実、いわば作品現実である。作品現実の中において、あるいはきわめて明晰な（それは、カフカにおいても）、あるいはうすぼんやりとした像をわれわれは感じ、また、或ることがらの推移や、話のつながりがかたちづくられるのである。

ところで、カフカにおいては、この作品現実の外側に、作品にとっての、また別の現実（それは、われわれや作者自身も生きる、この生身の現実でもない）が、読みとられる――ということはおそらく作品自体によっても要請されている――ように思われる。それは、ひとつには、作品現実にとって、書かれてはいないが或る原型、出どころ、オリジナルなもとのかたちとなるもの、いわば原現実、ウア現実とでも呼ぶべきものである。もう一つには、作品現実にとって、作品をつきぬけてゆきつくところ、あるいは或る場合には、作者カフカがほかならぬそのことに関しては必然的に主人公と同じ立場に立って（むろん主人公は作者の代理人であるわけではない。主人公は作者の良心に完全に従って動くわけではないし、また作者は主人公の知らぬこともむろん知っている。それにもかかわらず、主人公は作者の文学的生体験の範囲を出ることはできないだろう。それと同様に、或る究極の目的のようなものは、作者から作品をとおして、部分的にであれまた時には逆説的にであれ、主人公に浸透しているであろう）想定してしまうような究極目的のようなもの、いわば、究極現実、ポスト現実とでもいうのがふさわしいものである。（これらは、作品にとってすら必ずしも実在するとはかぎらぬにもかかわらず、作品現実の一部と関連しつつ、作品現実の両側に位置している。すなわち、原現実—作品現実—究極現実という系列が、想定できるのである。）

これらが、カフカのすべての作品において、つねに感じられるわけではない。ほとんど原現実のぼんやりした感覚にとどまり作品現実自体がいわば形成されていないに近い、初期の短篇の世界（あの「判決」より前の）もあれば、また、作品現実のしくみや作品現実と原現実との関係をうかがわせる、『アメリカ』『審判』の長篇の世界もある。ところが、長篇『城』は、前二作の長篇以上に主人公によっていろいろな把握がこころみられる少なくともよりあきらかな作品現実の姿をもち、その中でまた作品や主人公にとって、次節に述べるような独特の原現実がのぞみみられ、しかも、主人公Kと「城」との「戦い」においては、明らかに何らかの究極のものが、作品内に書かれおおせることはできぬものの或る種の現実として求められているのであって、ここではこの三種の現実の全幅の展開が見られるのである。（なお、本論は、『城』を「作品現実」にそくして論じるものであるが、その中でも主に第一節は「原現実」と、第三節は「究極現実」と、それぞれ特に関連した「作品現実」を扱っている。）

カフカにおいては、作品世界において、きわめてわかりにくいことがおこっているのだろうか。むろん、われ

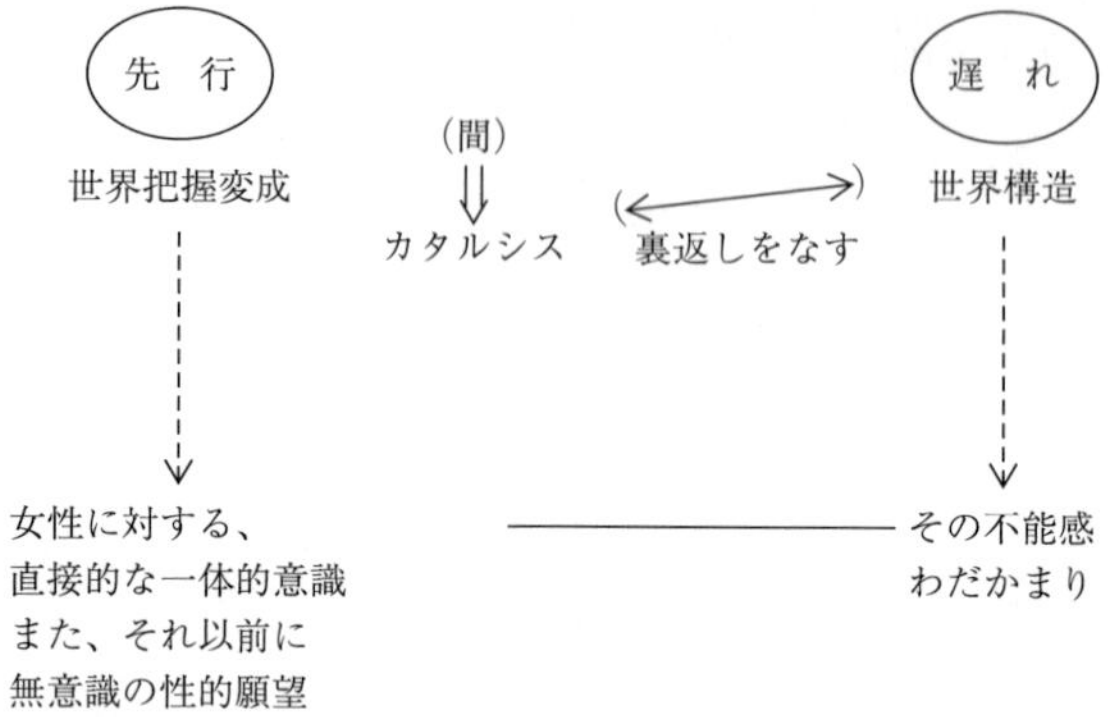

図１　『アメリカ』『審判』『城』の作品現実

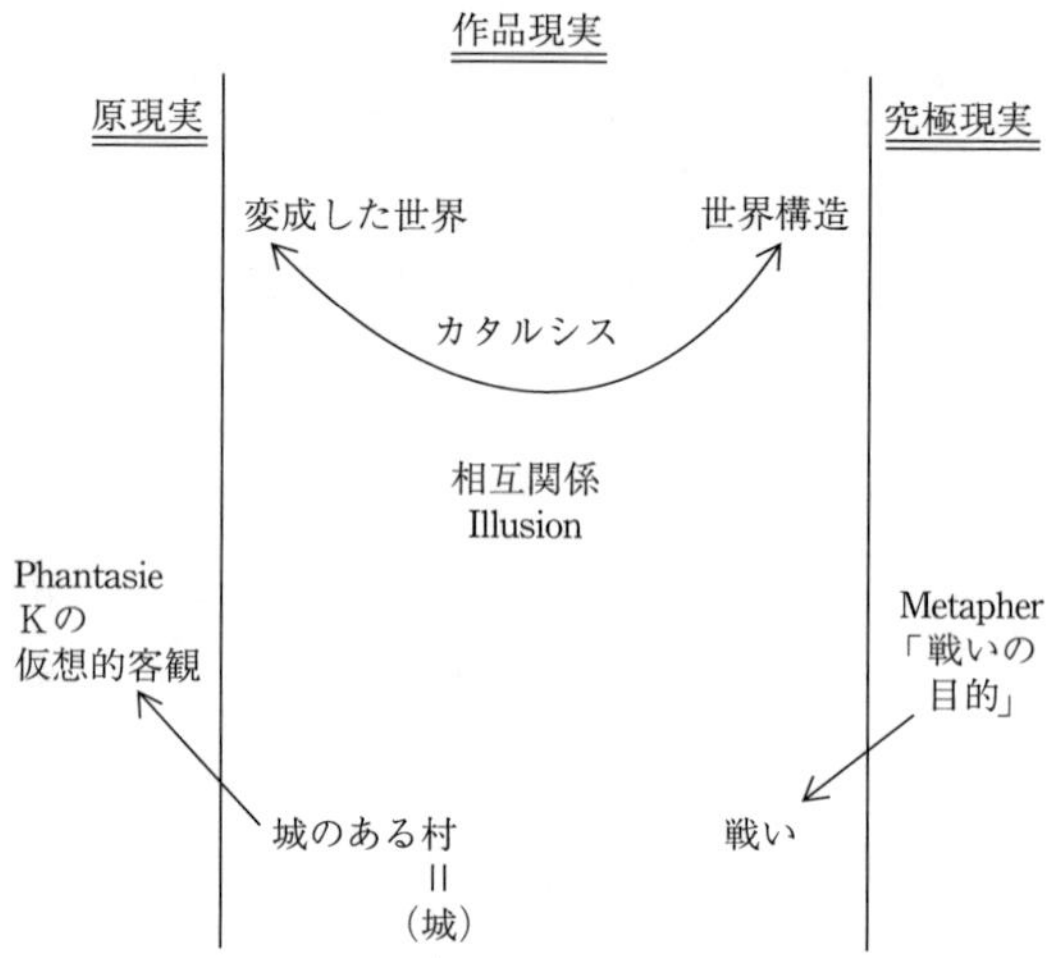

図２　『城』の現実の全幅

われが現実の日常において、普通に信じているような、客観的なことがらの連続性、因果関係、或いはおよそそのようなことがらがおこりうるかどうかという常識的可能性、といった点において、カフカの作品世界がとりあえずそれとはちがった相貌をしているのは事実である。しかしそこでは、作品現実を構成するしくみが見られるのであり（それは「構造」というようなできあがってしまったシェーマをもつものでもないのだが）、『アメリカ』『審判』などの作中に見られるような、原現実の断片や、その原現実から作品現実へと作中の現実が変成する過程を思わせる場面からしても、作品現実自体、なんらかの条理のとおった世界となっている。作品内の事実、というレヴェルにおいても、個別には、ある意味で——形象的・理路的には——わかりやすい世界であり、また変成のしくみといった半ば身を外に置いての観点からすれば、これはきわめてわかりやすい世界とむしろ言わなくてはならないだろう。

ところで、『城』においては、原現実は、作品現実の中で主人公Kが、たとえば城山からきこえてくる二つの鐘の音をきいた時や、中庭で待ちぼうけをくわされ馭者の暖をとる実用の酒がコニャックの芳香を発する時（第八章、但しそこでの書かれ方は逆であるが）、自分の由来、自分がそこから来た故郷の村のことを考える時などに、いわば作品現実に触発されて、とおい呼び声としてあらわれるようなものにすぎない。それは、この作品においては、Kにとってあったはずの客観性、あるいはこの城の村においてもKにとってあるべき客観性、といったものになっている。事実の客観性自体が、ここでは原現実の、いわばファンタジーというべき領域に属しているのである。作品現実自体としてはそれなりに条理にかなった世界である、ということは、ここでもかわりはない。つまり、作品世界の中では、作品世界独自のしくみは保たれている。しかし、われわれがまさに現実の客観的世界の客観的性質であると考えていることがらは、おそらくは論理的にそういったしくみ以上のいろいろな限定をもつことであって、それは『城』にとっては（またカフカの他の作品においては、原現実自体が作品にとってもっと実体的であるように、つまり作品現実へと変成する一皮むいた直前まで作品にとって現実に存在していたもののように思われるが、本質的にはカフカ作品全般においても同様に）、可想的領域、原現実の領域に属するものであるということだ。

これは、おそらくさらには、われわれの日常の現実においても本当は妥当することであろう。個々人のレヴェルにおいても、人間は実際には同時にさまざまの原則に従って行動しており、そのときの主流をなす一つの原則の中ではさまざまなことにつじつまを与えることができていても、同時に持っている別の原則との間での折り合いは、本当はなかなかついているものではないのである。他方、個人をとりかこむことがらの側でも、思いもよらぬ論鋒するどさで、先廻りして考えているかのように動いたり切り返したりすることがあるものであり（恋愛相手がもち出す論点を考えてみればよい。そしてそういう意表をつく論理的精密さの体験は、恋人においてに限らぬはずである）、それらのことがらが、また複雑に並列している。そこにおいてはしかし、作品におけるような、紙数・ページ数、活字・紙といった、外的条件としての閉じたものがないため、普通には、客観的諸原則というものを、ファンタジーの領域としてでなく、現実すべてをつつみこむ透明なユークリッド空間のようなものとして、その開いた現実の根底に、日常生活に破綻なく、想定することができているのである。逆にいうと、作品にとって構築された作品現実の世界（それは、ここでいう日常の客観的諸原則の有無にかかわりなく、ことばとしてのリアリティーをもち存在をなすものであることはいうまでもない。それがことばとしての作品の、要件である）は、その作品が、作品として開いていようと閉じていようと、つまりある全体性を破りえていようと全体性を持ったものになってしまっていようと、かたちの上である字数に定着されたものであるという限りの意味においては必然的に外的現実世界より閉じたものなのであり、その定着のしかたいかんでは、客観的諸原則は当然のごとく願望的ファンタジーの領域に属するものとなるのである。（かたちのデフォルメのことを言っているのではむろんない。それは、感覚とか、表現手段とかの、最小単位における、素材的な——いわば屈折率のような——話、そしてその限りで写実もデフォルメも——屈折率ゼロが定義しきれないため——論理的に等価となるような話ですむだろう。しかしここで言っているのは、ことがらの関連のしかたのことである。）

カフカ作品に描かれるたとえば『審判』の「裁判組織」といったものは、作品現実としてまぎれもなくまず書かれているものではある。ところが、これが、どこまで、作品にとって徹頭徹尾現実である（言語上だけでなく、作品内の外的世界として、まさしく存在する）と言えるのだろうか。あるいは逆に、作品現実の中で書かれているすぐそばの事実がどうなっているのか断じられない、とか、ことがらが客観的諸原則に従っていないという意味でことがらとことがらは単に並列されているだけであるとするとそれらの間に理路が必ずしもないのではないか、とかいったことは、どういう段階まで言えるのだろうか。これに対する、大きな答えは、原現実から作品現実への変成のしくみがあって、その条理の範囲内でこれらのことが言われうるのだということ、そして同じことだが微視的な答えは、そのもとにはそれぞれのことがらの描写のしくみ（次に紹介する吉本説のような）があるのだ、ということになろう。だが、また具体的にも、それぞれの作品の作品世界において、その世界その世界が、作品から読みとれるしくみ（たとえば「裁判組織」や「城」のしくみ。たとえ、存在が単相でなく、変成という刻印と、原現実との関連とをはらんだものとしてであれ）を、しっかり持っているということである。

しかし、さらにカフカにおいては、作品の閉じた全体性は、ストーリー自体（それが仮に閉じた終りをもつものであろうと）の中で、回避されているように思われる。『城』においても、原現実、作品現実、究極現実といった、構成領野が、抽象的には過不足なく作品に関与しているにもかかわらず、究極現実へ向っての、整合性の意欲にかきたてられた全体像の方向性をもたない。（それは、たとえば『城』が未完であることによるのではない。――その意味でならば、『アメリカ』の末尾が主人公K《カール》・ロスマンの「先送り」という事態を内陸部への列車という形象でむしろありありと呈示して消えゆくのともまたちがったあり方で、のちに述べるように、『城』も作品に結着をつけている。）むしろ、それらの間で、次元をさかのぼるようなしくみが、それと同時に保たれているかのようである。究極現実は作品現実にばらばらに還元され、作品現実は、文中のほんのわずかのところから、原現実に規定されることによって……。

一　村と城

フランツ・カフカの作品世界で描かれている事態は、どんな小さな部分をとっても、決して喩えなのではない。

たとえ、カフカ自身に、「喩えについて」という短篇があるにせよ。（そこではおそらく「喩え」の意味もことなっている。）しかし、これがほとんど自明のことであるのは、どういうわけでなのか。おそらく、少なくともカフカにおいては、喩えと比べて言語表現のより根本的なところで、意味や像に関して、独特な転移が起こっているのだ。カフカに関してすぐれた言及を繰り返し行なってきた吉本隆明は、初期の批評「言語の美学とは何か――時枝美論への一注意――」の中で、基本的な言語過程のヴァリエーションの一つとして「概念移行型」をあげ、カフカをその一例とした。具体的な対象を概念的に把握した時、その意味把握や像把握が別のことばに連合して表現されればそれはおそらく喩えとなる。ところがカフカの場合では、言語表現を色や音程のように使用して、概念的な意味把握と像把握を言語表現によって記述している、というのだ。（これはその像が単にデフォルメされているというのとはむろん別のことである。）そしておそらく、カフカの動物や機械の姿が、一見どんなに奇異に見えても、別の或る現実への喩えではなく、むしろ現実そのものなのだ、と言っていいのも、微視的にはこの吉本の説の限りにおいてだ。同様の意味で、『城』の城当局や官僚制も、既に概念段階において構成された、現実なのだ。しかしこのことは、作品の瞬間的な裁断面に、作品の記述成立のための必要最小限の説明を与えているにすぎない。いわば、細部に分解してのみ、成り立つ事情である。だが具体的には、それらの像が作品の中で持続される時、その現実は変成した現実をかたちづくっているのであり、特有ななりたちを持つことになる。『城』においては、城、Kと城との戦い、村、といったものの持つしくみがそれだ。

Kは果たして自ら主張しているとおり、城から招聘されてやって来た測量師であるのかどうか、はっきりとはわからないように書かれているが、それ以前に、Kがこの村に城があると知って入ってきたということすら、本当はあやふやであるかのように見える。Kが夜ふけに村に到着し、宿屋で城からの使いにたたき起こされる冒頭の場面早々、Kの身分に関するK自身や城による規定がころころ変わり、Kが苦しまぎれに全面的に嘘を述べている可能性を感じさせるし、事実、Kの述べた昔ながらの助手が到着しないのをKがそののち少しもいぶからないところから、少なくとも部分的にこの助手に関しては、Kは明確に虚偽の発言をしたのだと確信される。そうなると、Kは何も知らないで偶然にこの城のある村に入りこんだだけだという想定さえ、一応なされうることにもなる――。

ところで、『城』のカフカ自身の手稿版によれば、冒頭からしばらくは、この作品はKのかわりに ich を使って、一人称形式で書かれていたのがはじめのかたちだった。小説の作者と語り手の区別は、もともと、現実の人間である作者と叙述から帰納された架空の主体としての語り手ということにすぎぬし、文章上も、表現の主体と表出の主体ということにすぎず、また、語り手と主人公の人称の区別も、語り手がどこに視座を置くかというだけのことで、実際の表現にあらわれたそのかたち自体は実はそう大した問題ではない。われわれは、表現の内部に人称をこえてひそむ、作者自身の（自己）論理の（文学的）相対化の成否を論じる手助けとする場合以外には、便宜的にそれらに言及するにすぎず、ここでも主語の違いそのものから深い意味を見いだすのではない。ただ事実関係として、その間の文においては語り手とKの発話位置がほぼ一体だということがわかるのである。書きかえを生きのびた、文自体の含意において、Kは語り手として、小説の変成した現実自体をいつわるようなことは述べず、虚偽を述べるのは単に部分的に小説内での行動手段としてに限られる。また語り手はKとして、「城山は全然見えなかった。霧と闇につつまれ、大きな城の徴候を示すほんのわずかのあかりさえなかった」という記述とともに、城の存在を知りつつ、意識的に村に入ってきたのだ。

Kが本当に測量師なのかどうかはおそらく知るべくもないが、Kは、そう主張することにともなう一連の行動を、奇妙なことにはじめからいきなり「城との戦い」という言い方で考えている。この「城との戦い」がどんな内容を指すのかはっきりしないのだが（本章第三節参照）、のちにKが、到着の夜の城からの使いシュヴァルツァーについて懐述するところによれば（第十四章はじめの部分――なお章だては従来のブロート版に従う）、シュヴァルツァーに寝こみを襲われさえしなければ、測量師だと主張しない（むろんそれこそが虚偽かもしれない）、全く違ったやり方もありうるものらしい。いずれ、不可避かつ意識的なものではあるにせよ。また、城の方でも、Kを尋問の使いで出迎えたり、まがりなりにも電話や手紙で測量師に任命したりすることにより、この戦いをひきうけるとともにKがそれを戦いとみなすことも、認めているかのようだ。そしてその際、この戦いということと並行（また、実は深く関連。本章第三節参照）して特徴的なのは、城と村との微妙な関係である。

シュヴァルツァーが作品冒頭の場面で述べているのによれば、この村は城の所有物であり、ここに住んだり泊ったりする者は、ある意味では城に住んだり泊ったりしていることになる、という。Kはそれに対してさらに飛躍を装って、「何という村に私は迷い込んだのだ。一体この村が、城だというのですか」と尋ね、当然そうだ、という答を得ている。また、Kがその次の日はじめて城に向って歩いている時出会った小学校教師は、「農民たちと城との間には、大した違いはありません」と言うが、これも村と城に関する、おそらくは正しい情報だ。村と城とは、この作品でははじめから、或る同一の構造体をなす、二重になった存在として現われている。ほとんど城は村であり村は城であるのだが、また城は、村を抽象的に包括しながら村の上に浮ぶ、全体性としての構造物でもあるだけだ。それが建物の形をとる時には、貧相な村をちょうど抽象するような貧弱さで、しかも村の日常生活（それはそれで大人の世界だが）を官僚的に捨象するということに起因する子供っぽさとむら気との気味悪さで、またこの子供っぽさと官僚たちの知的能力の熟達や欲求の成熟度との不均衡がなすヒポコンデリー的に気狂いじみた感じで、姿を現わし（第一章半ば、城がはじめて見える描写は、どうやらそのように読める）、はじめてこの城をながめるKに、一種の失望をもたらすことになる。

城と村との二重構造に最初に直面した時、Kが示すのは、事情の全体性ということと、部分的諸事情ということとの間の、齟齬感である。

しかし若い男はまもなく気をとり直し、Kの眠りに気を使っていることになる程度には声をひそめ、しかし言っていることがKにちゃんとわかるような大きさの声で、亭主に言った。「電話で問いあわせよう。」何だと、電話までこの田舎宿屋にあるのか。すばらしくしつらえたものだ。個々の点においてこのことはKを驚かせたが、全体としては無論Kも予期していたことだった。電話はほとんどKの頭の上にすえられていたのだが、眠たくて見おとしていたというわけだ。［中略］

一瞬Kは、シュヴァルツァー、農民たち、亭主、女将が全員で襲いかかってくるかと思った。最初の攻撃をともかくかわすため、Kはふとんの下にこっぽり這入りこんだ。その時また電話が、しかもKの感じだと特別強く、鳴った。Kはゆっくりと頭をまた外までのばしてみた。今後もKに関する電話だということはなさそうだと思われるのに、みんな立ち止り、シュヴァルツァーが電話機に戻った。

（『城』第一章）(1)

Kは、そこで起こっている事情が全体としてみれば別に了解を絶することではないのだという理解によって、かろうじてそれらの事情に直面した現在の地点に踏みとどまってはいるものの、それでも自分の状況における周囲の事情の個々の側面からは、やはり驚きを受けずにはいられない。しかもそれだけではない。本当は、Kがそれを支えとしたかと見える全体の事情こそが不明なものなのであり、個々の事情の奇妙さなどは、逆説的だがひそかに全体の事情からの影響を受けたことにのみよって生じたのでもあるのだ。場面に居合す村人たちは、城に関する積年の知識によって、或いは城からの具体的情報によって、「今度の電話」もまた城からのものであることを、ほとんど、或いははっきり、知っている。そして、引用後半場面の事情の全体性を引き受ける城からの電話は、Kをからかうように、事実特別強い音でベルを鳴らしたのだ。（Kは、第二章では、電話においても、城の外見にちょうど対応するかのような、子供っぽい雑然とした、歌声のようなもの音をきかされることになる。——あの後期の短篇のヨゼフィーネの歌が単に何の変哲もないねずみの鳴き声にすぎないという事実や、そのむなしさこそがねずみたちをひきつけること、かつその歌が思わせるものは子供時代であることとも似て——ここには、作品現実に身を置いた際の原現実からの呼び声の子供っぽさ・いたずら具合、原現実の抽出のしがたさ、原現実と作品現実に一度にふれたときのＫの作品内での感覚全体のゆがみが、同時にあらわれているだろう。「原現実」を、変成前の現実という側面に重きをおいていうにせよ、Ｋにとっての可想的客観法則ととるにせよ。そしてその電話の相手オスヴァルトは、城の方からきこえてきた二つめの鐘の音、小さい方の鐘の音のように、とつぜん低い声で、Ｋの原現実を、だれを指すのか会話上も一瞬空白となった「古い助手」に同定するに至る。はぐらかし、その瞬間に脱幻想化し、Ｋにとっては実は原現実ではないこの村の中の日常へと、Ｋをあきらめさせ、Ｋの原現実をすりかえるかのように。）

この状況の中で、『城』のＫは、もはやひたすら善意でナイーフなきしみをアメリカ社会にたてて廻る『アメリカ』のＫ《カール》・ロスマンや、実際上は知らず知らずのうちに裁判に全人的に対処しながらも他方無策にも意識においては自分の善意にしがみついている『審判』のヨーゼフ・Ｋではない。彼は戦いにおいて、城と村の二重になった微構造を振り分けて考え、いつも決してあえなく論破はされないでありうるように手段を必ず尽くし、とった行動の限りでは冷静だ、という程度にはしたたかだ。官庁長官クラムからの最初の手紙を見て、Ｋは、それが、城とは見かけ上のつながりしかない村の労働者になるか、見かけは村の労働者でも城のみの指示で仕事する者になるかの選択を迫っている、というきわめて微細な分析をし、城とのつながりよりも村とのつながりを求めるやり方でのみ、城で何かに到達できると考える（第二章）。城への道は、最初にＫが歩いた限りで城まで着かなかったにすぎず、作品内の現実では、事実Ｋの目の前で助手たちが歩いてきて馭者ゲルステッカーも言明した方角で、明らかに通じている。（あかりや雪の感覚をいきづかせた、冬日であり、日の短いかの地では、むろんＫの期待以上にすぐ夜にもなる。）ただＫは、「城」の相をにらみながら「村」の相を介すべきだということを知っているというだけなのだ。

その「村」の相――これは事情の個々の側面ともほぼ同じこととなる――の中では、しかしＫもあまりにもナイーフに振舞ってしまう。（「村」の相の中で、Ｋは自らの出身、村の客観理解願望といった、原現実からよびかける声に、はじめから身をひたしている。）中身のよくわからぬ「城との戦い」に関する戦略的虚偽・虚構言動の可能性のほかでは、Kも、女たちへの発言が戦々兢々としてうさんくさくみえるにもかかわらず、あるいはむしろそれゆえにこそ、ぎりぎりの善意を原則とする以外に術を持たないかのようだ。Kは「城との戦い」を念頭に置きつつも、「村」という相の中を手当り次第に分析して廻り、その結果個々の事情をいくらか知るようになるが、それはここでの城に関する全体的事情とは決してそぐわず、村の人々から見れば驚くほど実用に遠いままだ。だがKの世界了解は、K《カール》・ロスマンの世界了解が、場面の背後で世界全体が結託するかのようにまわりの人々がなしてしまう、より密度の高い世界了解のためにその都度押しやられてしまうのと違って、事情全体の中にどうにか立つ支点を見いだしてはいる。また、ヨーゼフ・Kの世界了解が、周囲の事情全体としての彼の裁判というものとちょうど同一の線上に立つことを余儀なくされ、実際にそうしているくせ、半ば個々の身辺事情（銀行生活の）に固執しながらしか背後の事情全体の世界了解に考え及べず、それら二つの系列の現象を不分明に混線させていたのとも違って、意識的に村の個々の事情に入っていったのではあるのだ。村に関するKの無知と善意とが、何らかのひそやかなもくろみを秘めてKが夜と雪の村を歩く衝動力、生の原動力に、ほとんどなり代わっている。そして城はその時、――村の相が原現実（Kにとっての客観的理解のファンタジー、という側面もあわせて）を含むこととちょうど解像分離して――漠とした全体的事情（それはここでもやはりあたかもそれ自体能動的なものと感知されてしまう）の側での世界了解が、村と重なる形で現われた変成像であったのにほかならない。

二　機構と幻想実体

城は、作品の現実にとって、建物や伯爵とその官僚たちの集団を意味している以上に、村の人々にとってもその詳しい細部はよくわからない、村の制度機構、統治機構のようなものを体現している。それらは時としては、全く自動的な機構・装置として機能しているように見えることもある。しかしそれは、その機構を動かしている側の城の人々のことが不可知だから、というわけではない。制度機構・装置というものが、その独自の属性として、もともと自動的に動くという性質を持っているのだ。

さてここでうちの当局の機構の、特徴をお話ししましょう。この機構は精密なだけに、きわめて感度もいいのです。ある件が非常に長らく検討されてきた場合、まだ検討が終ってなくとも、突然電光のように、予期もされずのちにもどこかわからぬ部署で、決着がつけられ、それが、たいていはきわめて正しいものの、勝手気ままに、その件を終らせる、ということがあるのです。まるで、当局の機構が、それ自体はおそらくとるに足らぬ同じ件の長年にわたる刺激に耐えきれなくなり、役人の助けを借りることなくそれ自身で、決定を下したかのようなのです。もちろん奇跡が起こるわけではなく、だれか役人が処理書類を書いたか、文書でない決定を下したかに決っていますが、いずれにせよ少なくともわれわれからは、こちらからは、それどころか役所から見てさえ、どの役人がこの場合決定し、どんな理由でか、はっきりしないのです。ずっと後にやっと監査局がそれをはっきりさせますが、われわれはもうそれを聞くことになりませんし、だいいちそのころにはまたほとんどだれの興味をひくこともないわけです。（『城』第五章[2]）

決定を下した個人としての係官もいるに決っているし、それがだれかが本質的に不可知なわけでもないが、なによりそれは問題にもならない。下したものが決定となるのは、それが或る係官のものでなく、機構のものだからだ。また、村にとっての城というのに限らず、およそ人間にとって、生活の死命をいくぶん制するような決定を行なう上位機構の決めることは、まさにその機構が自動的に決めたものとしてのしかかる。その決定に関与した個々の人物は、究極的には機構の権化だったのであり、その限りでは無人格者だったのだ。これは、村長や橋亭の女将とKとの間で議論になる、機構内部の人間が個人として現われるときの、公的、私的の区別に関する話とも関係する。機構内部の人間が、まさしく個人として現われるとき、それは決して公的であることはできない。なぜなら公的ということは機構にのみ属しているはずだから。個人としては、機構の人間も、せいぜい半公的であるかもしくは私的であるかのどちらかなのだ。だが逆に、この私的な立場の機構関係者も、或いはそのような立場の関係者こそ、機構の決定を受ける側の人間にとって、決して馬鹿にはならない。なぜならば、機構による決定の際に、関係者の私的な判断が加味されるということならば、原理的にいつでもありうるからだ。

城は村にとって、このような無人格的な機構・装置として存在している。役人の介在は、あっても私的なものとして村の人々の希望的観測の中へ捨象できる点では、城は端的に無機的な制度そのものである。このようなものとしての城は、本質としては、共同体の成員、つまり城と重なる村の人々がなす、共同幻想であるにほかならない。それは、単に観念の共同性という位相でだけ存在し、それ以外には構成要素も根拠も全く持たない、空集合のようなものであるはずだ。

ところで、現実の人間は、単に共同幻想・共同規範の、システムや構造の中で、機能としての身体行動を振舞っているわけではない。人間は、個人や性として、原理的に共同規範とは排反でもあるはずの、様々なレヴェルでの観念や幻想を持ちながら、生身の身体として生きる。むしろ、一見観念の共同性の問題にのみ属しそうなことがらでも――閉じていない現実においては抽象された論理そのものの相とは一方ではやはり少しちがって――、それと並行して、さまざまな社会生活上の観念の積み重ね、という側面と、或るところでは緊密に連繋して、或るところでは単に別経路として、結びついている。『城』においては、あたかも半ばこの事情に対応するように、共同幻想としての本質からすれば実体的要素を持たないものである城が、村における世界構造を実は実体としているることを次第に明かしていく、ということを、作品が原理の一つとしているように見える。このようなことが起こるのは、おそらく、そもそも変成像として登場した城が、Kの背景としての場面における個々の事情をすべて総和した物としての全体的事情に関する、場面自体による仮想的な世界了解、というものを、その出どころとしていたことによると思われる。そしてさらにはそれは、作品というものが紙面上に定着されてあるという限定にも呼応しているのである。

村における世界構造は、Kが行きあって城に関して議論することになる人々——橋亭の女将、フリーダ、村長、小学校教師、在村秘書モームス、バルナバス・その姉オルガと妹アマーリア・およびその一家、ペーピといった人々の、城に関する観念の全体、或いはほとんど同じことになるが、城についてそれぞれがいだく観念の違いの集合として現われるだろう。例えば橋亭の女将は、Kに対し二度にわたってお節介と身の上話の押しつけをした上に、在村秘書モームスがKの尋問を試みようとする時にも、偶然の一致とは思えないほど符合して居あわせ、あたかもひそかな指令を受けてであるかのように口をさしはさむが、その時、女将の発言とモームスの発言の微妙な違いから明らかになるのが、城、城の役人たちや、村に即した、公的・私的のあり方だ。また、城の人たちのための宿である紳士館の酒場でフリーダのかわりに女給としてやとわれていたペーピは、フリーダがKを見すてて再び女給として復帰した時（第二十章）、Kに向って、フリーダを怨嗟する壮大な仮説を展開するが（この最終章に至って、Kのゆき会う人が自説を展開するというパターンが、読者にとってもようやく既視体験が酣えたかのように感じられる。中世の典雅な短調歌曲の、うすぼんやりとした長調非主音終止のように、ここでは作品自体が、下の——地下の——女中部屋のヘンリエッテとエミーリエというような新しいイメージをはらみつつも、自ら露出過多となり、ある種演劇的破局をなしている）、それはフリーダがKに述べる別れる理由に対してKやわれわれがいだきうる疑念にさらにとんでもない可能性を開いてそれを増大紛糾させる、というよりは、むしろ一つの極限論として、疑念に対するアンチテーゼ・歯止めとなっている——Kの、まるめこもうとするような反論ともちがった意味において。フリーダは、おそらくは、城がそうなるようにさせておいたゆえにKになびくことができ、また城が二人の助手に命じてKのところから誘惑させたゆえに紳士館にもどったのかもしれない。少なくともKの推測だと（第十八章）、それが両方アルトゥールと呼ぶことにしていた助手の片われイェレミーアスがその後（アマーリア挿話のあと）疲れ切った顔をしながら本性丸だしにする理由となるだろう。[3] 或いはフリーダもフリーダなりに、但しペーピがいうのともまた違った事情で、城の間接的な強制に対して何か計画するところがあったのかもしれない。だが——いかに助手たちやバルナバス一家をめぐる言動に不審な点があろうとも——いずれにせよフリーダは、「深い狭い墓の中で、やっとではさまれたように抱き合っている」（第十三章）イメージをいだきながら、Kと最終的に別れる場面でなお、外国への駈落ちを空想している女ではあるのだ。

村の世界構造においては、その成員ごとに城に対する観念が少しずつ異なりながら、奇妙なことに、みんな城からの指図によって動いていたり、城の思惑どおりに動くことになったりするように見える、という、一種の転倒がおこっている。実際に個々の事実としては、オルガやペーピの話からその一端がうかがわれるように、おそらく、Kには思いもよらない村や城に関する噂の伝達網と、日常性に根ざした共同観念の強迫力とが働いているだけであることがほとんどであるはずなのにもかかわらず。場面における事情全体としての城は、いわば、現実というものの全体集合そのものだからだ。現実全体の中で、Kは必ず敗退しなくてはならぬわけではないが、少なくとも、生きて戦うことにおけるもくろみを、単なる事物として色あせるのではないもくろみ本来のものとして、それと名ざすことは決してできない。（しかもそのもくろみは、もしそれが経過全体としてしか把握されないものであるとしても、その経過の wie（様相）では決してない。経過全体の was（事態の事実）でなければならないのだ。）その時、少なくともKのもくろみにとっては、現実全体が、いずれにせよあらかじめ一体となって、敵方に働いてしまう。

村の世界構造は、叙述の、かくされたレヴェルで、実際Kのもくろみとも密接にかかわっている。それを明確に解き明かすことは不可能だが、少なくとも、城の内部に関係のある二人の女、ブルンスヴィックの妻とアマーリアのことが、巧妙にほのめかされてはぼかされている。この二人の家はつながりがあるし、或る削除された部分によれば、アマーリアの家にはさらに城からの別の女も出入りしている。また、クラムからの二度めの手紙を城から持ってきたのはアマーリアであるのに、オルガの話ではこのことはなぜか擬装されている。しかもKがバルナバスの家に行ったのを、フリーダもイェレミーアスも、オルガでなくアマーリアに会うためだと解釈しているのだ。この時、Kがバルナバスの家と関係を持つのをフリーダが嫌がるのも、バルナバスの家に対する軽蔑のせいではなく、Kがその戦うことのもくろみのために自分以外にも経路をもつことをフリーダがにくんだせいだ、という可能性もありうるのである。

城は、かくして、それ自体はもともと原現実と分離解像しつつ成立した変成像・一種のにせの原現実としての全体像（可想的ファンタジーとしての客観的法則とは似て非なる、事情全体の仮想的な像）であったが、ここでまず、まさしく作品現実の本体として、漠とした事情全体という以上の、村の機構の構造（ある種、実体的な）をかたちづくっている。そもそも、城そのものに、Kの実際のもしくは仮想の出自があるわけでは決してなかったのだ。城全体に対する補償像を与えるかのような大きな鐘の音が城からきこえてきたのに対し、小さな方の鐘の音は実は城近くの村領域からきこえてきたのであった。原現実そのものは、つねに村の側に属しているのである。――そのため城は一方で、まさにその原現実との分離解像という点において、作品現実にあって究極現実の領域とのかかわりをおのずから代表しているかのように見えるものとなり、「目的」という意識空間をよびおこすこととなる。ここでのアマーリアやブルンスヴィック夫人と城とのつながり、またもともとのフリーダと城との関係に見られるように。Kのもくろみにおいて、「城」（ましてや「城との戦い」）は、一義的にはその作品現実の本体部分としてのあり方をすら超え出て、すぐれて究極現実――由来でなく目的の空間――にかかわるものなのだ。

三　戦いと彼岸の女性像

Kは一体、何をもくろんで、「城との戦い」を遂行しているのか。例えば城というものそのもの、或いは城との戦いそのもの、という、互いに正反対でもある二つの事象は、それ自体が作品内の現実であり、財産や名誉として実際に手に入れる場合でも考えない限り、およそそのものとして人間のもくろみを表わすとは思えないことがらだが、それらをKのもくろみと仮定することは、作品の内容にもそぐわない。城に端的に到達することが目標となるような何かけだかいもので城があるなら、それへの過程が徹頭徹尾「城との戦い」としか意識されないのはうしろ向きにマラソンしているようなものだし、また城との戦いそのものが目標であるとすると、Kがその戦いの内実としていることは作品の全般から見て測量師としての地位とか村への定住権の保全とかいうことになろうが、すでにふれたように、Kはそれらをも戦いの偶然採用してしまった手段、争点と考えているにすぎないのであり、さらにKが城を対立・抗争すべき「悪」だなどと考えているわけでももとよりないのだ。（さらに、「城」や「城との戦い」にいろいろな象徴的意味を結びつけようとすることは、外在的解釈という以前に、冒頭で斥けた単純な「喩え」の域を出ないものであろう。それは、作品内の或るものを、作品内に出てこないが作品内に仮置きいれるならば端的に作品現実のレヴェルにおさまってしまうような、別の或るものへと、おきかえることにすぎまい。）

また、城との戦いということから少し離れて、Kの目標が、村や城の中での生身の女性関係（たとえばすぐ手段へとKにとっても転化してしまうような面でのフリーダとの関係。フリーダとの関係すべてがそうだというのではないが、ここでは、簡単にその相へと移行してしまうようでもあるのだ）にあるのだとか、村内関係を測量することにあるとかの仮説も、作品の内容にそむくだろう。Kはそもそも、もくろみをいだいてこの村に来たのだが、それはもともと知っているわけではないあれこれの特定の女性ではありえないし、特にこの村やこの城の女性一般というのも、必然性がない。同様に村内関係の測量というのも村に来てからのことのなりゆきであり、もともとのもくろみだったわけではない。具体的女性関係とか、村内関係とかは、『城』において際だって特徴的だが、そのままKの目標を担うわけでもないのだ。

Kは婚約者にしたフリーダをどのように見ているか。

> ハンスとの会話はKに、明らかにありそうもないし根拠も全くないが、もう頭から離れない新しい希望を与えた。バルナバスさえほとんど影がうすれるほどだった。その希望を追うなら、他のことは何もできない。全力を集中して、他のことはほったらかしにしなければならないだろう。食事も住居も村当局も、それどころかフリーダさえ。だが根本的にはフリーダのことだけが問題なのだ、というのもすべてはなにしろフリーダに関してのみ、Kの気をひくのだから。だからこそKは、フリーダを幾分でも安心させるこの地位を失わないようにしなければならなかったのだし、この目的のためにあえて普段以上に教師にがまんしても、後悔するにはあたらなかったのだ。そんなことは大してつらいことではない、人生につきものの小さな悩みだ、Kがしようと思っていることに比べれば何でもない。それにKは、安楽な生活を送るために、ここに来たのではないはずだ。
>
> （『城』第十三章[4]）

> それは残念ながら本当だ、おれはフリーダをほったらかしにしておいた。だがそれには、ここでは言えない特別な理由があったのだ。フリーダがおれのところに帰ってくれたらきっとうれしいだろうが、おれはその時からまたすぐに、彼女をほったらかしにするだろう。そういうことだ。フリーダがいたからこそ、おれは君があざ笑ったように外を渡り歩いていたのだ。フリーダがいなくなった今は、おれはほとんどすること

もなくて、疲れ果て、もっと何にもすることがなくなればいいとばかり思っているというわけだ。

（『城』第二十章[5]）

そもそもKは、最初にフリーダに紳士館で言い寄った時から、「究極的な目的」「未来の戦い」「より大きな目的」の話を持ち出していたのだ（第三章）。またKは、フリーダと抱き交して、幸福、不安、齟齬感といった気持ちを交錯させながら、フリーダを失うとすべてを失うようだ、と考える（同）。さらにKは、フリーダのかわりに女給になったばかりのペーピになつかれた時、ペーピだって抱いてやれば、彼女が持っている城との関係をうばいとることができるとなると、フリーダと同じではないかと思いかけ、いやちがう、その違いを理解するには、フリーダのまなざしを思い出すだけで十分だ、と考えるのだ（第八章）。二つめの引用は、ペーピへの反論であるためそのまま真に受けるわけにはいかないとしても、さらにそれに対してありうる反論を含めて、真実の一部を構成している。明らかにフリーダは、Kにとって「究極的な目的」「より大きな目的」のメタファーとなっている。フリーダ自身がその目的なのではないが、フリーダにおいてその目的はとりあえず体現されているのだ。また、逆に現実の（作品現実の）城との関係が、この最後の事情を説明している。すなわち基本的には、フリーダは単に戦いのための手段にすぎず、代替のきくものだ。それにもかかわらず、同時に城との戦い自体が、フリーダのために行なわれているという状況を、引用は示している。（そしていずれの側からしても、村のことがらは、その場・みちすじということになる。）むろん、Kが途中で城との戦いからフリーダの方へと心を動かされたわけではない。戦いの現実の場面にとってはフリーダは単なる手段にすぎないという認識は、Kにとって最後まで一貫しているからだ。もちろん、戦いとフリーダとは、Kの

現実　…　仮の目的「城との戦い」

‖　二重構造

（真の）目的 ｛ 女性像（フリーダ等）
↓（メタファーをなす）
「究極の目的」

図3　目的の二重構造とメタファー

直　喩	Y （芸術）	は	X　のようである （星）
学校修辞学の 隠　喩	Y	は	X　である
批評でいう メタファー	（Y） （言われない）		X ‖（メタファーをなす） （Y′）

図4　メタファーの構造

心的領野の中で別の区分に属するものだというわけでもない。Kの、「目的」をめぐる思考領域にとっては、戦いとフリーダとは、引用から明らかなように、つねに同一のものの表と裏のように、ぴったりとくっついている。

現実（作品現実）というレヴェルの中では、Kの目的は「城との戦い」の個々の局面というものそれ自体に限られていて、すべてはそのための手段となっているにすぎない。だがいわばそれは仮の目的であり、ひそかに真の目的と表裏一体の二重構造となることによってのみ、Kにとって意味のあるものとなっているのだ。そしてその真の目的は、名ざすことのできるものとしては現実には属さない、いわば彼岸のものであり、メタファーとして示されるほかはない。その彼岸的なものは、Kのフリーダへのこだわり、戦いとフリーダとの表裏一体性において、フリーダ個人に限らぬにせよ（フリーダを手段として見る側面により、そうも言える）、明らかに女性に関するものなのであり、いわば彼岸の女性像であると言える。そしてたとえばそのフリーダが、メタファーとして、この彼岸の女性像を引き受けているのであるにほかならない。——ここで、メタファーとは、「YはXのようである」という直喩に対し「YはXである」という言い方を隠喩であるとする修辞法的なものではなく、Yというものがいいあらわせないため、単に「X」と文中で言いきるものであることは、いうまでもない。このとき、Yと言いきれないからこそXと言ったのであって、Xの指すものは何かというと、YでなくいわばY′のようなものだということになる。たとえば「芸術作品」というのに近いと思われる意味で「星」という語を使った文があるとき、そこで「星」とは「芸術作品」を指すものではもはやなく、或る特定の意味変換を経た「芸術作品」、いわば芸術作品を表わしているのだ、といったように。そしてここでは、彼岸的なものは明らかにフリーダにかかわっているのであり、それはフ′リーダである、とまでは言いきってよい。それは、現実のフリーダそのものにきわめて似た何ものかであり、いわば、生身のフリーダから、手段としてのフリーダをとりのぞいたもの（しかしながらそのようなことはむろんほとんど不可能であり、かつそのときフリーダはフリーダ個人であってしかも彼岸の女性像全体を体現することとなる）というに近い。なお、この説明の対応において、「X」というメタファーがフリーダに、Yが彼岸の女性像に、Y′がフ′リーダに相当している。この一見奇妙な対応関係は、次の事情によっている。すなわち、フリーダであると言いきれぬために彼岸の女性像と言わねばならない、ところがそれをフリーダという像によってすでにあらわしている、という過程が（それがこの作品の生身のフリーダをめぐる複雑さでもある）作品のうちに内在しているのだ。——また、フリーダの他に、叙述の背後で、おそらくハンス・ブルンスヴィックの母とアマーリアとが、同様に彼岸の女性像をみえかくれさせているのである。——こうして、戦いは、村にまつわることがらを日常の局面・経過としつつ、彼岸の女性像をめざしてなされるのだ。また、まさにこの構造が、女との日常現実を描くことによってではなく、城というイメージを介してこそ、究極現実としての女性像をとらえようとした、作品の秘密なのである。

Kがこのような目的をどれほどみたしているのか、直接にはうかがいしれない。そもそも、この作品においてカフカによって削除された箇所の記述自体が、城との戦いの、女性をめぐる場面が具体性に流れようとするとき——それはまた現実には手段に流れるのでもあるようだ——、カフカはその記述を削除した、という傾向を示しているように思われるのである。だが、それ自体としては単なる謎ときとしてその姉オルガの口から語られる長大なアマーリア挿話（第十五章。Kがアマーリア

（実際に裏でおこっていること　フリーダ）

⇑

アマーリア挿話の叙述

｜（メタファーをなす）

仮想的アマーリア、ブルンスヴィック夫人との別の挿話　＝　フリーダ′ 彼岸の女性像

図５　アマーリア挿話

自身と話す短い第十四章にすぐ続いて。なお、下級官僚ソルディーニと城の高官ソルティーニの名前の類似、およびそれにまつわる、真相とその紛れゆきへの言及は、原現実が忘却の向こうにあること、およそカフカにおける忘却というものの位相を、いわばわかりやすく解説してくれている箇所であるといえる。同様なことに、あの二人の助手の見分けがつかなかったのも、おのずからおちいっている原現実からの半忘却状態――それは作品現実内でのKの知らず知らずのゆきとどかなさとまさに同一のものである――であったろう）は、そのものが、現在のアマーリアやブルンスヴィック夫人と城との深い結びつきを表わした話、あるいはKとアマーリアやブルンスヴィック夫人の交わりの話の、隠語もしくはさしかえとなっている、という可能性をも持つ。そしてそれを介して、Kが、フリーダという女性像とふりかえに別の彼岸の女性像において真の目的に達そうとしている、という可能性すら、わずかながら感じさせる。それがまたフリーダのようなものなのであり、事実その際、ことはフリーダから離れていても、これをしもわれわれはフリーダと名づけてよいはずである。だがいずれにせよ、それは、Kがクラムの秘書エアランガーのところに行こうとして間違えて入ったビュルゲルのところで、城に達する幸運の話をきかされながら眠り込んで見る夢の、Kをちゃんと一員とする悪ふざけのレヴェルがちょうど象徴している程度のものだろう（第十八章）。そこではKは、ギリシァの神に打ちかかって、しこたま勝利するのだ。おそらくまたそこが、カフカの笑いの系列の頂点ともなっている箇所だ。そしてその直後には、薄明の中での役所の書類くばりの場面、城の仕事の実情がしらじらとわかってしまいながらそれがまたねぼけた妄想関連のようにゆがんでいる薄明の情感の場面――いわば作品の入口と出口（ゆきつく先の気分としての）、原現実と究極現実がひとつに兼ね合わされ放り出されたかのような場面が続くのである（第十九章。前述のペーピの話などの第二十章は、それをうけての、後産のような破局・結着となる）。

なおすでに述べたように、このフリーダというべきものは、仮に女性そのものでなく或る過程全体をあらわしているものであるとしても、その場合でも、過程自体が wie でなくその全体そのものとして was としてとらえられたものでなければならないだろう。いずれにせよ、ここでは『アメリカ』『審判』における女性像が、女中に性的に誘惑されるときのいとなみの断片的感覚や、女性への直接的一体化をのぞむような女性了解願望（それがまた直接的に、現実了解願望と同一のものとしてあらわれる。『アメリカ』においては、K《カール》・ロスマンのナイーフな心情傾向において。またさらに『審判』においては、裁判官たちの女ぐせや裁判組織への女性の関与が、ヨーゼフ・Kの側のきまぐれな女性欲求にちょうど呼応していることにおいて）を介して、むしろ原現実と結びついていたのに対し、女性は明確に究極現実へと結びついている。しかしまた、繰り返せば、究極現実が、作品のストーリーによってすら、一意的に求められているわけでもないのである。ここで、卑近な単純な例をとれば、たとえば将棋の一局、野球の一試合の中での、興味の組み立て、うつりかわりのようなものすら、ストーリーと呼べるのであり（事実、通俗的興味のストーリーテラーの得意とするストーリーとは、まさにそれを具現するようなものである）、『城』も、その意味での小説的結構を十分にそなえている。他方、ロールプレイ型ファミコンゲームにおける、「あなた」の行動意志（目的、原理などとも言いかえられる）のようなものにも、ある種のモチーフ性がみとめられよう。『城』においては、後者をすぐれて究極現実がになうのであり、かつそれが前者の意味でのストーリーにおいて、そのまま求められはせず、むしろ語られたストーリーの中へと、解体されているのだ。現実の場における仮のもくろみと、真の目的という、このような事情を、これとは別の一切片から最もコンパクトに表わしているのは、おそらく冒頭に題を挙げた小品だろう。

賢者のことばはいつだって喩えにすぎず、日常生活の役になどたたない。ところが我々にあるものといえばこの日常生活ばかりなのだ。と、多くの者がこぼす。賢者が、「彼方へ行け」と言うなら、それは反対側へ越え行くがよいということではない。それだったらまだ、行く価値のある成果があるなら、できることだ。だが賢者が言うのは、何か架空の「彼方」なのであって、我々はそれを知らないし、賢者ももっとわかりやすぐ言うこともできず、結局ここでは我々に役にたたないものなのだ。このような喩えはそもそも、把握できぬものは把握できないと言っているだけで、それならもう知っている。我々が毎日あくせくしているのは、もっと別のことでなのだ。

これに対し、或る人が言った。「何で逆らうのだ。喩えに従えば、君たち自身が喩えになるじゃないか。するともう日頃の労苦からは解かれたのだ。」

もう一人が言った。「賭けてもいいが、それも喩えだよ。」

先の人が言った。「賭けは君の勝ちだな。」

後の人が言った。「でも残念ながら喩えの中でだけね。」

先の人が言った。「いや、現実にだ。喩えの中では君の負けだ。」

（「喩えについて」[6]）


現実という場とは別の原理に従うものとして、単に「喩え」というメタファーにおいてのみだが、目的意識の空間・究極現実が、設定されている。――すなわち、「喩え」を見るにおいて、「先の人」は、徹底的に「喩え」の空間の措定を認める。「後の人」にとっては、「喩え」の仮定に立っての勝負は、所詮「喩え」の中での勝負であるにすぎないのだが、「先の人」にとっては、「喩え」という空間の中で、もはやその空間の論理に身をまかせきれば、「現実」と別に「現実」と対等の或る究極目的、或る救済が成立・現前するのである。そして、賭けという戦いは――それはまたわれわれの生のものでもある――、それらに関して、二重に遂行されるのだ。

第四章　イメージの初源と終焉

——カフカ短篇小説試論　またはベンヤミンとともに見る必敗の回避——

一　形象論理と所与性

——またはカフカの初期短篇——

カフカの作品世界は、その世界構造そのものに注目して見る場合、思いのほかはっきりとした構造を持つものとして形象されたその世界の彫琢や、またそこにおいてのカフカ自身の必死の格闘にもかかわらず、それを読み解こうとする努力に直接には報いない、所詮は必敗であるような道すじを、少なくともストーリーの具体レベルにおいては抱えもってしまっていることも、否定しがたい。そもそもカフカは作品において、あきらかに真剣にこの現実の世界と切り結んでいるのであり、そうであるならば必然的にカフカをめぐっての作品論も、カフカの世界構造に切りこむような論が、本格的なものであらざるをえないはずである。それにもかかわらず、そういう本格的な論においてこそ、対象たるカフカその人もカフカ論の論者も、死闘をへて確保したはずの地盤がしぼんでしまい気がつけばその戦い方をしたばかりに囲い込まれて封殺されているにひとしい、というようなことが、おこりかねないのである。本論は、カフカの短篇小説の全体と、初期、中期、後期(「書けない」と日記に書いていたのが突然一夜で書きあげてから作品があふれだすようになる一九一二年の短篇小説『判決』*Das Urteil* からが一般に中期とされる）という変化が見られるその変遷とを対象にして、『アメリカ』*Amerika*『審判』*Der Prozeß*『城』*Das Schloß* という三つの長篇小説（長篇では『アメリカ』『審判』が中期、『城』は後期）において特にはっきりと見てとれるそのような世界構造を、さらに掘り下げ、その出所を探りつつ、短篇と合わせた全体像を描くことを、目的とする。そのさいまた、必敗の構造のレヴェルを扱いながら、ベンヤミンのカフカ論（『フランツ・カフカ』*Franz Kafka*、一九三四年）での観点を共有するというやり方で、必敗と見えるものに対し勝利ではないまでもとりあえず敗北ではない回避のすじみちを、描いておきたい。ただし、ベンヤミンのカフカ論そのものは、ベンヤミンにとっての文脈としてはじつはいろいろな問題点や不十分さを残すものであるが、ここではそれに関しては扱わない。また、むろんベンヤミンはカフカにおける必敗を回避救済しようということを主眼として構造的に試みているものではなく、むしろベンヤミンの記述は一般的な見方をすれば断片的ですらあって（ことに一九三一年の習作的な内容の放送用原稿『フランツ・カフカ「万里の長城の建築に際して」』*Franz Kafka: Beim Bau der Chinesischen Mauer* にあたるのと同じ精度でしか三四年の稿を見ることができなければ、そのようにしか見えないはずである）、それを、カフカの世界構造そのもの、その構造的必敗と必敗の構造的回避に、引きつけて読むのは、ここでの独自の、またことベンヤミンの扱いとしてはとりあえずここに限っての、試みである。本論の扱う対象は、あくまでカフカであって、ベンヤミンは部分的に援用されているにすぎない。なお、カフカに関しても、本論の主眼は、個々の短篇作品を読み解く個別論旨によりつつそれ以上に、右記の、作品の出所の全体像を浮かび上がらせることや、その世界構造レヴェルでの必敗の回避に、置かれている。

カフカの作品の中で目につく具合に描かれるもののうちで特徴的なものに、ベンヤミンも集中的にとりあげる、身ぶり・音、動物・虐げられた身体部分、家族・法、といったものがあることは、すでに多くの方面の論者によって指摘されてきたことであり、また一般的に読者にとって、意図しないまでも無意識には、見すごすべくもなく了解されていることであろう。一見いかにも今ふうの談義にも着眼点を提供しそうな、それらに通底しているのは、しかし、作品世界そのものの成りたちのレヴェルにおいては、イメージの独自性、いうなればイメージそのものによって行なわれるイメージの展開、ということではないかと考えられる。そこでは、イメージが、まるで自分で自らを刻んでいるかのように、独自なものとしてきわだっているのである。

ことに、初期の短篇作品においては、プロットの断片性と相俟って、カフカはあたかもゆきあたりばったりに手近な印象に固執し（最初の短編集『観察』*Betrachtung* にまとめられた諸作品や、それ以前の、当時未刊の中篇『ある戦いの記録』*Beschreibung eines Kampfes*『田舎の婚礼準備』*Hochzeitsvorbereitungen auf dem Lande* の一部として残された諸章）、イメージが次々と移ろっているかのようだ。しかも、それは初期に限らないのであって（初期にはほぼそれのみを要素として作品が成立しているのだが）、のちの中期以降の作品群においても（初期にないあらたな要素だけでなく）、おそらくは作品の成立する一歩手前においてすでに、イメージの独自の形態がとられ、作品内の事実にさらに先だつ一種のリアリティーとすらなっているのだ。『アメリカ』『審判』において作品内の世界が、主人公や語り手の、欲求の先行と細い帯状の視線によって変形していくさまやその変形前の断片が見てとれるのだが、いま言う作品内の事実（作品現実）には、その先行、変形前を合わせた（なぜならそれはすでに作品の世界構造のしくみをなす）作品世界の全体が含まれる。ところがここで言ったのは、いわば、作品内以前の、イメージやその描写という作用自体の、リアリティーである。

いかにもまったく奇妙な言い方であるが、しかしじじつ、初期の作品は、この作品内以前のイメージを質料として作品の世界が成りたっているのである。このようにして、まず採用され固執された印象、それが、カフカにおけるイメージの初源である。そして、こと、初期の短篇作品においては、叙述がストーリーらしいストーリーの展開にまで至らないために、作品は、このイメージの初源そのものにとどまり、それそのものから成りたっているということとなっているのだ。つまり、作品現実以前の姿ばかりでできあがった作品である。

イメージの初源は、カフカの初期短篇作品においては、ほとんど、形象論理をなしていると言っていい。ある印象への固執自体が、言語を喚起し、印象を素材とする論理をおのずから展開する。それがまた、作品を支配する唯一の論理とも、なっているのである。形象論理と言ったのは、そういうことである。この時、作品を浸透しつつ原初における風景が成立しているとも、表出欲求の対象化がままならず風景が成立できないでいるとも、読めるが、それはあるいはベンヤミンのように、忘れられた世界が現前していると考えても、読みとしてほぼ同じようなことが考えられているとも言えるかもしれない。イメージの初源においては、風景の場面場面はほぼ十全に出そろっているのに、それらは統一的な現実（全体像や、部分的にせよ統一像が、見えるにせよ見えないにせよ）の構造を持たず、一コマ一コマとしていわば忘れられている。そういうものとして、初期の各短篇があるのである。

しかし、それらの場面場面は、小説的展開のまさしく一歩手前まで進んでいるのであって、そこで形象論理が、現実の生活に切りこむ論理になりかわり、生活を平常構成する様々な感覚・印象の束を、裂け目なく稠密に並べている様は、注目にあたいしよう。『観察』冒頭に置かれた『国道の子供たち』*Kinder auf der Landstraße* においては、不安と安息がともに生活実感に裏づけられた内実をもって成立し、またそれと実は同じことだが、不安と安息は不安とも安息ともつかぬある息づかいへと、一枚の継ぎ布のように織り合わされている。子供である「私」はそのようにブランコに腰かけ、奇妙にも一人だけであるかのような夕食をとり、仲間の子供たちと宵闇の国道わきの斜面であそぶ。また、『山への遠足』*Der Ausflug ins Gebirge* という短篇では、風景の断片を小説世界へと構築する核ともなりうべき、代名詞「だれも……ない（niemand）」から文章をころがしている間に派生させた名詞である「無者、非在者（Niemand）」という形象すら登場しながら、それもただ同じ資格で継ぎ布の別の一片としてもとの「だれも……ない」に並列されているのである。カフカの論理の冴えは、「無者、非在者」がおしあいへしあいしている楽しみまで生み出しているが、それはそのままそこに置かれたままとなる。それは、気のとりとめようの一つ、気分の一つと、そしてそれについての観察とを形成していても、まだ、その反転によって解決をもたらす構造へと展開していこうとするものではないのである。ことに、『国道の子供たち』の結末では、母親たちがベッドの支度をしている遅い夜の村に帰り着いた「私」がどうしたわけかまた村の外へと走り出す際、同様に核となりうるイメージの萌芽が提示されながら、まるで全体が夢であるかのようにあっさりと処理され、置いておかれたままになっている。


私は南の町へとけんめいに駆けた。その町については、私たちの村ではこのように言われたのだ。

「そこの人々は、あのな、眠らないんだよ。」

「えっ、どうして?」

「疲れないからさ。」

「どうして疲れないの?」

「馬鹿だからだよ。」

「馬鹿は疲れないの?」

「馬鹿が疲れたりするものか。」


（「国道の子供たち」、K一―二三以下）

「疲れない馬鹿」といういかにも魅力ある像も、形象論理の一端として、生活実感や肉体感覚と同じレヴェルで、ただ疲れのかなたへの投影像を担っているだけであるかのように、しかし何かを謎めいてはらんでいるかのふうに、そのまましかし伝説的なことば以上のイメージを結ばずむしろ疲れの感覚の中に放置されているのだ。（ただしベンヤミンは、この馬鹿、愚か者といった系列の形象に、救済への可能性を、かなり直接に求めているが、ここでは措く。）

このイメージの初源の全体に対して、ベンヤミンは、「時代の年齢（Zeitalter）」ならぬ「世界の年齢（Weltalter）」という言葉を介して、太古の、雑婚的な、沼の世界であると述べている。ただし、「この段階が忘れられていることは、それが現代に入りこんでいないということではない。むしろ、忘却によって、それは現代のものとなっている」（B二・二―四二八）。そして、「忘れられたものはすべて、太古の世界の忘れられたものと混ざりあい、無数の、はっきりしない、不定の結合によって、たえず新しい産出をする。忘却は倉庫なのであり、そこから、カフカの物語の、尽きることのない中間世界が、ひしめきあって現われいでるのである」（B二・二―四三〇）。Weltalterということばは、単なる時代の前後関係でなく時空のねじれた結合にも対応しており、「太古の世界」とは歴史的・時代的意味であるに限らず、現代の中に、原型的に――とはいえ、自己の基盤をなす無意識世界の普遍的構造のようなユング的なものとは逆に、ただ現在の深部において原発的に存在する個々のイメージ形態として――そのままひそんでいるものでもあるだろう。「太古」ということばに、否定的価値判断がほんとうは深くともなうにはせよ、ここにおける関連のみでいえば、なによりそれは、イメージの初源としての形象論理が、カフカの物語に先だって、所与のものとして与えられているという事情とこそ、対応している。個別諸時代でなく、初源の露出なのである。

ベンヤミンは、カフカにおける身ぶり・音にとりわけ注目しているが、身ぶり・音は、それ自体として、イメージが独自の論理を形成する際に、最も手近な、単純な要素なのであって、じっさいには、おそらく、単に形象論理の最も素朴な入り口として、カフカに繰り返しあらわれるものである。

ベンヤミンがカフカに関して繰り返し指摘する、頭を胸の上へ垂れている人物、両手を打ち合わせる人物、頭を後方にそらすと書かれる人物、等の、身ぶりは、それ自体、カフカにおけるきわめて印象的な箇所をちゃんとそのつど言い当てた、ベンヤミンの記述自体としてもきわめて印象的な箇所である――。しかしわれわれがカフカに関する身がまえて待ったような先入観を捨てて、特に『観察』の諸作品の末尾部分における、同様の、身ぶりで終わっている箇所をならべてみると、身ぶりが突出する原因は、ベンヤミンの指摘のしかたすらが思わせぶりにすぎるほどの、単純に社会関係を負わされたもろもろのしぐさへの、しかし社会関係にとまどう意識ゆえそこへ凝縮しすぎた、カフカの視線なのであるにすぎぬことが、わかる。（というより、すでにして読者の目をこうまで引きつけてきたわけだから、あの身ぶりはじつはそういうものでこそあることがわかる、という言い方をするに値するわけだが。）「屈辱を未然に防ごうと、指先をこすり合わせた」（『いかさま師の暴露』*Entlarvung eines Bauernfängers*、K一―二七）、「手でたたくべくある、額」（『若い独身者の不幸』*Das Unglück des Junggesellen*、K一―二八）、「階段をのぼり、ベッドにもぐり込んだ」（『不幸であること』*Unglücklichsein*、K一―三九）。このシンプルさは、内容から追うと、そういうことなのである。

またベンヤミンは、動物を、「忘却されたものを保持しているもの」（B二・二―四三〇）と考え、「さらに、最もはなはだしく忘れられたものは、われわれの――自身の――身体なのだから、カフカが自分の内部からおこる咳を、『動物』と呼んだのも理解できる」（B二・二―四三一）としている。カフカにおいて人間の身体部分が単なる物体のように虐げられたかたちで現われることは、べつにそれじたいが即座に何かを告発したり悲嘆したりしているのではなく、動物形象がしばしば現われることと、似ているのであると、ベンヤミンは考えていることになる。

それにはほんとうは、確固とした異論がありうる。『田舎の婚礼準備』や『変身』*Die Verwandlung* において、ベッドにとどまり続け、部屋にいて外出を夢想するコガネムシ、フンコロガシは、人間と化したドッペルゲンガーの相方がちゃんと人間社会に出ていくのを夢想する、いわばそちらこそ未変身の、夢想本体たる、片割れである。動物形象は、総じて言えば、この変身をとげる前の、ひきこもったコガネムシ、フンコロガシが、もう一歩だけ前に進んで、人間社会に対応しようともがいている姿なのだ。だから、あのひとざるは、人になろうとしていたのである（中期の短篇集『田舎医者』*Ein Landarzt* 所収、『あるアカデミーへの報告書』*Ein Bericht für eine Akademie*）。

われわれの住まうマンションのフローリングの床に、掃除を怠っていると溜まってくる、綿埃と髪の毛の織り合わさったグラファイト色のフェルト状の物体は、なんとなくカフカ的なことには、量が少ないうちは、どういうわけか勝手に部屋の隅の方に移動してしまい、掃除の労を猶予してくれるが、いかにも量が増えてくると、じつにカフカ的なことには、その中のあの片割れこの片割れが、かわるがわる、部屋のまん中の方に、進出してくる。これが、あの、オドラデク（『家長の気がかり』*Die Sorge des Hausvaters*）のすがただ。

むろん、オドラデクはこういうごみではなく、どこの古い家にでもあって、どことということなく家の中にあるのにどこにあるのかすぐわからなくなりかたちだってわからなくなる、道具である。人間に、この道具のオドラデクのかたちがわからないのは、犬に、人間のやるえさが、およそえさというものは地面に突如出現するものであると見えているのと、同じことなのだ（『ある犬の探究』*Forschungen eines Hundes*）。むろんそのさい人とちがってその犬は、当然に、人への道にいるわけなのである。ベンヤミンは、正当にも、オドラデクとねこひつじ（『雑種』*Eine Kreuzung*）を、繰り返し同類のものと見ているが、あるいはこの、ねこひつじといった、どう見ても人への道が開始前から閉ざされ人への道をたどっていない形象や、あの、無能な助手二人組の脱人間化残像である、互いちがいに床の上でジャンプするいまいましいボール（『中年のひとり者ブルームフェルト』*Blumfeld, ein älterer Junggeselle*）は、ベンヤミンの指摘に対応する、所与性の露出、という事態に、むしろちょうど即応するものであることになるかもしれない。

じっさい、動物・虐げられた身体部分は、形象論理の、（ことにのちの中期以降のカフカにおける）代表選手なのであり、また、まさしくその形態自体が、イメージの初源として、既に所与のものであること（ベンヤミンに即していえば、忘却されたものの世界に属すること）を表わしているのである。動物・虐げられた身体部分は、そのあり方として、それぞれある条件に、決定的に不自由に縛り付けられている。それが、まさしく、存在の所与性そのものをなし、増幅するのだ。

そしてベンヤミンは、家族・法を、――『城』における一つのせりふ「お役所の決定は若い娘のように内気だ」を介して――一まとまりのものとして、同様にイメージの初源に結びつくものとする。家族・法は、のちの中期以降のカフカにおいて、小説的世界、あえていえば小説における風景を、なすものであり、また小説的展開の中核をになうイメージとなるものであるが、展開前の、イメージの初源においても、これらはある所与の事情による条件づけ、やすやすと変更できない既定の状況を、具象化するものとして、カフカの世界をおおっているのである。

おそらく、『田舎の婚礼準備』においては、家族・法は、駅や田舎の、いわくありげな、粘質の空気として存在している。また、『ある戦いの記録』では、教会や、客として誘われる家々の、空気として、それは存在するのである。短篇集『観察』においては、家族・法といったイメージは、ほとんど見られない。所与の事情は、全く漠然と、ただ雰囲気として空間を形成しており、その中に、個々の形象論理が浮いているかのようである。この集の中でもことに、『いかさま師の暴露』『突然の散歩』*Der plötzliche Spaziergang* といった短篇においては、いかさま師が身にまとう、相手に屈辱感を与えるほどの、決然とした態度や、夕方家にとどまっていることの物足りない気持ちなどが、自然的描写を超えて固執されることで、ある存在形態を与えられている空気になりかわっている。そこでは、所与であるものの所与性、状況決定性は、観察対象をなす微妙な気分として筆にのせられているのであり、家族のかたちをとることなくしかし家族のかたちがそうなるのと同様に、そのまま、作中の空気を満たしているのである。

のちの中期の作品における例を借りてくるなら、『却下』*Die Abweisung*『法の問題について』*Zur Frage der Gesetze* などの作品においては、町の支配体制の存在、法の可能的存在といったものが、既に所与のものとなっている事情の、具体的な姿を示している。それが『却下』においてはたとえば、祭日のように旗が立ち並んだ、晴れ渡った町の空気として、そのまま作内を満たしているのである。

われわれの日常においては、身のまわりにおける所与の諸事情というものは、いかにわれわれの存在・行動・思考を規定し、ゆりうごかし、またそむこうとする者に通常結局は勝利することとなりつづけているものであるとはいえ、少なくともわれわれは、分析・批評といった武器で、それを切断し、あるいは中心を射ぬくことができうると信じている。ところがカフカにおいては、自然的な諸側面から積み上げられて構築された、のりこえられない既存の状況体が、ほとんど実体的に、動物などなどの実際の限定性の限界としてイメージ化して、存在しているのである。そのイメージ自体は、所与の諸条件が成りかわったものとして、すでにそこにそういうものとしてあってしまっているのだから、その場合のイメージの具体事情に実際に分析が及ばないかぎりは、たしかに分析は意味を持ちえないのであり、しかも、そのイメージが定める例えば動物的宿命に由来する限界そのものは、それ自体を批判してもまったくしかたがないほど往々にして馬鹿馬鹿しいものと、なってしまうのだ。

『あるアカデミーへの報告書』のひとざる同様に人への道の途上にあるとはいえ『ある犬の探究』での犬の探究は所詮犬の視野の限界を出ず、また『ジャッカルとアラビア人』*Schakale und Araber* のジャッカルは、ジャッカルの理を旅人に切々と訴える場面から一転してえさの死体を目の前にすると食欲にとらえられ没論理そのもののけだもの存在一色になってしまう。(じっさいは帰結部の本能存在が本物のジャッカルなのだから、作内論理としてでなく手順としてはカフカは、本物から空想したジャッカルの理を、短篇へと遡述したわけである。)

そこでは、カフカが注目し持ち出す動物的宿命等々そのものがしつらえる、所与の限界に、作中人物も読者も身をゆだねつつ、そんな奇妙な限界自体が、一種逆転的論理構築でもある中、さらに手品のような論理推移による極めて部分的な再逆転が、その作品に用意されてありうるのを、困難な解として見いだすほかはない。逆に言えば、そのほかには、およそ分析が所与の諸事情に対処する方法は除外する、そういう具合の所与性が、カフカの作品造形に選ばれているのである。それが、カフカにおける所与性の作品世界の猛威やそれへのあらがいの無力と、われわれにおける分析を向けはしうる所与性とそれへのあらがいのとの、見たところの相違であり、また、レヴェルをわれわれのあらがいの実のところありうべきみちすじのよるべなさへとひとつずらして見た場合の、相似である。だがそれは、カフカにおけるイメージの初源においてすでに作品形象として決定づけられているものでもあったのだ。

もとより、カフカにおけるこの所与性は、完全にしつらえられた世界の所与、あらかじめ整えられた状況の所与ということを意味しない。造形自体としては、形成しきらず、すきまだらけでとどめてあるにすぎないし、そもそも、初期の段階では、イメージというより、その初源、印象にとどまるものが、それをになっているのである。しかしこの世界の所与性は、イメージの初源における形象論理をつつむものとして、カフカの世界に浸透している。

中期以降においても、現実の橋の身を裏返すような落下、という、ありふれた表象に固執して、人間としての視線と意志を、おそらくは無機的存在である橋が実際にくるりと裏返って落下する時点から、時間を逆にさかのぼって、「裏返る」（K二—八四）に至るまでの橋の心理の物語として橋に注入したものである『橋』*Die Brücke* や（つまり『橋』とはじつはそういう作品である）、サーカスの少女のいたましさという表象から内的事実を空想的に非事実として呼び起こした『立見席で』*Auf der Galerie* のような、印象そのものからそう離れない作品も時おりある一方で、しかしまさにその二作にあっても、所与性は、形象論理をになう作内の印象そのものとは別の次元の、明らかに、イメージと言えるものを、獲得し、小説の世界を展開することとなる。

二　イメージとストーリー
——またはカフカの中期短篇——

形象論理にみちびかれ、漠然と雰囲気をなしていたものが、それ自体ある明確な像的なイメージを確固として得るとき、それは小説にとって、ストーリーをもたらすものとなる。これは、カフカのみに限らず、他の作家の作品においても、かなり常識的に妥当することでもありうる。ところが、カフカにおいては、イメージの初源として見てきた、雰囲気をなす像的なもの、ほとんどそれをもイメージと言えそうで事実それのつかさどるものを形象論理と呼んでいたがしかし漠然としていて作内の空気にとどまっているものが、はっきりとしたイメージとなるとき、それが一定の世界のかたちをなしつつストーリーを形成するのである。つまりここでは、はっきりと像となったそれぞれのイメージが、特有の世界のかたちとなることで、特有のストーリーとなるのだ。それが、カフカの作品の世界構造を——長篇『アメリカ』『審判』『城』においてははっきりとしたしくみをなしている作内の世界の構造を、かたちづくるのであり、短篇作品においても、初期と中期を区切る、分岐点となる。それはとりもなおさず、カフカの中期の主人公たちが、たとえ冬の空の中へ空想の偶然的瞬間的産物のような乗り物に乗って飛びたっていく（『バケツ騎士』*Der Kübelreiter*）ようにであろうとも、社会の、人間関係の中へと、踏み出していくことと、対応しているのだ。

中期の短篇においては、いろいろな度合いで、雰囲気がイメージのかたちをとっている。たとえば、『家長の気がかり』の糸巻きのようなオドラデク、『雑種』のねこひつじといった形象は、それの呈示によってストーリーがその分ひとまとまりのかたちでできあがる、イメージのかたちを、あからさまに提出している。『バケツ騎士』『猟師グラフス』*Der Jäger Gracchus* においては、空飛ぶバケツ、さまよう死人といったイメージの形象が、作内のその他の日常的情景、空気に、自然に連結されることで、もっと展開のあるストーリーとなる。描写がある見方にひとたびとりかかると、その方向で説明に一段落つくまで押し進めるという徹底性が、その結構をつくりあげる。『田舎医者』*Ein Landarzt*（同名の短篇集の中のここは一短篇）『古い記録』*Ein altes Blatt* においては、はいずる馬、奇態な病人、むっつりした征服者といった形象が、はじめから他の日常的な形象にとけこんでいて、ストーリーが発現させたきわめて困難な事態にもかかわらず、虚空にさまよい出たり謎に包みこまれてゆくえしれぬところへ送り出されるというよりは最低限その困難ないま・ここに定着したかたちで、われわれが現実の中に住むように、作内に定住している。飛躍を含むそのイメージ、あるいはその飛躍自体が、対象のいたましさと同時に、そのものに対するなつかしさのような、空間共有感を喚起するのである。そして、『弁護人』*Fürsprecher*『中庭の門のノック』*Der Schlag ans Hoftor* の、イメージ自体が作内に喚起する疑問ができごとを先へと進めるあり方は、そのまま長篇小説『審判』『城』の世界構造へとつながっていよう。そこでは、主人公はまさに謎に包み込まれてしまい、いま・ここからゆくえしれぬところへゆりうごかされる。長篇では、それが世界の構造をもってあらわれるが、ここではイメージがそのゆりうごかす動力として、ストーリーをみちびく入り口となり、長篇の世界に接合しているのである。

イメージがストーリーをになないつつ、作内の日常に多かれ少なかれとけこんでいる。それにより、カフカの、特に長篇において、まるで物語自体が、語られている場面の背後で、その場面よりも高い密度とスピードで、先の方のストーリーをつくりあげているという印象が生じているのだ、とまで、直接に言っていいかもしれない。ベンヤミンは、カフカの筆がさえるほど、たとえば『変身』から『審判』への変化として、人物が相手にもっと近づくのが相手の耳が遠いためだ、というような、理由づけが省略され、通常の説明のない身ぶりそのものにまかせられるようになると主張しているが、おそらく、なされようとする理由づけ自体も、そこではストーリーの用意する場面背後の事態のスピードに追い越されているのだ。またベンヤミンによると、「メシアが将来あらわれて直してくれるはずの世界のゆがみは、空間のゆがみだけだ、と考える者はない。明らかに、時間のゆがみをも、である」(B二・二―四三三)。イメージのにならストーリーによって、時間にまでおよんだゆがみが、作品世界にもたらされた謎の外観なのである、ということになる。

ノートなどにおいては世界の所与のものの必然性に勝てる希望をむしろ持たなかったカフカは、長篇小説においては、主人公たちに、所与性の外界に対して、戦いをいどませている。たとえば短篇『判決』『変身』では、奇態なイメージの正体が明らかな分、作品は家族の実相を正確に描いて終結する。『中年のひとり者ブルームフェルト』の主人公は、犬を飼いたいと思うが果たせず、部屋で交互にはねるいまいましいボールを見て今こそ犬がいるといいのだがと思うが、そこでもそのいまいましさの描写に、ことは終結しているのであると言っていい。長篇はそうでない。長篇において、戦う主人公たちは、しかし、カフカ自身が、世界の所与性に勝てると思っていなかったのと少なくとも同じ具合に、苦戦を強いられることになるのは当然なのである。

カフカの長篇の世界構造により、われわれの世界の制度の核心が、そのまま、示されたり分析されたり有効に批判されたり、しているわけではもちろんない。イメージ自体が、主人公たちを包囲し、先回りして背後で不都合なストーリーを用意するのであり、そしてそのあり方が、構造を存外はっきりと持つにまで至っている、というだけである。しかし、そこでの所与性の困難は、われわれがともかくもいま・ここに定住しつつ最低限の分析・批判の力をふるいうるのではないかととりあえず考える見地からは奇妙に見えても、じっさいに、われわれ自身も、われわれのありかたで所与性の条件づけにとりまかれているのである。カフカの長篇の主人公たちも、同じである。まさに彼らも、分析・批判を常識的に信じている。われわれが分析・批判を、単にいちおう発揮するのが許されたものとしてでなく、有効なものとしようとするなら、とたんに、われわれは彼らと同じ地位にじつは置かれているのである。われわれが、われわれを構造的にとりまく現実の社会における所与性に、ほんとうに有効に、分析や批評を向けようとするとき、それは、カフカが長篇の主人公たちをそこにおとしいれているのとまさしく同等の、解決のみちすじが迷路のような思考を経てのみ、かつ、世界の内部、同じ所与性内のレヴェルから見れば、カフカ的論理における面白い肯定的反転と似る奇跡的な符合のような具合でだけ、ありうるにすぎない。それは、われわれにとっては、まだ必敗ではない。しかし、カフカの長篇作品の世界構造は、解明すればするほど、途中で頓挫した主人公に、読解者が少なくとも具体的にはその先の手筋を見つけることは不可能なのであり、事態はそのままでは必敗であるに近い。それはしかし、たとえば動物的限界に対して人間のなす理解というふうな別レヴェルまでも作者によって用意されうるのである作内の彼らのではなく、繰り返せば、もっぱらむしろわれわれの、現実の問題でこそあるのだ。

三　謎と消失点
——またはカフカの後期短篇——

後期の長篇小説『城』においては、ことがらの裏で（バルナバスの語る長い話の最中に）語られずにある、女性像の物語として、究極の地点、目標、救済が、暗示されてあると、じじつ、努力は要するもののある程度あからさまにも、読まれうる。カフカの後期短篇においては、謎そのもの、そして、どこに連れていかれるかわからない消失点そのものが、いわばその役をはたしている。

カフカの作品世界における状況が、〈あらかじめのものでない〉、あるいは、語られている場面の一歩外は登場人物の動きに応じてつねに変化しうる、というようなことは、きわめて限られた限度でのみしか言いえない。それは、われわれのこのリアルタイムで進行中の現実も、実はわれわれにその都度リアクションしてまさしくかたちをかえていく、というレヴェルにおいてである。それが、ちょうど、ストーリーが場面を追いこしていく、という具合にあらわれた、すでに書かれたものとしてある小説内の現象と、対応することになる。これが、カフカの小説のイメージが持つ、現実内と作品内とのあり方のちがいをまたいだ、ストーリーにある謎の、性質である。

中期の短篇、『ジャッカルとアラビア人』『あるアカデミーへの報告書』において、助けを求めるジャッカルや、逃げ道を捜すひとざるの置かれている状況や、その謎（不意の転回と終局）のあり方はわかりやすい。ジャッカルは、旅人に対してアラビア人からの解放を求めながらも、自分たち自身は、アラビア人に投げ与えられた死体のえさを前にすると、全く何もわからなくなってしまうために、永久にアラビア人からのがれられない。またひとざるは、人にとらえられたさるが、逃げ道（決して、自由、自主性でなくて）を求めて、針の穴のような可能性の経路をくぐって、さるから人へと個体内での進化をとげたのだが、これは、ほんとうには、別種の存在への人間の意志的変化、たとえば、人からさるへの変化、あるいは人から神への変化、といったものとまったく同様に、それ自体において単純に可能性の閉ざされた不可能な理路であるのにすぎない。これらの作品では、そういった、ひとつ外側のレヴェルでの可能性が、観念的なものからいわば〈えさを前にしての自己意識保持〉〈別の動物種への意識的変化〉といった姿へと像化されているとともに、それが作品の（あくまで内部世界において）終点におかれた謎、あるいは、作品世界にとって見えてきた、イメージのゆきつく先の終着地となっている。

カフカ後期の短篇『最初の悩み』*Erstes Leid*『断食芸人』*Ein Hungerkünstler* などの作品においては、同様の謎が、作品にとっての、いわば消失点とまでなっているように見える。遠近法描画法の中で用いられる消失点のように、小説作品が、そこへ向かって、収束し、漸遠し、すいこまれていき、ついには見えなくなって消失してしまうような点である。そこでは、世界を吸引し、世界自体をどこかちがうところへとむけて、裏返しているかのようだ（むろんその消失点より先はこの世界にとっては見えないのである）。

『最初の悩み』のブランコ芸人は、自分の芸をきわめたあげくに、自分に与えられるブランコの本数に、突然に心配しはじめる。それは、事態を収拾しようとしていて懐柔の簡単さに喜んだ興行主に、「こうした考えにいったん悩まされはじめたならば、その考えが全く止んでしまうことなどあるのだろうか」（K一―一八三）と思わせ、興行主におとずれた落ちつかなさのなかで、一挙にその想像における悩みの増加の、とどのつまりまでをも、興行主に想像させるしわとして芸人の顔の上に見せる、つまりむしろ最後まで直結しての、「最初の」悩みなのである。『断食芸人』の断食芸人は、おちぶれてはじめて、人気のあったころ観客の注目の限度であった四十日を超えて思う存分に長期間の断食を断行することができたが、そのそもそもの断食の能力も、実はすべて、「おいしいと思える食べものが見つからなかった」（K一―一九九以下）ためなのであり、「もしおいしいと思える食べものが見つかっていたならば、べつに注目をあびるまねもせず、人並にたらふく食っていた」（同）ところなのである。これらの場合、諦観したわるのりでもあるように、論理がたしかに徹底的に、だが背後が鬼気迫ったほど追いつめられてでもいるかの具合でどこか見きってしらけているほどに省略気味におしすすめられる中で、芸人たちのいだいている奇抜な悩みが、その筆記を吸収していく消失点となっているのである。これらの消失点となった謎が、カフカにおける、イメージの終焉となっている。ところで、カフカの後期の長篇『城』においては、イメージの初源に対応するような原現実、変形の時間空間的しくみ全体をふくみこんでの作品現実（変形前の断片すら作品現実であるなら、差は微妙だがたとえば『城』の主人公が願望どおりに継ぎ布のようにつくりあげた故郷の統一像が、イメージの初源と性質を同じくし原現実をなそう）と並んで、イメージの終焉は、究極現実とまで言いうるほど、第一義的には、戦いの対象、戦いの目的をはらむものとまでなっている。同時期である後期の短篇においては、しかし、イメージの終焉は目的意識や目的をめぐる戦いとむすびつかず、ただ、作品にとっての消失点のみをなしているのである。

ベンヤミンはベンヤミンで、このようなカフカのイメージの終焉に近い場所に、「救い」「希望」を見出そうとしている。それは、カフカ作品形象における、救いのある系列と救いのない系列の分類において、ベンヤミンが、単純化した断行をしすぎて勇み足であるように見える箇所でもあるのだが、それはベンヤミンが、現代に引きつけつつ、カフカの諸要素を必敗ではない地位に定着させようとしている部分でもある。それを希望とまで直結させるのは、ベンヤミンの思想連関の中では、それがやはり一種の単純化でもあるだろう。しかし、それはまた、ここで扱う関心のとおり、現代の中に置いたときに、カフカの人物たち、あるいはそれに託されたカフカの試みが、潰え去りはしないように、要素として救出し、カフカのストーリーの中でたどり着こうが着くまいが、「救い」との位置関係を定着しておくものなのである。

ベンヤミンが救いのある系列としてあげるのは、助手、バルナバス、いかさま師、眠らない馬鹿、カール・ロスマンの出会う学生、オクラホマ野外劇場の役者たち、といった形象たちである。他方、救いがないとされるのは、動物、ねこひつじ、オドラデク、グレゴール・ザムザ、といった連中である。救いのない方の系列の特質は、それらが忘却された存在であるということである。忘却は、ベンヤミンの記述の中で、勉学と対比されている。「忘却から吹き寄せるのは、全くもって嵐である。そして勉学とは、それに立ち向かっていく騎行なのである」（B二・二—四三六）。さらにベンヤミンは、『新しい弁護士』*Der neue Advokat* のブツェファルスにふれながら、勉学（そこでは、法律研究）を、正義の門とまで持ち上げている。それに対し忘却は、見たところ完全におとしめられている。

「最もよいものを忘れるな」ということばがある。古いお話がどれかわからぬほどいっぱいある中で、われわれにはおなじみのように思えることばだが、実際はおそらくどのお話にも出てこないことばである。しかし、忘却は、いつも最もよいものをおそうのだ。というのも、忘却は、救いの可能性をおそうからだ。

（『フランツ・カフカ』最終章「サンチョ・パンサ」、B二・二—四三四）

この連関の中ではおとしめられる「忘却」は、しかしすでに、イメージの初源の場所で、同じような扱い方で、時間軸の中では太古に擬せられつつ、要するにイメージの時間的にでなく資格的な出どころとして、定着、救済されていたのであった。そこでは、忘却自体が、ブラックホールの出口のように、消失点の先のことがらを、クラインの壺よろしく、そのまままたカフカの作中に、送り出す。逆方向から消失点と一致することで、忘却もまた、ベンヤミンのいう「勉学」の系列の形象たちと同様に、謎自体として、——救済されないまでも——現代での必敗へのみちすじからまぬがれた場所へ、置きかえられているのである。オクラホマ野外劇場が、じつは何となくうさんくさいところがあり、その謎自体が、汽車に乗せられて、アメリカの奥地深くへとカール・ロスマンとともに旅立っていくのを、奇しくもベンヤミン自身が、救いのある系列の方に数えているのと同様に。

人間相互間の疎外が最高度に高まった時代、見渡しがたいほど関係が媒介された時代、そういう関係だけが人間の唯一の関係となった時代に、映画と蓄音機は発明されたのだ。映画の中では、人間は自分の歩く姿を見分けることができないし、蓄音機においては自分の声がわからない。実験でそれは証明されている。これらの実験での被験者の状況が、カフカの状況である。この状況が、カフカを勉学へと向かわせるのだ。

（「サンチョ・パンサ」、B二・二―四三六）

カフカその人や、カフカの作中人物たちが、どんなに不如意な、条件づけられた、あたかも人間にとって動物が本能に縛り付けられて不自由なような、そしてそれがその場合の人間にあたる上位者から見てはじめて条件づけられていること自体すらが人間について見えるような、所与性のうちにあるかということが、映画と蓄音機というものの性質によって、言いあらわされている。しかも、映画と蓄音機により、それが現代に結びつけられたものであることも、同時にベンヤミンは示している。かつ、そこでいう勉学は、現代そのものを、ねらい撃つ対象として、遂行されるものでもあるのだ。それを、ベンヤミンは、そのままこうして、「救い」のある系列に結びつけることで、とりあえず救い出す。それは、救済自体でなくとも、優に希望の可能性をなしはしよう。だがしかし、そこで言われる映画と蓄音機の性質は、じつは、慣れによって、現代人にとってはすでに乗りこえられているほどのことであるだろう。映画や蓄音機の、そこでベンヤミンが見てない、別のいろいろな性質に、所与性が対応していることになる。所与性自体、むしろベンヤミンといえど手をゆるめてはとうてい太刀打ちできるべくもないほどの、解のすじみちを幾重にも妨げる条件なのである。

カフカにあっても、その勉学のようなものそれ自体は、すでにしてカフカ自身があきらめているほど、『城』の道半ばで、錯綜のうちに、取り残されているかのように見える。だが、希望そのものは、すでに指摘したカフカ的な奇跡的論理、たとえば、『インディアンになりたい願い』*Wunsch, Indianer zu werden* で、ドイツの原っぱで手ぶらの子供のわたしが、拍車を離したことにするゆえに（K一―三四以下）、拍車はなかったことそのものがあったものを離したことを意味し、手綱を投げ捨てたことにするゆえに、手綱はなかったことそのものがあったものを投げ捨てたことを意味し、ついには馬の首も頭も同様に、なかったことそのものがあったことを意味して、かくして完全なインディアンになりおおせることができる（カフカの論理の完全成功の例であって、この作品は当然、こう読まれなくてはならないのであるが、じっさいの流布する解釈は先人の和訳を見てもおぼつかなく、ベンヤミンもこの短篇をひいているが、ちょっと見に論理関係がわかりにくい「だって（denn）」に導かれるこの論理を見抜いているかどうかは判別しがたい）、というカフカ的論理の道行きの奇跡に相応するような、現代の所与性への、批評の一撃の成功にあるのだ。（『インディアンになりたい願い』は、同じ『観察』の『山への遠足』の「無者、非在者」が、いくら楽しそうに押し合いへし合いしていても、存在の質料も空集合であるし形相たる輪郭もいわば点線であるにすぎず、だから結局は存在を欠いたままの者にすぎぬのと比べて、ひねりによって存在までをも捻出してしまった、奇跡的な成功例である。別のところでそのものを対象に詳しくふれたが、ベンヤミンが何度も言及するからベンヤミンもわかっているらしい「空虚でたのしい走行」、K三―三三『罪、苦悩、希望、真の道に関する考察』*Betrachtungen über Sünde, Leid, Hoffnung und den wahren Weg* 四五番、も、同様の成果をあげている。）

ベンヤミンは、ここ以外のところでいつも数々、その希望を私たちに残してくれていると、読まれなければならない。

III

（旧構想間奏）

第五章　女　へ

——ムージル『合一』『三人の女』における愛と不倫——

一　カフカとムージル

人間にとって、内的世界——個人の思考や感情、イマジネーションの世界——と、外的世界——客観的に存在すると思われる、個々人の外部の現実世界——との関係は、ほんらいなかなか微妙なものである。ふつう、人は、客観的リアリティーがまがりなりにも存在していることを信じ、かつそのしくみが、内的世界をもおおい、妥当していると考えている。（ここで、古い哲学上の、唯心論と唯物論の対立の流れをくむ議論におつきあいしている余裕はないが、それでも素朴実在論をおそらくはあたたかく鼻であしらうであろうその道の学者たちの自信にもかかわらず、むしろ明らかなのは、一元論構築のための土台をどこにとろうと、外的世界の法則に一致するものとして主観的領域の法則がそこではたてられているのではないかということである。カントのいわゆる「コペルニクス的転回」以来、観念論や間主観論は、自らこれを知っているというべきである。あるいは、哲学などが、「学」をめざして内的世界に向かうかぎり、すでにあらかじめ、客観的世界を扱うのと同じ原理、論理が選ばれているのだとも言えよう。）学的であるとないとにかかわらず、或いは学的であればあるほどその単一の公理系の守備範囲がひろがっている限りにおいて強固に、客観的実在はいくら何でも認めざるをえないものと考えられ、そこでの理論、理屈の型が、内的世界に対しても無意識のうちに適用されがちなのであり、またそれにより、生活者としての日常の統覚も、ひとまずつつがなく保たれているとも言えるのである。その際内的世界については、たとえば「感情的」という非難がなされる場合にも、おそらくは理論型におさまらぬ感情の広大な領野というプリミティブなかたちですら「感情」は予感されておらず、単に非—真としてとりあえず除外されるだけなのであり、その限りでは、せいぜい、「非—真に押し流されている」とか、「或る場面ではあえて非—真の態度を選ぶことにより言い負かしたりとり入ったりする」とかいった意識のヴァリエーションがもたれるにすぎないだろう。

それはともかくとして、一般に文学の作品構築・読解における考え方・論理にあっては、おそらくは——例えば精神と肉体というものは全く同一のものの別の側面としか考えず、それ以上に二元化したり一元化したりする意図は普通にはありえぬものであるにもかかわらず——人間の内的世界と外的世界に、とりあえずそれぞれ別の原理が想定されているものと考えられる。文学においては、論理とは、ありあわせの理屈の型でなくむしろことばに必ずしもならないことがらそのものの中の本質的な連関をいうものなのであり、例えば感情には感情の論理、社会には社会の論理が、それぞれ固有に文学的リアリティーとして呼吸されざるをえないからである。むろん、その際にも、内的世界と外的世界の間、それらの原理と原理の間には、さまざまな関連・交渉が成りたっているのであり、それがまた作家・批評家その人その人の、またその作品ごとの、文学世界の素材・材質を構成することとなる。しかしいずれにせよ、一般的に文学の領域でも、その外的世界の客観的成立は、いろいろな度合においてとりあえず想定されていると言えよう。

ところで、フランツ・カフカ(一八八三—一九二四年)の中期以降(一九一二年の「判決」以降)の小説においては、作品内の外的世界の現実は、ふつうわれわれが想定するような客観的世界の現実からは、あらかじめ変成した相貌であらわれており、しかも『アメリカ』『審判』などの長篇小説には、その変成のしくみをうかがい知ることができ、またその変成前の原現実とも言えるものの断片といえる箇所が散見されるように思われる。[1] この作品現実の内部において、登場人物の外的世界と内的世界、世界観と目的意識の興味深い関係が見られるのであるが、他方、変成前の原現実の方は、作品にとっては、作品内現実以前の、いわばファンタジーに属する領域である。つまりここでは、外的世界を客観的に把握可能なものとしてとらえるということは、全くあたり前のことではなく、むしろ作品内の世界からすれば非現実の、ある種のファンタジーのような願望に属することがらなのである。そしてそもそも、カフカの初期の短篇は、そのようなファンタジーにのみおおわれ、風景のかけらのような点景、あるいは、イメージへと孵化していないイメージの萌芽が、ストーリー形成しえないまま、あたかも作品世界以前に放置された姿をむき出しにしたような世界だったのである。（客観的把握ということに対するこのようなファンタジー観は、思いのほか、われわれの身のまわりの、日常の外的世界に関しても本当はあてはまると思われるが、ここでは詳述しない。）

これに対し、ローベルト・ムージル（一八八〇―一九四二年）の短篇小説集『合一』『三人の女』の作品世界も、またちがったかたちでの奇異な印象を、われわれに与えるものである。しかしそこでは、外的世界のできごとが、いかにも奇妙なかたちをしているわけではない。現実におきるできごとと、それに対して、登場人物が別の可能性として、実際にはほとんどありえぬ説明に固執したり（「トンカ」）、観念の上で思いをめぐらせたり（「愛の完成」）することが、複雑に入り組んで記述されるが、文章自体に即してみるならば、観念が述べられる部分も、その部分その部分として小説の質としてのリアリティーを十分に獲得しているのである。後の長篇『特性のない男』（一九三〇―一九三二年、未完、遺稿も後年出版）で述べられる「可能性感覚」（現にある現実とは別の、ありえた現実、ありうる現実を、事実と同様に重んじること）が、たとえばヒントとなるようにも見える。しかし、「可能性感覚」は第一に理屈自体を小説の中での文章として展開するという意欲によって、かつ同時にその指標として、書かれているものであり、第二に小説内での現実のレヴェルで一種のユートピア構想の志向をもつものであって、それが短篇の文章の上に、単に外から適用されているとも考えがたい。短篇の観念的記述の部分は、むしろ、小説内での外的現実の、かたちをゆがめることも、客観的原理をくずすこともなく、適合し、織り合わされている。

ここにあるのは、むしろ、内的世界そのものの中での、こだわり方、固執のしかたの、特異さである。そしてそれは、作品内の外的現実に、対等のレヴェルにおいては直接的変化を与えることもないながら、記述の外から、作品現実にからみつき、格闘しているように見える。それは、具体的には、不倫（男および女の）という事態に対する、男の側の、自己弁明、および女に、より完全な弁明の構築を要求してはそれをさらに自らくずさざるをえない焦燥感の、ほとんど自己目的化した肥大である。『三人の女』（一九二四年）冒頭の「グリージャ」（一九二一年）においては、浮気をするのは男（名は、ホモ）であるが、彼は妻を愛しているにもかかわらず、グリージャへの浮気の最中、妻のことを思い浮かべもしない。そのこと自体が非現実的なのではおそらくなく、それがそのまま、男の側での、男は女を完全に愛してさえいれば、別の女に肉体的に浮気をしている時にも、女に対する観念上の潔白が全く問題なく成立する、という立場を体現しているのであるように思われる。男はグリージャとは偶然になりそめたつもりであり[2]、また最後まで、恐ろしい未開の自然にひきつけられるようにのみグリージャに向っている[3]一方で、妻に対する愛は逆に脱肉体化して永遠に保存しえていることに自信をもてている[4]。いかに身勝手に見えようと、男の方ではこれが可能だと、おそらくムージル自身、簡単に認めているのである。しかし女に関してはどうか。次の「ポルトガルの女」（一九二三年）においては、男はポルトガル出身の妻に不倫の疑いをかけるが、男が緊張しつつ想定した場面において女は完全に潔白であったため、男は緊張をほどき、女をうけいれてしまう。しかし実は、「何が証明されたのでも、片づいたわけでもなく[5]」、全体の印象を破断化するようないごこちの悪さとしてあとに残るのは、男の疑惑である。

三つめの「トンカ」（一九二二年）においては、男は純情なインテリ青年が純朴な田舎娘を愛するというようにトンカを愛し、まさかこの女に間男されるだろうとだけは思ってもみない。ところがトンカは計算のあわぬ妊娠と男にない性病の発病をしてしまい、しかも浮気は否認する。男はトンカの潔白（あるいはそれは、男自身への愛の完全性でさえあればいいはずである）を信じるために、あらゆる理論、説明、思想的正当化を要求し、試みては、自らさらにそれを否定せざるをえないという、血みどろの格闘をくりひろげることとなる。作品現実自体としては、やや抽象的な言い回しなので見落しがちであるが、叙述はトンカの不倫を直接に認定し、その事情を暗示しているように思われる。

（トンカと主人公の男が、無骨に牧歌的に気持ちを通じあわせる挿話につづいて）

　これらはたしかにちょっとした体験にすぎないわけだったが、妙なことには、トンカの生涯で、全く同じ具合に、二度おこったのだ。そもそもいつも、そういう具合に事がおこるのだった。ただ不思議にも、あとの時には、はじめの時と逆の意味となってしまったわけだ。トンカ自身はというと、幻影ではないか、信じられないものだ、と思えるほど、ずっと変わらず、単純で透明だった。[6]（傍点論者）　（第二章）

　主人公の男は、しかしついに、「彼は彼女を信じていた。だが、それは単に、もう彼女を疑ぐったり腹をたてたりできないということであり、それから帰結されることすべてを、悟性に照らしてなお保証しようというのではなかった」[7]という状態にいたり、そして「そうはしなかったことで、彼は気のたしかなまま現世にふみとどまることができたのだ」と書かれる。しかし、これこそまさに、ここでの内的世界と外的世界のあやうい関係をもっともよく象徴した状態であるだろう。直前にある、もしトンカを十分に信じることができれば、彼自身が、トンカの性病の原因であったことがやはりありうべく、発病するのだ、という、外的世界へのゆがみを、これはかろうじてまぬがれている。しかしここでも、外的世界をうけとり規定する世界把握の次元で、世界の客観的理解可能性は全く信じられていない。外的世界の中での存在をひとまず認められているかに思われる客観的原理は、実は内的世界において、そのままファンタジー視されている。これが、ムージルの叙述にまつわる奇異な感覚の、根本の原因であると思われる。(それは「グリージャ」においても、主人公ホモが、グリージャを自分にのみ与えられた奇跡――「ほのかな緋色の花」「死を賭してでなければだれも見ることのできない、肉体のかくされた部分」[8]を、グリージャという存在その人と読んでもさしつかえあるまい――といともたやすく信じることや、また別のところにいる妻との一身同体感を彼岸的なものとして簡単にしりぞけるのを介して妻に対する非肉体的な魔法的に完全な愛の幻想にさっさとひたりこむことにも、あらわれていたものだった。)カフカの場合とはやや異なり、ここではいかにも「ゆがんだ」形象化の方法としては、外的世界の一般的な認知という道がとられているというだけだ。そしてこれはこれで、カフカの作品世界と並んで、われわれに親しいこの実在する現実の奇妙な体感の、形象化のひとつのあり方であるのだと思われる。

二　愛の三項関係

『三人の女』の作品世界のこのようなあり方を、より尖鋭化し、その方向でより掘り下げたものになっているのは、それより十年ほど前の、二つの短篇からなる『合一』(一九一一年、二篇ともここに初出)である。二篇とも、主人公は女であり、その女たちが、不倫を遂行することに関して、それぞれ異なったかたちで、複雑な思想を組みあげる。男は、どちらにおいても、外的世界の一部として、内的世界の連関にあってはいわばつんぼ桟敷に置かれており、女の思惑の全体像を知るべくもない(知りようがないというだけではなく、知る意志も腕力もないかのような印象である)のだが、しかし、女をその思想へと駆り立て追い回すのは、ここでも明らかに、女に完全なる弁明の用意を要求する、男の側の立場であるように思われる。それは、いわば作者ムージルその人の要求であって、ここでムージルは、作中の男にちょうどなりかわってというわけではなく、女への要求のあまり、作中の男の位置にまで身をおとしつつ、より身近に迫って、女の思想を追いたてているのである。かくして、ここでの女たちは、愛と不倫をめぐる、思想の構造を持つに至る。

「愛の完成」のクラウディーネは、夫と、「みごとにぴったり合う二つの半球が、合わさって、外に接する境界を互いに減らし合いながら、その内部がもっともっとお互いの中に流れ込むように[9]」二人の世界を築いて暮らしていた。そこでは、「すべてのものを究極まで共同のものとするわけにはいかないために、彼らは時々不幸を感じた」。それは例えば、或る会話をしている時に、微妙に心がより相手に寄りそったり、離れたりしている、その事態を、相手が完全に正確には把握していないということに、意識が向き、しらけてしまうといった塩梅である。ところでクラウディーネは、この夫と知りあう前には、きわめて身持ちの悪い生活をしていた。その際彼女はいつも、その時々の男に対して「自分を犠牲にし意志というものを全く持たずに、要求されたことをすることができた[10]」のであるが、それを少しも重大なことのように感じずにいた。「彼女が無考えに男たちに身をゆだねる内にも、このようにさいごのところで自制と確かさをもたらしたものは、決してはっきりはしない、ずっと離れながら随伴している内面性についての、意識だった[11]（傍点論者）。」これはまた「何か」とか「彼女の生の、隠れた本性」とかも呼ばれているものである。クラウディーネは、こういう、男から男への浮気と、その中でそれに対しはっきりしないかたちでながらたしかに対立項として存在する、内面性の意識との、両方を、夫と知りあって以降、過去のこととして、忘れ去り、夫にひたすら沈潜していたのであった。ところが彼女は、夫をおいて娘の寄宿舎を訪れるために一人で汽車に乗る前後から、この、過去のことを、思い出してしまう。

駅の構内で、彼女はすでに「或る感情[12]」に、その内容がはっきりしないながら、心をうごかされており、それが過去を思いおこさせている。汽車の中ではそれは「この漠然とゆれる音色[13]」となって彼女にまといつき、夫と二人でモナド的にいることとの間で、意識が微妙に何度か交替しあう。

この「或る感情」や「音色」は、過去において、クラウディーネの浮気癖とペアになりかつ対立もしていた、「内面性」から発し、ここで傍点を付してきた他の言い方と並んで、一つの系列をなしているように思われる。クラウディーネは、ここまで過去のことを夫により完全に忘れていたのであるが、ここで、そのうちの、「内面性」の系列がうかび上がったのであり、そしてそれが、「もともとの不品行」でなく「夫との愛」と対峙することにより、もともととはちがった意味の側面へと、移行する。

「時々、彼女は自分がまだ知らぬ愛の苦しみへと定められているように思われた。[14]」それは、「愛を求める普通の要求の憂愁」ではなくて、「所有している大きな愛から離れたいという憧憬」に近いものである。そして、「もう、愛する人の方へでなく、つらい遠方の、柔らかく枯れたただ中へ、先へ先へと、守ってくれるものもなく、導いていく」ような感覚に、つながるものである。ここでは、「内面性」は、まだ見ぬ特定の恋人を求める心ともならないかわりに、夫への愛からも離れ、むしろ、だれでもない者への愛、或いは、だれとでもともとの愛（その愛において、しかし当の相手との愛はむしろ無視されることによってこそ、これはだれとでもの愛となる）へとつながっているように思われる。「夫への愛」を軸にして、「内面性」は、「不倫」に対立するものから、むしろ、「一般者との不倫」とでもいうべきものへと、平行移動しているのであり、かつその際、特定の「不倫」は、愛のないものでありさえすれば即座にその相手をぬぐい去り「一般者との不倫」に含みこまれることとなる。

それでは、この、「一般者との不倫」と、「夫への愛」との関係は、どうか。ムージルは、この作品において、クラウディーネに夫への気持ちを何とか救済するような思想型を構築するように強いているように思われる。そのためもあって、クラウディーネがこの後旅先で出会った参事官と、その本人には何もひかれるところがないにもかかわらずなしてしまう不倫が、それにより「夫への愛」を完成させるためである、というしくみをもつかのように見えるふしがないではない。[15] だがその成就は困難である。

そのとき彼女は、だれか他の男のものになることができるかもしれない、と思うことができた。するとそのだれかは、不倫のようには彼女には思えず、究極の結婚のように思えたのだった。彼女が夫と行ったことのない、二人がただ音楽であったような、だれにもきかれず何ものにも反響されない音楽であったようなどこかでの。[16]（傍点論者）

引用後半の主語 sie は、だれとも言われず直説法で書かれているからには、現実の夫と彼女とのことを指しているだろう。しかし、er（試訳中「そのだれか」）は、それとつながって夫を指すよりは前の「だれか他の男」を直接受けてしまうため（それは、er を Gedanke ととった場合でも、その Gedanke が前の段落末尾の語ではなく直前の動詞 denken の内容を指すから、同じである）、「究極の結婚」は、夫とではなく、「だれか」とのものであるように思われる。クラウディーネは思いの中で繰り返し夫に語りかけるが、そこでも、不倫は夫のものになりきるためではなく、「あなたが私を自分のもとから放すやいなや、私があなたにとって、仮象のように理解しがたい、こわれゆくものとなるために[17]」であり、夫へのモナド的思いは、「究極の、できごとのない内面性[18]」や、「彼女の愛において、根や無条件性というものをこわす、顔のない、究極の自我感[19]」の中で凌駕されてしまうのである。

ここには、「一般者への不倫＝内面性」、「具体的な相手との不倫」、「夫への愛」の三項関係が成立しているのであり、「夫への愛」は、クラウディーネがどうそのモナド性をおし広げるために不倫に向かうという理論をたてようとしても、「一般者への不倫」の中にのみこまれてしまう。しかも、クラウディーネが観察を詳しくすればするほど、肉欲自体もここにはたしかにかかわっているなど、不倫が夫の項をふりはらってしまう契機も明らかとなってしまう。

そしてそのとき、彼女はこれらのことすべてにもかかわらず自らのからだが快楽でみたされるのを、おぞ気とともに感じた。しかしその際彼女は、かつて春に感じたこと、万人のためのようで、しかしただ一人のためのように存在することができるということを、考えているかのようだった。そして、子供たちが神に関して、神は偉大だと言うように、はるか遠くに、自分の愛のイメージが思いうかんだ。[20]

「ただ一人のため」が、当座の浮気相手を指すのではなく仮に夫を指すのであっても、それは「一般者への不倫」ということによって当の浮気相手を消し去った上で、一般者（万人）と夫とを重ね合わせようという、悪あがきになっているだけである。ムージルの意図では、クラウディーネの思想は少なくとも一般者の中へと「夫への愛」を完全救済するものとならねばならぬはずであった。しかし、夫の不在のかたち、夫の否定型を、夫の拡大型なのだとする仮定までをも認めることにしてさえ、それは、論理構成上、「一般者」の中に可能性として含まれるにすぎず、一般者と一致することはありえない。或いは、その願望を、クラウディーネ自身、また理論自体も、感じていたかもしれない。しかし理論の中身はそれにそむくのである。そしてこのあり方は、ムージル自身が、女への、理論武装、弁明の要求にもかかわらず、すでに感じてしまっていたことなのかもしれない。

ここで、これに対したとえばルイス・ブニュエル監督映画「昼顔」[21]における、女の不倫の意識を考えてみる。「昼顔」においては、女は性的、日常感覚的、社会的な、つまりいちおう自らの存在全体から生じた欲求にうたれて、夜は夫と暮らしながら昼間を高級売笑婦として他の男たちに身をまかせることに走るが、それはまた夫との思い、夫に対する屈折した（性的にかぎらず）意識から出ているのでもある。しかし、ここでは夫との愛にとどまらぬ現実世界をつくりなそういう欲求も女にはあって、しかも、それが映画的世界として成り立ちえているにもかかわらず、むしろ夫との秩序に、全体がとどめられ、収斂してしまっている。これはムージルが与えたかった解答のひとつの姿ではないのか？　だが、「昼顔」において決定的に作用したのは、結局、結婚という制度を軸にしてこそ複雑にからみあった意識だったのである。しかしムージルが求めるものは、不倫という事実を前提としての、愛そのもののみを根拠とした、夫への愛の救済可能性だったのだ。

もう一つの短篇「静かなヴェロニカの誘惑」においては、不倫のシチュエーションと理論構成は、「愛の完成」とまたちがったものとなっている。ここでは、ヴェロニカが肉体的にはデメーターと交わることがほのめかされる一方、愛がためされなければならない相手はヨハネスである（生身のヨハネスに対してヴェロニカが傾く様も、断続的に描かれる）。しかもヨハネスの自殺が予想された夜、ヨハネスへの愛を完全なものとするために、ヨハネスに自殺することを要求し、かつ、ヨハネスの死が信じられなくなり、ヨハネスがまた遠い存在に思えるようになるのである。さらに、そのあけ方、もはやヴェロニカはヨハネスをわが身と等しく身近に感じるのでなると、ヴェロニカはヨハネスに、肉体でなく魂のちかしさ、「不思議な精神的な合一[22]」を感じ、実在のヨハネスでなく否定態のヨハネスのまなざしがともにいるように思う。それもしかし、ヨハネスからの無事を知らせる手紙によって消えさり、ヴェロニカはデメーターの肉体が現実に身近にいることを意識する。

ここでも三項関係、「愛の完成」の場合と各項が対応しながら全体としての意味あいが微妙に異なる三項関係が見られる。「否定態のヨハネス」、「生身のデメーター」、「実在のヨハネス」というものである。ここでは、論理構成上は、「実在のヨハネス」は否定型へと直結され（それは排他的にですらある）、救済されている。しかしその分、「否定態のヨハネス」自体が、具体的な浮気相手デメーターの項を含まず（交渉すらもたぬかもしれない）、実際なされる浮気に対して愛を擁護する弁明としては、いきあたりばったりのものとなるであろう。デメーターとの浮気が繰り返し行われることを暗示するかのような結末も、自ずからそれをあかしているものである。

三　物語の析出

『三人の女』の作品世界にまつわる或る奇異さの、根源的原理・しくみは、既に述べたように、作品内に描かれた、人間の内的世界と外的世界のかかわり方にあった。しかし、以前の、それをより極端に行った『合一』の記述自体が、内的世界と外的世界を無理なくつなぎあわせ、それぞれのリアリティーを織り合わせて一つの小説的リアリティーを形成しているのと比べるとき、『三人の女』の記述においては、さらにちがった段階で、或る奇妙なことがおこっていることがわかる。

ここでは、内的世界において客観的世界理解はファンタジーにすぎないと考えられ、かつそれが外的世界を再び規定しているにもかかわらず、描かれる外的世界それ自体は、かえって独自存在化し、物語として形成されるに至っている。小説としてのストーリーというのにとどまらず、描写される外的世界が、ほとんど自己目的的に或る形象化の意志をもち、完結しているのである。このことは、書き出しにおいてすでに特徴的である。

人生には、まるで先へ進むのをためらっているかのように、あるいは方向をかえようとしているかのように、目だって進むのがおそくなる時がある。このような時に、不幸が人を見舞いやすいと言えるだろう。[23]

（「グリージャ」）

垣根のほとり。鳥が啼いた。それからすぐに太陽はどこか茂みのむこうに沈んだ。鳥が啼きやんだ。夕方だった。農家の娘たちが歌いながら野原を帰ってきた。何と詳細なこと！　もしこのような詳細なことが、或る人間をめぐってこびりついているのだったら、とるに足らないことであろうか？　いがのようにくっついているなら?!　それはトンカのことだった。無限はときどき一滴ずつ流れるものなのだ。[24]　(「トンカ」)

或る内的世界の視線のもとに俯瞰されながら、同時に、物語がそれ自体、全体的に形成されるための場が、早くも設定されている。これは、内的世界において、外的世界の客観的把握が非現実とみなされているにもかかわらずであるとともに、そうであるゆえにとも言えると思われる。外的世界自体の存在はもとよりあくまで普通に認められているのであり、それが、内的世界による理解にそむく方向へと発達をみせれば(『合一』とはちがう向きにということになるであろう)、外的世界独自の原理によって固まり、自己発展をとげることになる。かつ、内的世界が原動力となり、自ら与えたいかなる理解にもかかわらず、さらに次々と叙述を重ね、外的世界をつむぎ出すのだ。(こののち、語りが思弁自体をすんなり物語の素材として採用し、ストーリーと融合させたとき、『特性のない男』の、叙述の自己目的化——一種、叙述ということ自体の物語化——のような膨大な物語が生まれることとなる。)

ここでその外的世界の独自化のあり方を、物語であると特徴づけた。しかし、近代小説に対して、物語というとき(むろん、日本古典の王朝物語や語りもの、ヨーロッパ文学における伝説圏などの独自の様式としてでなく、近代文学において)、最も典型的にわれわれの念頭にうかぶのは、中上健次の文学世界、ことに、『千年の愉楽』[25]のような、紀州熊野の「路地」を舞台とする、一連の小説の世界である。(物語とは近代文学においてはけなしことばに近いものであるが、ほぼ唯一中上についてのみ例外となるのであるが、そのしくみもここで照らしだしたい。)

ことに、『千年の愉楽』は、「路地」の産婆であるオリュウノオバの視点から、「路地」に住む美しく好色で薄命の「中本の血」をひく男たちの生を描いた連作短篇であり、ここではオリュウノオバがそれぞれの男に関して、また男たちみんなに関して、産婆という立場から統一的視線をそそぐことにより、物語としての性質が最もはっきりしている。江藤淳によれば、「オリュウノオバは、生れて来る子供を取り上げるのと同時に、彼らの一人一人の物語を記憶してしまう」のであり、「物語ははじまり、かつ終る。したがって、子供たちの生の発端を記憶してしまうオリュウノオバは、また同時に彼らの生の終末をも記憶しないわけにはいかない[26]」のである。また吉本隆明によれば、「作品の世界で『オリュウノオバ』は古代やアジア的な世界を透視し、その世界に理念を与える最高の巫女のように存在し、世界を遍照する」もので、作品がこういう古代的またはアジア的世界となったのは、「すでにそれ自体が退廃し無効化し、もはやどうしても物語が不可能である現在の古典近代的な世界模型を破砕して、物語を奪回したかったから[27]」である。一般の小説の細部の形象化や、全体を構成するストーリーの構想にとどまらないで、ここでは、オリュウノオバによる、まなざしをあてる意志、語る意志が、それ自体として叙述を統べ、遂行していることが、物語の特徴となっている。そして、中上の他の「路地」小説が物語と呼ばれるとき、それは、このオリュウノオバの視点を、作品の語り自体（語り手というよりむしろ）に内在させたものとしてであるに他ならない。

中上の一九九一年現在最新作『軽蔑』においては、この、物語（それももとより小説であるにはちがいないのだが）としての性質が、そのまま一般的なかたちでの小説へと移行しているように見える。ここでは、物語の力が、小説のストーリーよりさらに上部の叙述形成力としてあるのではなく、いわば、小説の内部で、ストーリー形成を構想力というならばさしづめ想像力[28]とでもいうべき細部の具体的描写・形成力にとけこみ、そこからストーリーをひっぱっている。主人公真知子は、あえて踊り子あがりの舌足らずを振舞い続けながら、カズさんと、男と女・五分と五分の恋愛をなすことの細部の、感情の論理を、花、海、空、虫の声などを契機として、おりめぐらすのだ。かくして真知子は、カズさんをみんなが甘やかしてしまうカズさんの故郷の町で、カズさんと五分五分の愛を保つためには普通の男の支えがいるという思いから、車の若い男[29]や銀行員[30]と浮気をしてしまうが、ひきがねとなった紫陽花や、気おされる必要はないと思い直した青い海などの形象を介して、物語の力にだきとめられ、真知子のカズさんへの思いは、物語圏内では奇跡的に潔白にぬぐわれつづけているのである。

『三人の女』が物語となっているのは、この『軽蔑』が小説の中で物語化しているあり方と、ちょうど逆のかたちにおいてである。すなわち、ここでは、内的世界が外的世界をむりやり否定しようとし、外的世界に対してもうけたいかなる仮説にも満足できず、それを超えた受苦の情熱において、語りは形象を外的世界独自の物語へと追いこむ叙述を積み重ねるのである。いわば、構想力が細部の形象・想像力の領域を無理やりその部分その部分での物語となし、物語としては切れはしであるかのような印象を与えているのだ。

（二人はグリージャの夫に洞窟にとじこめられる）

ホモは結局、これは自然の理にちゃんとかなったことだと感じたが、教養のある人間たる彼は、はじめのうち、とりかえしのつかないことがほんとうにおきたらしいということが信じられないのにはいかんともしようがなかった。［……］以前なら彼は、このようなのがれようもない牢獄の中では愛は嚙むように激しいにちがいないと思ったかもしれない、しかし彼はグリージャのことを思うことすら、忘れていた。［……］

同じころ、どんな努力にも見込みがなく事業は無駄だと見透して、山のふもとでモーツァルト・アマデオ・ホフィンゴットは作業の中止を命じていた。(31)

（「グリージャ」）

（トンカの死）

そのときそれといっしょに、彼がいっしょに暮らしたのはトンカではなく、何ものかが彼を呼んだのだ、ということが、こうべをゆらされる詩のように、思いうかんだ。

彼はこの文を繰り返し、この文を思いながら通りに立った。世界が彼のまわりにあった。自分は変ったし、また別の男になるだろう、でもそれはやはり彼自身がそうなったことで、このことはもともとトンカのおかげでもないのだ、と、はっきり意識された。［……］彼はトンカを足もとから頭まで、その生の全体を、感じた。知らなかったことすべてがこの瞬間目の前にあった。目からうろこが落ちたようだった。瞬間のことだった、というのも次の瞬間には、さっと何か思いついたようだったからだ。それから多くのことが思いうかび、それが彼を他の人間より少しましなものにした。なぜなら彼のかがやかしい生に、小さなあたたかい影がさしたからだ。[32]

(「トンカ」第十五章)

物語が析出していく様子を、二つの小説のこの結末あたりの部分が示している。内的世界の圧力で物語化した外的世界が、内的世界の外に生み落とされていく様子を。そして、最後に、ホモをグリージャの村へと連れていった事業はあっけなく頓挫し、トンカを愛した男は、後の人生においてなにものかになりおおせる。書き出しにおいて物語の場を設定したこの叙述は、物語を閉じ、物語からぬけ出すことにより、小説を終える。しかしこれも、一般に作品中における、物語と外的世界とのあやうい関係を、かえってあかしているとも言える。(中上健次における、ストーリーの構想力を超えた、小説の意志としての物語力は、きわめて例外的であるといわなければならない。一方、『特性のない男』の叙述の意志は、さらに言えば、いわば、作中の思弁自体によって仮象的に生ずることとなった、仮の物語力であるとこそ言えるであろう。そこでも、物語が思弁を展開させている様相を呈しながら、実はむしろその物語力自体が思弁より生じていると思われるのである。)逆にいえば、『三人の女』におけるこういった物語のあり方は、構想力を超える物語力というものの不在という事態とも、ちょうど拮抗しているのである。そしてともあれ、実際またわれわれは現実においては、断片以上の物語を、外的世界の中で持っているわけでもないのだ。

第六章　空虚でたのしい走行

――カフカ「罪、苦悩、希望、真の道に関する考察」について――

一　小説以外の散文作品での論理構成

フランツ・カフカの「罪、苦悩、希望、真の道に関する考察」[1]（一九一七―八年）[2]は、カフカ自身の手でノートから清書して書き出され、編まれた散文断章であって、ここには例えば有名な「秋の道のよう。きれいに掃かれたとおもったら、また枯葉でおおわれる。（一五）」「鳥かごが鳥を捜しに行った。（一六）」もおさめられている。ここでわれわれは、カフカの、小説作品の形象化とはちがったなまの思考に、またノートや日記などの走り書き的印象を与える記述の山ともちがって作品となった断章にふれることになる。しかもここでは、カフカの発想の、とりあげるイメージの、出どころとなっているような場面にも、われわれは出くわすだろう。今あげた二つの文には、むろん或るはかなさ、徒労感がただよっているのは否みようもないが、実はそれが道にとってのものなのか枯葉のものなのか、鳥かごのものなのか鳥のものなのか、或いはさらに別にその空間内に徒労感をいだく主体がいるのかそういうものが空間外の文章内にいるのかといったことすら、ほんとうはつかみようがない。せいぜいもとのノートでこの二つの文がまとめて書かれていた[3]ことのほかには、参照してよい文章は何もないからである。ところがさらに、これらすべてにもかかわらず、それ以上にこれら二つの文から感じられるのは、秋の道、枯葉、鳥かご、鳥といった形象そのものの、肌にふれるような存在感、これらの形象へのちかしさの感覚である。景物の芽、あるいは景物の種（ここで発想の出どころと言ったのも同じ意である）となっているということこそ、これらの文が暗くゆらぐともしびのように人目をひきつけることの、中心の原因となっているように思われるのだ。

ところで、およそ、文学においては、作中の用語としてふと使われる場合でも、批評の中で使われる場合でも、「論理」ということばは、論理学的・諸科学的意味や、日常的意味とは、かなりちがった内容をもつ、というよりはじめから論理というものに関して異なった世界観を無言のうちに前提としている。日常においていかに没論理な思考がなされ論理敵対的な態度がとられようとも、むしろそれだからこそ「論理」とは本来論理学的一元的な体系であると信じられており、それは、人文・社会科学において「学」の規則が結局は一定の効力をもつこととも近い。ところが文学においては、そのような単一公理体系は、世界のどこにも存在するはずがない。単一公理系内で言われうることは、機械的自動的に導かれることで、それ自体、思考とは何の関係もない、ありあわせのものさしがあてがわれることであるにすぎない。存在するのは、そうでなくて、カオスのかたちであり、或いはあえて学に近づいてさらにいえば、かたちをもって交わる複数の公理系である。そういう、カオスの中のみちすじの複相が、はじめて文学にとって「論理」の名に値する。――ほとんど、改めて言うほどのことでもない。しかし、カフカの標記の題でまとめられた散文断章を、ひとつのまとまりとして読もうとするとき、このことは、あらかじめ念頭に置かれなければならないし（何のことを言っているのかという息づかいをききとることでなければ、別の文をつきあわせての背理法的読解は無効であろう）、またことがらの扱い方自体において、集のはじめからカフカにも前提されているように思われる。

「真の道は、綱の上を、空中高く張られているのではなくて地面すれすれの綱の上を、通っていっている。この綱は、歩いて通られるものであるというよりは、必ずつまずかせるためのものであるように思われる。（一）」おそらくは、目に見えない「真の道」が、綱の上をたどって、その綱の終点をのりこえると、目的に至るが、目に見えるこの綱は、綱渡りでなくそのわきの地上を歩くことを誘起する張り方のため、必ずふとつまずくこととなる。だが、「真の道」は、それ自体があるともないとも言われていることには、おそらくこれではならないのである。しかも、文の内容以上に、「真の道」とは（あるとすれば）何かということも、この文自体にとって、くわしいことは未定であるはずである。しいていえば、それにはカオスが、存在が対応するのだ。（但し、三番「人間の主要な罪は二つだけで、他はすべてそこから導き出される。忍耐のなさと、怠惰とである。忍耐のなさのせいで人間は楽園を追われ、怠惰のせいでもどれない。しかしひょっとしたら、主な罪は一つだけだ。忍耐のなさである。忍耐のなさのせいで人間は追放され、忍耐のなさのせいでもどれない。」の書き方に典型的にあらわれているように、これらの文でなされている断定の性質は、実にアフォリズム的ではある。すなわち「怠惰もひいては忍耐のなさだ」、という連続した推論がなされているのではなく、「後者の方も、じつは、本質が、怠惰でなくて忍耐のなさだ」という飛躍した言い切りが、この文の成りたちなのである。宣告的にもひびく理由である。だが、だからといって、「これだけは言える正しい命題」を、積み重ねていこうとする立場なのではない。アフォリズムとは、いろいろな角度からことがらを照らし出していくものであるが、ここでは、その対象がひとつの姿をうかびあがらせてくるものではなくて、複数の公理系の交わりのような姿がのぞかれるだけなのだ。それは、二番で「方法論的《メトーディッシュ》なものの早すぎる中断」がいかになげかれていようともである。もともと、単一公理系的でなくとも、ここでのカフカは、その場面その場面に応じて、――ことに認識や行為を問題にする場合むしろ過度に――方法論的《メトーディッシュ》なのだ。）

　このような多公理系的性格を、生というものがすでにもっているのだという側面も、すぐに示されているようだ。「死者の霊の多くは、ただ死の川の流れをなめようとばかりする。死の川がわれわれのところから発し、われわれの海の塩味がまだするからだ。すると川は吐き気がしてさか巻き、逆向きの流れが生じ、死者を生へと押しもどす。しかし、死者たちはうれしくて、感謝の歌をうたい、怒った川をなでるのだ。(四)」死者と生者のどちらに視線の立場が置かれているにせよ、死のこととしてよりむしろ生のこととしてうけとれば、この文は、生が自らから完全に分出・離脱させたはずのものが、再び生の中へともどってくることがあるということを指摘し、その構造を解いていることとなる。一見矛盾と見えることが、別の公理系が交わることで、現実の存在の上でかたちとなってあらわれているなら、それは、より精密な、かくれている論理からすれば、矛盾でもなんでもない。もしくは、言明と言明との間に、単純に突き合せれば矛盾に見えるものがあっても、それだけでかまいはしない。

「ある地点からは、逆戻りということはもうない。その地点は、到達されうる。(五)」「人間の発達の決定的瞬間は、永続的である。それゆえ、それまでにおきたことすべてを無に等しいとする革命的精神運動は正しい、というのもまだ何もおきていないからである。(六)」「手が石をにぎるように、しっかりと。だが、手は石をより遠くへ投げるためしっかりにぎっているだけだ。しかしまた、その遠さのところにも、道は通じている。(二一)」「目的はあるが、道はない。われわれが道と呼んでいるものは、ためらいにすぎない。(二六β)」五番においては、質的に不可逆的となる点が想定されているが、六番においては、(少なくとも人類史的には)そういう点がない(或いは到達されえない)ことが言われている。二一番、二六β番は、再び、道の話だが、二一番では道は端的に、ある。二六β番では道は端的に、ない。しかも「道」といわれるものがそうちがったものを指しているわけもない。もともと「ちがう」というだけ弁別されないものに、敢えて与えられた同一のかたちだからだ。三九a番に、量的なちがいが質的なちがいにつながる挿話がある。ロケットの初速があるスピード以下なら必ず地上に落下するがあるスピードを超えると落下しつづけることがすなわち公転軌道にのることになってその場合落下でなくなる、といった事例が、さらに考えられるだろう。だが、道のあるなし、不可逆的地点の到達可能性のあるなしは、これと似て、それ以上に、もう一段階外の、原理と原理のわたりあいのように思われる。(実際、不可逆的な地点があってそれへの到達の可能不可能性が問題になっているのではなく、不可逆的地点の存在非在自体が、もつれているのである。)

しかしこの集では、またこの多体系性はすぐに或る特有の偏向を示し、それが当面、目についてくるものとなる。一般の文学作品では、何か或る現実の事態が描写されると、その事態——それはそれ自体として、十分にカオスをなす——に関して、論理が緻密化し、複相化し、さらには言葉がそれ自体存在をはらむにいたる。単一の体系が不用意にもちこまれることはありえず(仮にそのように見えることがあっても、それが文学であるかぎり、必ずその叙述の背後で、あるいは叙述自体の成立において、別の体系とのせめぎあいが行なわれている)、現実そのものの中の、無限の論理が透徹され、織りあわされる。(カフカの小説作品も、その現実の区切り方、抽象のしかた、現実や願望の、首尾の閉じ方や関連のしかたに、いちじるしい特徴があるが、小説として作品現実に即した論理を展開するそのあり方は、この例にもれるものではない。いやむしろ、現実の論理を展開する緻密さが、とりわけゆきわたった例をなしさえする。)ところが、この断章においては、一つの文の中で、その対象に関して、とたんに大上段にふりかざした、いわば「別の見方」であるかのような倫理性の導入が行なわれ、その見方が、もともとの対象の細かな分析・文学的展開をむしろ阻んで、それどころかその対象に向きあうこと・対象として働きかけることと自体をいくぶん阻害するような、ピントのあまりに大局的な思弁がつづけられるのだ。(そのカフカの心的傾向・生活経営態度——もしこれが日常そのまま応用されているとしたなら——の傾向は、むろん、それ自体、カフカ的といわざるをえないにはちがいない。そして、この意味でカフカ的な態度が、小説の叙述においても、当然、或る契機をなすことにはなるだろう。だが、それはむしろ小説の対象の選び方、対象化する目が向かう範囲の限定といった作品構造以前の水面下の点にもっぱらかかわるものだ。そうした限定をうけながらのカフカ小説の叙述自体は、むしろここでの論理構成の特異性——それは文学の多公理系性の中におさまるヴァリエーションではあるのだが——を離れ、かえって、小説一般の、対象存在と世界との自律して生きる論理に即したものなのだ。)たとえば、「認識のはじまった最初のしるしは死ぬことへの望みである。この生は堪えがたく、ほかの生き方はできそうもない。

もはや、死にたがることを恥じなくなる。にくんでいる古い部屋から、これからにくむことになる新しい部屋へと移されることをねがうのである。［後略］（一三）」の、死への望みは、生の内容として問題になっているのではない。とりあげられるべきこと、そしてそれをめぐる展開のしかたは、いくらでもあろうものを、思ってすぐ、それらを封じる具合に、「別の見方」として場をしめてしまったのが、この一三番では、この「死への望み」だったのだ。但し、この「別の見方」も、その原理性、話の大きさにもかかわらず、それ自体も、体系をひとつなす思考なのではない。むしろ、心性というべきものである。ことがらを、全体というものに照らしてその資格を問うふうでもあるのだが、それでも、そこで体系化するものではないのである。

おそらくいちばん有名な、「君と世界との戦いにおいては、世界の側のセコンドとなれ。（五二）」も、それ自体、ちょっと思われるように、カフカ、或いはカフカ的文学（きわめて広い意味での。この文を掲げることにより自分の立場を特徴づける場合の、自称カフカ同調者を含んで）に限っていえることではなく、第一義的には、およそすべての文学にとって、実はあてはまっていることばである。文学の題材が、いかに反現世的・空想的な場合でも、書かれる形象はまさしく現世のものとして造形され、動き、「生を与えられて」いなければ、文学として成立しない。形象は作者の手を離れ、半ば勝手にふるまう傾向があるばかりではない。作者がいかに主張を込めようとしていても、作品世界の形象群のなかで、「主体」というものの相対化ができていなければ、文学にならぬのだ。しかし、ここでも、よく見返せば、その文学一般的性質の中に、同時に、この散文断章集の特有「カフカ的」心的態度の声が、より細かな分析をめざす文学的論理にあまりに大局的な「別の見方」を続かせてしまう声が、小さくひびいているのである。世界に踏み出すことをひかえよという、作品でなく生活内思考におけるカフカの声だ。これは作品の中では――繰り返すようだが――主にたとえば人物が右足を踏み出すか左足を踏み出すかというような、外的現実内だとただ偶然が支配することを、作者の性向の必然において実は決定してしまうことになる、その水面下の決定因の声といったものとなる（作者がストーリーをつくるために状況を設定したような場合でなく、それ以外の多くの、無意識にやってしまうような場合について）のである。

二　行為の抑制と是認

この散文断章集で「別の見方」であるかのような倫理性が生についての観点の中に最もはっきりと乱入してくるのは、善・悪についてのきわめて尖鋭的・本源遡行的な思弁のかたちをとるときである。逆にいえば、善・悪についての考えのいとぐち・みちすじがカフカにあるために、カフカは生の場面の具体的思考に、継木するように、善・悪の分析（というよりほとんど帰納）を続けてしまうのである。（というのも、カフカのこの善・悪への指向は、およそ経験的世界の存立根本条件や、行為にふみ出す前での一瞬のためらい、また事前からの反省といったとばロに直結するものだからだ。）「三つとも欺瞞である。迷妄を最小限にしようとするのと、普通にするのと、最大限にしようとするのと。第一の場合には、善をあまり簡単に手に入れようとすることで善を欺き、悪をきわめて不利な戦いの条件におくことで悪を欺くことになる。第二の場合には、現世では善を求めることすらしないことで、善を欺くことになる。第三の場合には、善から最大限遠ざかることで善を欺き、悪を最大限にすることにより骨ぬきできないかという期待をすることで悪を欺くことになる。それゆえ、これにより第二の場合がとられるべきだろう、というのも、善はつねに欺くことになるが、悪を欺くことには、その場合、少なくとも見かけ上は、ならないからである。（五五）」「なんだって堕罪をなげくのだ。われわれはそのために楽園を追放されたのではなく、生命の木のためなのだ。生命の木の実を食わぬことによって。（八二）われわれは知恵の木の実を食ったからというだけでなく、生命の木の実をまだ食っていないことによっても、罪がある。罪があるのは、われわれがある状態なのであり、罪業とは無関係なのだ。（八三）」「堕罪以降、われわれは本質的に、善悪の認識能力にかんしては同等である。[4]［中略］だれも、認識だけでは満足できず、それに合った行動をしようとせざるをえない。しかしそのための力は与えられてなく、破滅せざるをえない。それにより必要不可欠の力までも失ってしまう危険にすら瀕するのだ。だが、この最後の試みをするしかないのである。［中略］世界は動機づけに満ちている。それどころか、可視の世界全体が、一瞬の間いこいたい人間の、動機づけであるに他ならないかもしれない。認識の事実内容をごまかし、認識をそのまま目的にしようとする試みである。（八六）」行動を包括的に検証するものとして、善・悪の観念は機能する。そのとき、だが、その行動自体が、はじめから解剖的に無理やり分類づけられ、制約的条件下におかれる。しかも、可視の経験的外的世界の存立自体が、この善・悪の議論の前提のもとにおさめられ、悪とともに時空的に構成されるのだ。九五番「悪はときどき、手の中に道具のようにある。気づこうと無意識的にであろうと、われわれがその気になれば、悪は無矛盾に手近におかれるのだ。」においても、行為の対象となる世界自体が、道具的活動（その、日常のわれわれにとっては普通である活動は、ここでは悪に近いものということになる）にともなって、創出されている気味でもあるだろう。（楽園追放におけるヘビに関する五一番も、むしろ悪の作用の場として外的世界を定義づけた話であるようにみえる。）

さらに、対象世界たる外的世界自体をこのように付随導出的に構成しようとする認識傾向は、しばしば徹底化して、ドイツ観念論哲学的な様相をすら帯びる（といっても、概念構成、用語法、表象しかたなどにおいてのことであって、カフカはそれらを系列づけ体系だてようという志向は持ちあわせてはいなかった）。「私は自己統御を求めない。自己統御とは、私の精神的実存の無限の放射における任意の点に、はたらこうとすることである。しかし、自分のまわりにこのような円環をひかなければならないなら、自分のとんでもない複雑さにただ手をこまねいておどろいてながめながらの方がましである。そして、それを見て消沈するどころか反対に得た元気だけを持って、家に帰る。（三一）（傍点論者）」自分という境をひくにしても、それが外的世界に働きかけるすべてを制御するのでなく、自分の複相にただただあきれる、というのだ。最後の部分は、茶化して、体系・責任から一切おりているようでもあり、それなら、「カフカ君、そのとおり」だが、それでも「家に帰る」。外的世界からもそのままおりてしまったようにも見え、元も子もないことになりかねぬが、また家に帰らねば、書くことにも（逆転を構想することにも）ならないわけだ。以下、哲学的表現の指摘はもう省略して、少し引用を続けてみる。

「悪とは、人間の意識の特定の過渡的時間での放射である。ほんらい感性的世界が仮象なのではなくて、その中の悪が仮象なのだ。しかしそれが、われわれの目には、感性的世界をなしているのだ。（八五）」「精神的世界のほかは何もない。われわれが感性的世界と呼んでいるものは、精神的世界の中の悪である。そして悪いとは、われわれの永遠の発展の中で一瞬一瞬が必要不可欠であるということにすぎない。（五四α）強い光で照らせば、世界は解体できる。［後略］（五四β）」「宇宙の無限の広さと充溢という表象は、苦労の末の天地創造という観念と自由な自覚という観念との、いきつくところまで行った混合の結果である。（九八）」ここまでくれば「最後に心理学！（九三）」というのも、うなずける気がする。心理的連関を云々することは、解体されてなくなる種類の感性的世界の中での、遊び・実体化であるにすぎないだろうからだ（実際にカフカは、小説の中でも、意識の流れを書くことはあっても、そこでの「心理」は、分断され、芯までかぼそく削りたてられているようである）。こうして、逆に、偶像崇拝は、物の存在必然性・物への責任からの不安のあまり、責任を一手にひきうける唯一神では安心ならないで、物に、自身への、かつ物の大きさに比例して人間への責任を負わせたものだとされる（九二番）だろう——感性的世界の中での必要不可欠な構成要素に、すでにして現世の人間が負いかかっていざるをえないというわけだ。

ところで、このようなカフカの論調、ひいてはこの集全体が、しかし悲観や絶望とはちがった感覚であることは、いうまでもあるまい。むろん、まさにその同じ感覚においてカフカはやはり、足が地に接する面積がたったこれだけの小ささですむことをよろこぶような、控え方をする（二四番）のだし、物質に対する感じ方も、哲学思想的表現の上では、精神的世界の感性的世界に対する優位として終始することになるのではあるのだが。「言語は、感性的世界の外にあるものすべてについてただほのめかすように使えるだけで、おおよそでも直喩的に使えはしない。言語は、感性的世界に対応して、所有や所有関係を扱うだけだからだ。（五七）」「精神的世界しかないという事実は、われわれから希望をうばい、われわれに確信を与える。（六二）」五七番の感性的世界の言語は、感性的世界同様にはかない成り立ちだが、そこにはまた、この世界での、もしくはどこかでありうる言語の、存在感が、あの偶像崇拝をひきおこした「物」と同様に感じられるし（もともと、三五・四六・三七番をあわせて考えると、存在と所有の関係は複雑である。三五番では確たる所有ということはありえぬ、そして存在ということ自体が物をもつという意味も含むが、三七番ではその存在もありえぬ。感性的世界ではただ私有観念上の所有のみがある、といったところか）、またここには、希望がなければ、確信（原語を単に確実性と読んでも、結局は主観の確信作用に通ずるであろう）があるのだ（単なる倫理から離れてここまでくれば、この感覚はカフカの小説の叙述構造に再びつながっていく要素でもある）。「理論的には、完全な幸福の可能性がある。自分の中にある、破壊されえないものを信じ、しかもそれをむやみに目ざしたりはしないことである。（六九）」「破壊されえないもの」は、文学的論理の断片のなかで、なんとかかすかにかぎあてられ、呼吸されている。とりあえず、その程度のことでしかない。しかし、思考のあやの編み出した成果・思想的獲得物という以前の段階で、単にそれを思考しているということそれ自体として、その程度のことではあるのだ。

もとより、ここでのカフカの思索内容の傾向は、その哲学的形態においても、外的世界を対象とする行為を抑制してしまうものとなっている。「生の開始にあたっての、二つの課題。君の領域をどんどん小さくして、何度も、君が君の領域の外のどこかに自分をかくしもっていないか、確かめること。（九四）」「君の領域」には、五五番と同じく、主体の及ぶ範囲に円環をめぐらし境をなすという、哲学的表象がともなっていよう。「二つの可能性がある。自分をはてしなく小さくすることと、はてしなく小さくあることと。後者は完了でありそれゆえ行為はないが、前者は開始でありそれゆえ行為である。（九〇）」この二つの可能性しかないといっているのでなく、二つの位相が分けられるということを述べているだけかもしれないが、それにしても、「行為」と明言されるとき、対象世界から遠ざかるような「行為」が考えられているのである。——だが、他方ではまた、「信じること」(信仰)も、「罪」や「苦しみ」も、行為に帰着するものである。罪とは、ただ、この世界・感性的世界にいるという状態を指しているだろう。苦しみとは、一〇二番でいわれるとおり、功徳を積むことなどではなくて、まさにこの世界でわれわれが体験していく相そのものにおいてのものである。九六番のいうように、喜びや苦悩が、この生そのもののものでなく「より高い生」との関連によるものではあっても、九七番でいわれるように、苦しみがわれわれを高めるのではなくて、別の世界では、苦しみそのものが、全く無変化のまま、ただ苦楽の対立からとかれて、至福となる。罪は、行為の場を、そして苦しみは、行為の内容をなすのである。そして、「われわれの現在の、罪がある状態についての、みじんも仮借のない確証よりも、われわれの時間性が将来永遠に是認されてしまうことについての、ほんのわずかの確証の方が、どんなに少しであってさえ、なんとはるかにやりきれぬことだろう。この二つめの確証は、明確さにおいて、一つめを完全に包摂してしまうのであり、これに堪える力だけが、信じることの尺度をなすのである(九九α)」。四八番や一〇〇番の用例では、「信じること」は感性的世界に実在しないもの・ことに対してのみありうる。だが、五〇番や六八番で、個人的な神や家庭神への信仰の肯定的意義がいわれるように、「信じること」は感性的世界の中で、ひそかに、消極的に、機能し、行為に同伴するのである。

カフカはまた言う。「君は、世界の苦しみの中へ出ないでひきこもっていることができる。君の自由だし、君の本性に応じてのことだ。だがひょっとすると、まさにこの、ひきこもっているということが、君に避けることのできる唯一の苦しみかもしれない。(一〇三)」すでにふれた「道」のあるなしの一見矛盾的表現につづいて、「否定的なことをすることが、われわれにまだ課されている。肯定的なことは、われわれにすでに与えられている。(二七)」と言われていた。行為という「否定的なこと」を、感性的世界のまっただ中では(精神的世界などへの跳躍の場面でなくて)、外的世界の対象物自体が存在するのを嗅ぐような、存在感覚・イメージ感覚とも似て、カフカはあるにまかせ、自らに是認しているように思われる。

三　走行の成功の構造

カフカのこのような、善・悪や、感性的世界・外的世界、行為といったことをめぐる考察は、三つの長篇小説すべてにおいて典型的に見られるのと同様、このような散文においても、要所要所で、女・愛にかかわってくる。

「悪の、最も効果的な誘惑手段の一つは、戦いへの誘いである。(七)それは、ベッドにただれこんでの終りとなる、女との戦いのような戦いである。(八)」ベッドの中ではうってかわってやんでいる、或いは、ベッドの中でだけはやむ、という、単に本能的・静止的イメージよりも、行きつくところつねにベッドのなか状態だという、戦いからの動的めりはりで原文も読めるだろう。そうとらないと、戦いとベッドの中との間に、論理の一旦停止したぼんやりとした隔絶がありすぎる。また、そう読んでも、ベッドの中での、本能的・静止的イメージも、そのまま含みこんでいることになる。この文でカフカにとって問題なのは、悪や戦い一般でなく、「ベッドの中」の方だ。それだけ、ことば自体に沈黙の調子も含まれた(文脈の落としどころとしての)このことばの語調は重く、また、それが愛や女への想念を感じさせるのである。愛は「ベッドの中」をほとんど本質とさえしており(それの欠けた愛の存在例自体は、直接にその反証とはならない。いかに高次な燃焼でも、本質を代償でまかなっているととれるからだ)、「ベッドの中」は、愛にとって増進方向の原動力であるにちがいはないのに、それにもかかわらず、「ベッドの中」は愛をうやむやにする要因ともなる。しかも、それが、別の場合に別の位相でいえばというのではなく、完全に同時に同じ位相でおこってしまうことを、カフカは見ているのだ。

「この世界が誘惑する手段と、この世界は過渡的なものであるにすぎぬことの、保証のしるしとは、同じものである。もっともなことだ、というのも、こうやってでないと世界はわれわれを誘惑できないし、またそれが、真実にかなってもいるからだ。しかし、とんでもないことに、この誘惑にのったあとでわれわれは保証を忘れてしまい、またそもそもそれによって、善がわれわれを悪へと、女のまなざしがわれわれを女のベッドへと、誘ったのだ。(一〇五)」この世界が過渡的なものにすぎないという保証のかぎりで、カフカは行為を、自分においても、あるにまかせる。ある意味で、それ自体、あくまで善のため・女のまなざしのためでありながら、その限定のもとで、行為・おこることがら・感性的世界の中での時空的な事件の物質的内実としては、悪・女のベッドを、事実上、部分的一面的(ところが、この世界の中では、それは実質的には要素全部となって全体的全面的とかわらなくなるのだが)に、認めることである。そして「保証」が忘れられたとき(カフカは、善・女のまなざしの誘いが、そこではじめて起こるような、分別整理的な書き方をしているが)、悪・女のベッドが、結果として厳然と残る。善・女のまなざしの中に、また外の世界に、悪・女のベッドが、手段としてかつ結果として、並びたってしまうのである。善・女のまなざしは、この結果、資格としては全うされているのではある。ただ悪・女のベッドに、逆方向でなく同方向に、さらされ、さらにそれによりそういう複相の認識・文学的把握そのものに、さらされている。

むろん、このことは逆に、女のベッドに女のまなざしを含ませ、その全体を事後的に救済する契機ともなる。しかしまた、だからこそ女のまなざしが侵される確たるいとぐちともなってしまう。「感性的な愛は、天上的な愛を、はるか超えしのいで、まどわせてしまう。独自には、そんなことはできないだろう。しかし、感性的な愛は、しらずしらずのうちに天上的な愛の要素を自分の内に持っているので、それができるのである。(七九)」もともと、ここでのカフカにあっては、精神的世界がすべてで、感性的世界は時空間として積分的モザイク的に構成されるものにすぎなかったのであるから、精神的世界が感性的世界を含むともいえるはずだ。ところがそれは、現実の感性的世界の個別内部では、感性的な愛が天上的な愛を含むという、逆転的外観となってあらわれる。しかし、天上的なものが感性的なものをはらみ、身から出た錆のようなものに凌駕されるとみれば、にごりと見えてしまうが、同じことであるのに、感性的な愛にどこか本来天上的な愛も含まれる（ただの包含関係という以上に）とみると、漠とした、救いの手がかり、素材となるようでもあるのだ。（だが、これはまだそれ自体としては、われわれの現実そのもののありきたりの実相であるにすぎない。ここでは、本書第一章第二節で指摘したとおり、真理内実の抽出が、息切れしている。）

カフカはおよそ救済の手がかりを与えるような、込み入ったイメージを、この断章集の中に、二つ書いている。「動物が、主人になるために、主人からむちをうばい、自分自身をむち打つ。そして、このことも主人のむちひもの新たに増やされた結び目の痛さで生じた妄想にすぎないということを、しらない。（二九β）」たしかに主人から奪ったむちで主人を打てば、動物が主人に反乱をおこしているのにすぎず、主人となるためには動物である自分自身をむち打つという点で、この動物はあまりにも正しい。だが、このあまりな像自体が、更なる痛さのための妄想であるとなってみれば、これはあまりにも可笑しく、その結果救いがとりあえずあるのかないのかということを全く超越した感をいだかせるのだ。救いの方策自体は、全くとざされている。それどころか、より痛くなり、悪化するばかりである。ところが、一方では、A. 救いのない内容でながら主人の地位へと転換するようなイメージが生じ、また他方では、B. 救いのないもともとの状態と、それの悪化との二者択一が、棚上げされるだけのようではありながらとりあえず超越されてしまうのである。そして、この動物から馬車をあやつる人間に転換して描かれたような次の話（そこにおいては、前提となる動物の救いのない状態ははじめから人間にうつしかえられているのであって、人間が「主人」状態であるわけではないのだが）においては、救済へのイメージは、より救済らしい姿をおびる。「君がたくさんの馬をつなげばつなぐほど、早いことその具合になる——つまり、横木が車台からはずれてしまうことを言っているのではない、それはありえないことだ、そうでなくて、革ひもが切れて、それによって、空虚でたのしい走行がおこるのである。（四五）」ここでは、馬をたくさんつなげば、馬車に馬をつなぐ革ひもが切れてしまうことが、想像されている。馬は走っていってしまい、馬車は、馬なしの、言ってみれば、軽々とした空虚な状態となるであろう。通常なら、動力のないその走行は止まってしまう。ところが、ここでは「たのしい」といわれているように、その走行は、走行として、止まらずに独自に持続存立する（決してすぐ止まるまでの刹那的たのしさのことを言っているのではあるまい。それなら、わざわざ馬なしの身軽さへと上昇した、「空虚な」と両立しない）。おそらくはこれは、馬をたくさんつないだときの、迅速でしかし振動の激しい馬車における、空想である。振動の激しさは、車体本体の馬をつなぐ横木にこたえるほどであるため、（主人のむちひもの新しい結び目のように）空想をひきおこす。しかし、横木がはずれてしまうことがないのと同様、革ひもが切れてしまうこともなくて、馬つきの走行自体はつづいているのである。だが、この空虚でたのしい走行の空想に関しても、微妙だが、やや異なった二通りのニュアンスが考えられよう。A・どうせひもは切れず、馬つきの走りであるにもせよ、空虚な走行の方へ感覚の上で転換をとげ、それを楽しみ、或いは少なくとも、空虚な走行への助走として振動を感じているのと、B・ひもが決して切れっこないことを意識しぬき、車にゆれるためふと生じた非現実の妄想だ（それでも、わずかのおかしみをともなった、現実の走行にひたりつつの瞬間像とはなる）というのと。[5]（これらはまた、この順で、むちの話の、救済の二つのイメージに対応し、それらをちょうど裏がえしたような――意味をそのまま保持しつつ、画像のポジ・ネガを逆転させて焼きつけたようなものとなっている。）Aの方も、単純に理想状態を仮託したり、めざしたりということを敢えて選択・決意・遂行しているということでは決してない。当然、それを読むわれわれもだ。馬車の揺れの間隙をぬって、空虚でたのしい走行という構造をうちたてていることそのもの、そして、そこに、イメージ自体の空虚でたのしい走行がたしかに身をもって（といっても、カフカの、またわれわれの、頭という身体のことである）味わえるということ。そこに、救済を思わせまた救済とほぼ重なるともいえるような、ことばの実現がある。

この断章集全体でのカフカは、しかしおおむねどちらかといえばBのタイプの救済へと――それが救済であるとすれば――傾いているように思われる。「大きなもともとの欺瞞と別に、いちいちわたしのためにことさらに、小さな特別の欺瞞がなされるのだ、と思う者がよくある。つまり、舞台で恋愛劇が演じられる時に、女優が、恋人役へのいつわりのほほえみのほかに、いちばんうしろの天井桟敷にいる全く特定の観客にむけて特に、たくらみのあるほほえみをうかべている、という具合の考えである。それはいきすぎというものだ。（九九β）」有名な、「掟の前で(6)」の短篇を連想させるような内容であるが、但しここでは、個人に小さな欺瞞が特別にさらに向けられていると思うのはいきすぎとされる。その分、日常的生活圏の成立が、なげやりに放りっぱなされながら、認められている観があろう。「掟の前で」の門がその「男」一人用に定められていたという規定も、これに照らせば、そういう感じ方もあるにすぎないというのがカフカの意図だと言いたくなるところだが、ここでは現実の人生に向かう場面がじかに問題となっており（またこの集中でははっきりなんらかの救済を求めながら）、一方小説の方は、求める善とか律法とかが小説内の存在物に単純に形象化されているというような寓話ではなく、或る世界把握・世界形成が造形的になされているのだから、肉声と小説とで、文中での理想や救済の求め方を同じレヴェルで読むことはできない。（ところで「掟の前で」を、独立の短篇としてみれば、「掟」は門番を独自に持つような存在ではあるが、とりあえずそのようにかたちづくられているだけの、掟である。ところが『審判』での引用に組みこまれると、「掟」は地の文の中で、『審判』の世界での裁判や法についての説明と接合されるのだから、読み方の位相が、その二つでも微妙にちがってくるのは、やむをえない。）逆にいえば、この九九β番での日常的生活圏の成立感は、まさにきわめて散文的なのである。外的世界・感性的世界は、ここでは結局のところその動態全部においてでなく、いやたとえ合算すれば全部になるとしても、その場面場面の静態において救済されて（文言のうえで、逃げみちのなさからともかくまぬがれ、意義が是認されて）いるにすぎないという、その消極性が決定的なのだ。この静態的性格において、この「救済」はまさにさきほどのBのあり方となっている。そしてそれは、現実の生にとって、外的世界を統轄している論理のすじみちが決して閉じたかたちで保証して与えられない、という事実と呼応しているかもしれない。外的世界はあまりにカオスに由来する変動に富み、生にとって偶然的である。カフカはその中で、生に向かうことを消極的に是認するところまでは来ても、普通だれもがもつ一人一人分の積極的存在の図々しさ・非難にあたらない生命力の自然な出張りを、思想・理想・救済の手順や構成において、敢えて持つには至れないでいる。ここまで指摘してきた、この集でのカフカの、全体を問うが体系とならぬ点、対象物自体の存在感覚など、多くが、——カフカにとっての文学的思考の前提能力であると思考の苦渋の獲得物であるとをとわず——この一線に結局並んでいる。

集の終りちかくの多くの文も、この同じ「境地」を示している。一〇六β番では、空間内の全体が欺瞞なのだから、欺瞞をそのまま認めなければ、空間は見る者自身をつつみこんで消滅・無化する、と言っているようだし、一〇八番では、「なにごともなかったように日常の仕事へともどる」、というイメージがもち出される。そして、半ば繰りかえしとなるが、一〇九α番でもいわれるように、行為に帰着する「信じること」は、否定態で現実世界内に充満していることとなる。さらに、「君は家の外に出る必要はない。君の机についたまま、聞け。聞きすらせず、待て。待ちすらせず、とことん静かに一人でいろ。世界が君に、自ら身をゆだねて正体をあかしてくる。世界はそうしかできない。うっとりとして世界は君の前でのたうつだろう（一〇九β）」。この、全文中最後の文では、外的世界への行為が再び全否定されているのではない。命令形がどんどんエスカレートしていくことからもわかるように、実際はその元のゆるいかたち、すなわち「家からほとんど出るには及ばないくらいだ、その程度に外的世界・感性的世界への行為を認める」ということが意図されていると思われる。ほとんど神秘的なほど、外的世界が救済のBの感覚のように、棚上げのまままさに静態的に掌握されようとしているのである。

さてわれわれは、「愛」をAのあり方での救済と突きあわせてみることだけは、やっておくことができるだろう。——もともと、「善」の思想でも「愛」の思想でも、ことばそれ自体とはちがった独自の存在である感性的世界（この外的世界）の現実そのものの多様性・カオス的変位の中で、確実な理想像への方策、いいかえれば完全な逃げみち（確たるものへの方策が永遠にありえぬという状態のなかで人生の終りへと追いつめられることからの）を、ことばで、しかも飛躍なく精密に、つくりあげるということのうちに、すでに形容矛盾と不可能性がある。ことばが、外的カオスの偶然性を意のままにあやつることも、ことばの中で現実の「善」や「愛」を想像でない外的世界のものとして錬金術のように構成することも、できないからである。行為を静態において救済するというBの方策は、その意味で、実は人間に普通に可能なマキシマムなのであって、一般的社会性における、あらゆる、外的世界へ踏み出す行為・信条は、その範囲内にありその一部となるものであるにすぎない、というよりカフカのこの方策が原理として実はそれだけの幅をもつものでもあるのだ。——ところで、「愛」においては、天上的なものと感性的なものが入りくみ、からみあい、その複雑なかたちが文学的認識にさらされることとなっていた。存在のカオスそれ自体に入りこんで、ことばによるイメージをつくり上げるのは、文学的思考一般が、「愛」にかぎらず、なすことである。そして文学は、それをことばのもつ存在を素材に、ことばの世界として、作品につくりあげる。文学では、作品そのものが成立することが、とりもなおさずA（非現実界の仮の実現）[7]の感覚での救済が成立することになる。

カフカにおいては、しかし救済は「愛」に直結しようとする。場面がそう転換していくのだ。また「愛」がカフカに天上的なものと感性的なものをともに与えて、B（現実非現実の棚上げ、非現実の自覚）から離れたAの感覚の成立を、作品中でも現実内でも、もたらす必須のてがかりとなっている。（実際、カフカは「愛」以外では、作品形象としてはともかく現実内では天上的なもの感性的なものともに持たぬようでさえある。ある意味では、初期の短篇には、それらの、かたちをもたぬ完備が見られるのだが。）他方カフカにおいては、希望のかわりの確信（六二番）・苦悩そのものの至福（九七番）が、感覚の資質として作品の土台となっているだけでなく、現実についての思想としてもB（現実非現実の棚上げ）の意識で血肉化している。じっさい、文学でも現実でも、救済のA（非現実界の仮の実現）のような感覚に、非現実性ゆえに、B（非現実の自覚）が同伴してしまうということそれ自体が、まさしくBであるのだ。にもかかわらず、その同じことは——カフカを軸にもう一度反転させる

と――「愛」においてもそれ以外のことがらにおいても、「愛」と同じしくみで天上的なものと感性的なものの

からみの中で、ことがらのかがやきとして、ふたたびまさにAとなる。

「空虚でたのしい走行」は、文学的思考によって、イメージのかたちとして、作品の中に――それが文学である なら――その都度成立する。(ことにここでは走行はAの結構をもってはっきりとたしかな成功をおさめている。)それと同様な、「空虚でたのしい走行」に相当するイメージのかたちを、外的日常に成立させるのは、天上的なものと感性的なものがちょうど融合し、からみあった場合のカオスのみせる、ちょうどいい角度でつかまれたかがやきなのである。

第七章　凝固と反転
――カフカの感覚と対象性についての斜視的間奏――

一　日常感覚と作品世界

フランツ・カフカの作品を、作品構造に従って作品内の世界を分析することによってでなく、やや立ち止まって裏の方から、作品を書く作者の文学的衝迫の傾向性と質とから、または、逆説的ながらことに彼の場合ひょっとするとそれと同じことにもなるのだが、作者の生活感から、見ることもできると思われる。本稿では、論者としてはやや視点を転じて、このような観点からカフカ全般に関していくつかのことを述べてみたい。

それは、カフカの作中に登場する人物像を、カフカの伝記上登場する周囲の人々に割りふって考えるとか、小説の筋の一部やその結構を、執筆当時カフカその人に起こった事件や、それに対するカフカのこだわりや反応、反芻などに帰着させて解明するということ(1)を意味するのではない。およそ、作品に作者の伝記的事実が反映される(たしかに、なんらかの意味においては、少しも反映されないではすまないだろう)としても、作者が必ず半ば無意識のうちに形象を創造し(そうでなければ芸術、作品ではあるまい)動かすのである限り、作者の伝記内容がそのままのかたちで入りこんでいることなどありえないからである。いかに伝記的事実との類似性・関連が指摘できたとしても、生まの事実は作者にとって素材でしかなく、しかも素材の一部でしかない。創造にとって肝腎なのは、むしろ素材そのものが料理されたものとなったときどこからともなくでてくる部分なのであって、しかしただ、逆にその料理法のなにか或る核のようなものとして、素材のひとつがこれこれであるということが、新鮮な納得をさそうこともある、というだけである。(それは、しかし料理の要素として料理法のほかに素材が原理的に質料として半分を占めるということですらない。あくまでも、素材の一部が、一部として、納得をさそうというだけであり、むしろそれだからこそ、読者のわだかまりに対して応える点があるのである。)むしろ、いうまでもなく、作品の作品としての読みは、作品それ自体に固執し、作品世界の構造を読みとくことによって行なわれるのが、あくまで本道である。これは、作品外在的解釈に対する、内在的解釈、ということですらない。作品世界の構造にとり組むとき、読み手の全人格全体験全知識全見解がそこに対置され投入(それは混合・化合でなく、触媒としてであるかもしれないが)されるのであり、内在は内在である以前に徹底的に外在的なものでもあるのだ。——ところが、これらすべての基本的事情にもかかわらず、カフカの作品には、或いはカフカその人には、実は、類を見ぬほどの硬直、文学としての対世界関係の特殊性、或る意味で、そもそもの単純さ、といったものが、(謎とき的カフカ解釈に対する不快感のあまり知らず知らずのうち自らも参加してしまっているカフカ祭壇のもとで見えなくなっているため敢えて指摘すると驚きをさそうにもかかわらず)もともとかなり明白に、あるのではないか。そしてそれは、カフカ本人の生活感が、文学作品の中にも、生活感そのものとして、実はきわめて初歩的に、一体のものとなってうかびでている、或いはそれを一体のものとしてしかカフカは呼吸し文章を書くことができなかった、と感ぜられるあたりに、最も端的にあらわれているだろう。これがまた、ほかならぬあのカフカにおいて、伝記移入的読解に、重要な示唆を与えられるように思われることがままある理由でもあるのだ。

カフカの作品の感覚は、生活者カフカの感覚と、ほとんど、融通のきかないやり方で、無骨に、硬直的に一体化している。そして、そのカフカ本人の感覚、思弁発展方向傾向そのものにおいても、そもそも或る種の硬直性が見られるのであり、それをわれわれは、例えば彼自身のまとめた散文集「罪、苦悩、希望、真の道に関する考察」において、如実に知ることができる。（なおここでいうカフカの硬直性は、カフカの作品世界が実際にもつにいたる形象の豊かさや感興の振幅、カフカ作品の初期中期後期にわたる変化、作品のストーリー性、作品世界の構造性に、一定の限定を与えるものではありながらも、それらと矛盾しそれらを否定しようとするものではない。それらに関しては、本論においても、本論の斜視の観点からの射影を粗描することになるが、本書第三章をはじめとして、もっぱら別稿で扱っており、カフカの小説に関する論者のそれらの稿の、補論や傍論となることを本論は欲している。）

「罪、苦悩、希望、真の道に関する考察」は一〇九番までの番号のつけられた散文集であり、論者が特別に眼をひかれた点としては、およそ三つの山をもっている。[2] すなわち、二九β番と四五番による、救済への反転をきりひらくような戦略をになう形象群がひとつ。次に、七番プラス八番、七九番、一〇五番の、女と愛にかかわる、善し悪しの峻別の試み・つぶやきがもう一つ。そして三つめは、（本書前章ではあまりふれられなかったが）六二番と九七番における、「確信」と「至福」の位相である。そしてこの三つめは、この集全体に、救済戦略に、カフカのもともとの日常態度に、重大な分裂・変更をもたらすものであった。

たしかにそもそもこの集の中でのカフカの思考態度は、思考が現実にふれるかふれないかのうちに現実からそれ、奇異に細かい精神的思弁に入ってゆくことに、いちじるしい特徴があった。五五番では、現実のとば口で、善悪に関する奇妙な分析をはじめてそれに終始するし、八五番、五四α・β番、九四番などでは、感性的世界を解体し精神的世界を賞揚するモチーフが見られる。（これらは、また例えば一九一三年六月一六日のフェリーツェへの求婚の手紙[3]のダブルバインド的性質や、同年八月一四日の日記[4]の「いっしょにいる幸福への処罰としての交接《コイトウス》」のように、現実のカフカにおいてもしばしば見られた志向性であった。）そして、およそ思考のあり方として、考察が現実そのものへと向かわぬならば、文学としてきわめて特異、あるいはさらにいえば、そもそも非文学的であるとさえいわなければならない。文学にとって、外的対象のカオス性はおよそ扱うにこと欠かず、また外的対象に向かわなければ、文学自身にとっての複相論理、カオス的なことがらそのもののつながりの論理を展開することにもならぬはずだからだ。——ところがカフカは、実際には現実生活においても、そしらぬ顔をして外的現実に手を出しているのであり（例えばツックマンテルやリヴァでの、女性との交わり）[5]、小説作品においても、当然に外的形象のからみあいによってストーリーを形成しているのである。それはまたこの散文集においても同様で、前述の二つの山での、外的存在の中での救済的反転への挑戦などの際、カフカは実は手をこまねいているのではなく外的現実の中へと足を踏み出し、対象を経験しているのである。ここで、実際の女性との交わり方や、この集での女性言及は、むしろカフカがあくまで女性において、生きた肉体的存在を負の要素としてしか見ていなかったことの証左のようにも思えるかもしれない。しかし、七九番ではカフカは「感性的な愛は天上的な愛の要素を含む」と述べているのであり、また現実の女性と交わりを結ぶ際にも[6]、むっつりと、ほとんど動物的活力と行動力で、ことを進めているのである。およそカフカは、自然的におこる感性界での体験は、わけのわからぬまま自らの本能に由来するものであっても、まず生起するにまかせ、その上でそれに対して、感性的要素の捨象を、手品のように、魔法のように、策略していたのである。しかもなお、感性界での経験に実は踏み出すその寡黙で無骨なやり方それ自体が——ほとんど読者にもうっかりすると気づかれぬほどでありまたカフカ自身の反感性界の性向へのひそかな裏切りとも思われかねぬこのやり方自体が、実際の外界でうけとめられる時の効果を考えれば、まさしくこわばりでもあり硬直であるのだ。

ところが、さきほど三つめの山であると指摘した「確信」や「至福」は、——本書前章からさらに言えば——救済を求めて悪戦するというあり方から微妙にそれ、救済そのものをはじめから放棄したところに、救済にかかわる解決を求めているように見える。（それがカフカにむしろ深刻な分裂を与えているというのは、この意味である。）六二番では、感性的世界を抹殺してしまったその先に、希望は感性的世界とともに消えつつ、確信が生ずることが言われており、九七番では、苦悩が、あちら側の世界では、よろこびの反対概念になるということから切り離されて、そのまま至福になるとされる。これは、もともとのカフカの、感性界・外的世界に踏み出すことへのためらいにこだわり固執する、というところから、現実と完全に切り離された超越界へと、一歩ふみこんでしまった様相を呈している、と言わなければならない。事実、カフカは、現実生活の中で、またアフォリズム的散文の中で、現実に全く根ざさない超越界（非感性的精神界）の不可視の領野へと歩み入ってしまうその入口のあたりを行き来していたのであり（しかもそうであるとするとそれは、例えばロマン派における「夜」の世界とは全くちがって感性消滅的精神界なのであり、ひたすら不可知の、単に「あちら側」と言うしかしかたのないものであった）、カフカの勝手に行動する肉体・本能と、カフカの思弁のうち「こちら側」に根をもつ部分、そしてとりわけ彼の小説作品とが、こわばり凝固しつつも、感性的世界の契機なくして愛もなにも成立するわけがないという必然をふまえて、超越界のこの境い目からの反転をめざして苦闘しているのだと言うことができる。

このような、現実に対するこわばり、そしてその中でも現実に根ざしつつの反転的救済をくわだてること、また、そういうカフカの性向がそのままカフカの現実と全く同様にカフカの作品をもみたしてしまっているという意味においてもの、こわばり。このすべての凝固が、そのまま、各創作時期を通じてのカフカの小説作品の、根本的空気、感覚となっている。カフカの作品には、作品空間として形成される奇妙な現実――かたちも構造もはっきりそなえた、作品現実――と別に、作品の記述以前の作品世界というべき、諸風景・諸知覚の断片、いわばかたちをなさない体験の裸の固まりのようなもの――作品にとっての原現実(7)――が散見されるが、カフカ作品の、凝固した感覚は、そういう原現実にのみ帰されるものではなく、作品の全幅をおおっているのである。そして、カフカにとっての、作品にとっての究極の救済・希望であるもの、或いは目的であるもの――作品自体の欲する、めざされる先として、作品現実とはまた別の構造をもった現実、いわば究極現実——も、しかし決して作品現実から完全に切りはなされては存在せず（それだから作者も主人公も苦渋するのではある）作品現実の反転のしくみによって獲得されるしかないのだということの、いわば最後の碇、おもりのような役目をも、このようなこわばりが、ほとんど不思議なことにそのまま果たしている。これはおそらくは結果的に作者にとって僥幸だったのであり、むしろ落し穴でありえた超越的精神界への直接の歩み入りが封じられることにより、かえって究極現実のかたちが定まることとなったのである。

なお、原現実とは、或る意味で、カフカの作品の一見非日常的な形象に対する、われわれの日常性のなかでなじんだかたちでの原形はどういうものか、といった、「もとになる現実の形態」というニュアンスもたざるをえないが——特に、長篇小説の中で作品現実の中に断片的に原現実のにおいが嗅がれるとき、その原現実のみをつなぎあわせば、おぼろげにそういう像が類推される——、同時に、そのようなわれわれの日常自体も、われわれの文化的知覚によって再構成されているにすぎないことを思いあわせるとき、「もとになる現実の形態」は、原理的に、文化のオブラートを経ない知覚の生まのかたち、乳幼児の世界を満たすような知覚の（幼児の場合）・光と音の（乳児の場合）洪水、というところまで、ゆきあたることになる。カフカ初期の短篇集『観察』は、構成を欠いた印象的な形象の世界であり、というよりそれは形象の断片的印象つまり形象の萌芽の世界なのであって、そこには長篇の場合とやや位相を異にする原現実が広がっているのだ。また、中期カフカの短篇の場合、作品現実（そのもとにある、生活感や時代感覚、或る景色としての原風景のようなものまで含めて）の中で完結しており、後期の短篇は、専ら究極現実にのみ関わるが、その究極現実は——後期の長篇『城』の場合と若干異なって——、目的という契機をあまりもたず、「あちら側」への踏み越えと紙一重のような架橋、行きつく先とでもいうべきところへと急いでいるかのようなものとなっている。

いずれにせよ、作品現実の中における構造とか、原現実とかいうことはまだともかくとして——それでもそれらの観点も一方では謎とき解釈と根本的にはどう違うのかわかりにくい印象を与え他方では単純な整合性を説いているかのような未熟な印象を与えるおそれがあって十分に不利なのだが――、カフカにおける究極現実を論ずることは、言いえぬことをとりだして実定的に論の中心に位置づけてしまったような、およそ成功のおぼつかない立論形態に見えがちであろう、が、そうではないのだ。作品現実と別に、救済空間である究極現実を、とりたてて名ざさないではいられなかった、しかし、それはまさに名ざされねばならなかったのである、但し、超越界へと踏みこんでしまうのと対比的に、作品現実に根ざす構造（たとえば、本書第三章における、「メタファー」の定式それ自体）を、中心課題として正面から見すえつつそれと名づけるために。究極現実を敢えて名ざすことによって、それが超越界でなく、むしろ現実に根ざすものであるということが、確固として示されうるのである。カフカが現実世界へと踏み出す際のこわばりが、却って、精神界志向の裏に現実への無言の踏み出しを許しているということ、このことが、そのまま究極現実に対しても、必ず作品現実にひそかに根ざすしくみをもつことを保証する――これは、作品をつくるカフカにとって僥幸だったのと同様に、作品を読みとく者にとっても、決定的な解決を偶然もたらすこととなっている。なぜなら、作品や作者にとっての救済の成否にかかわりなく（！）、究極現実を、反転の構造と反転がもつ根拠[8]のかたちで、かつ、作品の（構造的重点という以前に）生理の中心に生じるものとして、明言できるからなのだ。

二　凝固と二重身

カフカ初期の、未完・未公刊に終った中篇「田舎の婚礼準備」では、中期の「変身」において主人公グレゴール・ザムザが或る朝突然フンコロガシに変身しているのとの関連を読者に思わせる、有名な場面がある。主人公ラバンが、なにも自分自身が田舎まで行くことはなく、自分の服を着た、自分の身体を派遣すればいい、そして、自分はベッドに寝ていて、大きなカブトムシ、クワガタムシ、またはコフキコガネの姿になっていると思う、と考える場面だ。[9] これは文学史上、少々変わったタイプの二重身である。二重身をかたちづくる者の存在形態が全くちがっており、いる場所も、することも、二重身であることがほとんど不思議なくらいかけはなれている。また、二重身の接触点もほとんどない。だがこの二重身は、ここまでに述べた、カフカ作品をうみだすもととなっている凝固の感覚――感覚としてのこわばりと、それからまた、外的世界に意識上・思想上は踏み出さないが実はひそかに外的世界を経験しているというあり方のこわばり、その手法の固定化のこわばりと――に、深く呼応したものになっているように思われる。つまり、感性界へ踏み出すのをためらうカフカは、ベッドに寝ているカブトムシ、クワガタムシ、コフキコガネであり、その実ひそかに感性界を経験しているカフカが、いやいや町をさまよい、列車に乗って出かけていくラバンなのだ。そしてこのように見るとき、同じ様な二重身は、すべてのカフカ作品がこの同じ凝固の感覚から出発していることにも呼応して、長篇・短篇を問わず、他の多くのカフカの小説にも、思いのほかしばしば――多くはより不完全なかたちで――見受けられるように思われる。

たとえば、長篇『アメリカ』の冒頭で、主人公カール・ロスマンは、女中にいたずらをされてその女中を孕ませてしまい、両親によってアメリカに送られるが、それに関連して、一九一一年一月一九日の日記に、二人の兄弟が互いに争い、一人はアメリカに渡りもう一人はヨーロッパの牢獄につながれているという、カフカのかつての長篇構想の記事があるのは有名であり、[10] まず、これは同様の二重身と見ることができよう（『アメリカ』には、そのうち、外的世界に踏み出した方だけが登場しているということになる）。しかしそれ以前に、カールがまだヨーロッパにいるとき（つまり二重身の双方をになっていたとき）、女中に誘惑された当の場面が、少しあとで回想されるが、[11] その時のカールの様子自体が、二重身的である。その間カールは、いやな感じがたまらず、とんでもない何かこらえる感覚にとらわれているだけであって、ここからは行為がぬけおち、性行動はほとんどただの身体感覚に分解されている。カール自身はまるで原現実の場面にそのまま移行しているかのようなのであり、行為そのものは、無意識化・性的願望化（ここでのカールは女中をむしろ拒もうとしているだけだが、性的願望の気体の層は、こののちずっとカールをつつんでいるかのように思われる）して、身体からあくがれ出て、まるで二重身の、見えないもう一人をなしているかのようなのだ。

中期の短篇「皇帝の使者」（短篇集『田舎医者』収録で、「万里の長城」の未発表の短篇群の中の一部分として組みこまれてもいるもの）において描かれていることは、とりあえずは、空間的距離に由来する時間の遅延（現実においても、例えば一万光年離れた星から届く光は一万年前の光であり、空間の性質としてそれより早い伝達はありえぬのだから、例えばその場所で神が宇宙のはじめからのとり消し、タイムマシン的にさかのぼってビッグ・バンをなかったことにする決定を、完全に同時指令で行なっても、空間自体の消滅がこちらにおこるのは一万年後になるのでなければならない。またさらに、別方向に運動している者には互いに相手の時計が自分の時計より遅れて見えるというような、[12]空間に由来する時間のねじれまでも、参照されうるようでもある）であるようにとりあえずは見える。だがそれ以前にこれは、——川の水が決して同列に流れず必ず大小無数にうずまくように——外に出た情報の、密度の違いといったものに由来するねじ曲がりのようなものを、直接に述べているのが、端的な表面上の内容であると思われる。なにも掟を求める者が掟に入ってゆけないだけでなく（短篇「掟の前で」）、ここでは皇帝の側から出た使者が、臣下のもとに届きえないのである。ところがその使者を、「お前は窓べに座って、夕方になると、その使者が来ることを夢想しているのだ[13]」という具合に、待っているお前が、文末に突然顔を出す。外の世界を動きまわる使者、外部へひそかに踏み出すカフカ（だからこそ、われわれにとっても現実世界の情報や現実世界を経てやってくる情報が実際にある程度はねじまがるものである以上に、ここでの情報は、必ず奇妙に前に進めぬこととなる）と二重身をなす、内部に踏みとどまるカフカなのだ。そしてその全体を、「掟の前で」の末尾の暗くなりゆくいかにも透徹感のある、門を燦然と照らす光と同質の、夕刻の光がおおっている。凝固した、カフカの感覚自体がそれであるに他ならない。

ところで、ラバンが家にとどまって寝ているカブトムシ、クワガタムシ、コフキコガネの姿が、作品の登場人物の背後にかくれた二重身の姿であるとするならば、それでは、「変身」でグレゴール・ザムザがフンコロガシ(14)の姿に変わってしまったかたちでのみ登場するのは、二重身の対応関係が逆になっているのだろうか。どこかほかのところに、安息のザムザが横たわっているのであろうか。だが、フンコロガシの姿こそ、内にとどまり外的世界に出ていかないカフカにもともときちんと対応しているのであって、ここでは、外部へ踏み出す二重身は、ザムザの想像の中で列車の時間を気にし出張旅行のことを考えているにすぎないのだ。つまり、これは本来、変身ですらない。カフカの思弁の、外部世界に出ていかない本体部分そのものなのであり、むしろ、ひそかに外部世界に出ていく変身した二重身を欠いた姿が、これなのだ。(但し、小説自体は中期の完結した作品として、その後、ザムザ・フンコロガシに対する家族の反応、妹を中心とする家旅関係の転回、その、ザムザの死による回春あるいは完成、といった、必然的結果を展開して、結幕することとなる。)

この「変身」の例でもむしろそうだったが、実際のカフカの短篇では、二重身の双方は必ずしも出現せず、ただそのもとの感覚である凝固が、初期中期後期のそれぞれの段階に応じた切断面のちがいを見せながら、作品をおおっている。

初期の短篇集『観察』に収められて発表された「国道の子供たち」は、集中でも長い部類の、最も均整のとれた結構をもった短篇である。しかしこの短篇の中に登場する諸形象は、集中の他の作品の場合と同様、すべて原現実に属するものであって、実は作品現実をなしておらず、作品にとって、蜃気楼のむこうがわのような場所にあるのであり、それでいて、それは同時に感覚そのものであるような世界である。感覚の直接性の場なのだ。荷馬車のきしみや風をはらむカーテンが、他のすべての形象を、同等にかたちのないところまでひきもどしている。短篇の主人公の少年は、ヨーロッパの夏の長い日に夕食後まだまだ真昼の夕方が続く間、郊外の土手でともだちところげまわって遊ぶ。作の結末で、ともだちと家路で別れた少年が、再び向きをかえて向う南の町には、眠らない馬鹿どもが住む。(15) この馬鹿どもは、少年の片割れの二重身であるかのように見える。事実、中期の長篇『アメリカ』の、「隠れ家」の章に出てくる眠る時間をさいてバルコニーで勉強している大学生は、昼間は百貨店に勤めて外部の世界で必要最低限度の地歩を占めていて、カール・ロスマンにとって信頼と自分の計画立案との投影先となるのだが、(16) ここでの南の町の馬鹿どもは、カールの投影の最大のよすがともなりそうな、「疲れない」ことに、そのおぼろげな存在が収束・集約されているのである。だが、学生が救いの投影となるのは、場面自体とそのテンポが、空虚なアメリカ社会粗描をうずめてふっと一息つかせるような原風景(17)をなしているからに他ならず（ここでカフカはまさしくわれわれの同時代人であった）、それ以上は、まずはカールの空想におけるものという他はない。学生の昼の地歩は、生身のカフカ（労働者災害保険局の役人）にすら匹敵しえないものであり、外の世界へのその踏み出しは、保証の限りではないのである。そしてなにより、この南の町の馬鹿どもは、これ自体、昼間の原現実の感覚諸断片が、夜へと、列車の光景によって誘起された別の土地へと、反射されたものであるにすぎない。作品の中で、やはり同じ均質な原現実の感覚を写すものであり、二重身というより反射の一重身として、その原現実だけの独立の感覚、ある種の安息感を、完成させるものなのである。（同じ初期の「田舎の婚礼準備」のラバンすら、そのさまよっている断片の場面は、作品の生理あるいは能力として作品現実へと構成されず、原現実にすぎぬと思われるのだ。そこでの、二重身として踏み出している外的世界経験性にもかかわらず。）

　中期短篇集『田舎医者』中の標題作では、中期独特の作品現実のたしかな展開の中で、医者は、留まる二重身を持たず雪の中を診察に出かけなければならないが、作品のもととなっている感覚は、明らかに、留まっている女中のローザ（馬丁にその間、手ごめにされかかっていることになる）に対する、性的意識のこわばりであり、この作はそのこわばりの感覚のみが出どころとなって、均質に作品をかたちづくっている。「私」が「医者」という形象（これは、カフカの生活感をになったものである）となって話が進むことになるが、その医者の往診する患者に開いた傷や、子供たちが外で歌う歌は、[18]同じ性的意識のこわばりの、ストーリーの中での発展形態そのものなのだ。医者は、外の世界に踏み出したかのように見えながら——実際その田舎の様子のはしばしには、回想でなく眼前の、時代感覚が投影されているはずなのだが——ローザとは離れてしまい傷口の開いた患者の少年とはそい寝させられという、一つの凝固の感覚の中に、とざされたままだ。

　後期の短篇集『断食芸人』中の表題作では、サーカス或いは芸という場の中で、現実へのためらいとひそかな現実経験とがかたちづくるこわばりは、後期短篇独特のあり方で、究極現実へと結びついている。芸というあり方で外的世界へと開かれているかのように見える主人公は、しかしその芸の極限に対して、奇妙でこっけいなこだわりを見せる。外的現実をかすめつつ、(ここでの叙述のゆく先は、『アメリカ』末尾のカール・ロスマンの列車の行く末が、どうせ帰納法的に知れた中で作品現実内を先送りされているのとは明らかにちがって)実はただあちらの世界、単なる精神界へと直結しているようであり、作品自体がその究極現実への方向性、移行に、叙述自体として強力にかりたてられている。ところが作品が成り立つのは、外的世界の中での叙述の航跡としてなのだ(その全体は、究極現実への引力としてのみ成り立っているのであり、作品現実としての構造をほとんど持たない)。断食芸人は、口にあう食べ物がなかったから断食していたのであり、[19]その不在性のこわばりが、作品現実のないまま外的事実を描くこと、究極現実しかないのに精神的超越界へと踏みこみはしないこと(そこへ極限的にひきつけられる過程ではあるが)を、奇術のように支えている。二重身の片方が、現実というものと全く接点をもちえず(芸のかなたにある、断食しないですむ断食芸人)、作品から姿を消しているために却って、芸人は、おりの中でではあれ、現実世界を実体的にかすめ通る。「あちら側」の思弁の中に現実が置かれるという逆説が、作品の中の世界を、作品現実のないまま、可能にする。——外的世界の実体のなさが外的世界の実感をつくりだしているかのような作品の奇妙な空気にもかかわらず(またそれ自体、具体的実体感と、解体的非在感の複合でもある)、作品の出どころとなる感覚は、初期・中期と同じ凝固なのだ。

このような、凝固的感覚による作品成立、感覚の作品への浸透を、最もあざやかに示すのは、中期の短篇「却下」（「万里の長城」に含まれる、未発表の作品）の、請願の行なわれるバルコニーの空気であろう。帝国の旗がはためき、洗濯物がひるがえり、人々が祭日のようにつめかけ、厳粛に却下の儀式が行なわれる。[20] そのとき、作品にふりそそいでいる日ざしはいかにも透明に、場面の、人々の側がすでに逃げたいように思いながら大佐の方で微動だにせぬためにゆっくりと進められる請願の空気はいかにも清冽に、感ぜられる。そしてそれは、却下されたことにより人々の間に安堵の感じが流れるとき、さらに凝縮されるのだ。外部への出口を求めつつ、踏みださないまま場の空気がかたちづくられる。それがすでに場の感覚なのであり、読者の眼をひきつけたまま、カフカの生活感として、作品の場を統御するのである。

三　反転の作品的実現

ジル・ドゥルーズは、イマヌエル・カントの三批判書に依拠しつつ、「能力」という語に関して、この語の、感性・悟性・理性といった内容での使い方と区別しながら、述べる。

いかなる表象も、何か他のもの、つまり客観と主観とに関係している。われわれは、この関係の型の種類に応じて、それだけの精神の諸能力を区別する。まず最初に表象は、一致もしくは適合という見地から対象に関係づけられる。そして最も単純なこの場合が、認識の能力を定義するのである。しかし第二に表象は、その対象に対して因果関係にも立つことができる。これは欲求の能力の場合である。つまり「おのれの諸表象によって、これらの表象の対象の実在性の原因となる能力」である。（実現不可能な欲求もある、と反論する人もいよう。しかしこの例においては、表象そのものの中に因果関係が含意されているのであって、たとえこれを否認しにやってくる別の因果性と衝突することになったとしても、この事実に変わりはない。われわれの無力の意識ですら、「われわれの努力を抑えることはできぬ」ことを、迷信は余すところなく示している。）最後に表象は、それが主観にある効果を及ぼす限り、すなわち主観の生命力を強めたり阻害したりすることによってこれを触発する限りにおいて、主観と関係している。この第三の関係は、快と苦の感情を能力として規定する。

恐らく、欲求がなければ快もなく、快なしには欲求もあるまい。また、認識なしには快も欲求もなかろう……など。［中略］一つの能力がより上位の形態をもつといわれるのは、この能力がおのれ自身のうちに、自己独自の能力行使の法則を見出す場合である。［中略］『純粋理性批判』は、上位の認識能力は存在するか、と問うことから始まる。『実践理性批判』は上位の欲求能力は存在するか、『判断力批判』は上位の快苦の形態は存在するか、とまず問うことから始まるのである。（長い間カントは、この最後の可能性を信じていなかった）(21)。

認識・意志(22)・感情というこの並び方は、新カント派ヘルマン・コーヘンの主著の題の配置などを彷彿させなくもないが、引用冒頭に見えるように、ここでの三つの能力の区別は、主観と客観をめぐる、純粋な論理上の差異に由来するものである。但し、カントにおいても主観は感性〜理性のしくみ全体として存在し客観はこの感性に与えられる素材としてありまた表象においてはすでに主観と客観の協働が起こっているものの(23)、ドゥルーズのこの主観と客観の分け方、および、表象の先在的自律性の様相（ここでは表象がまるで主観・客観と同資格に立っているように見える）は、カントの思いもしなかった論理づけになっているかもしれない。主観は、ここでは、感性〜理性の、機能の分立性としてでなく、まさしくそれらの統一としてのみ、メカニズムのハード機体（あるいはそれでは単なる物質としての脳の比喩にしかならないというなら、メカニズムとしての機能ソフト）としてではまったくなく、まさしくそれにスイッチの入った、意識の電流が流れる意志のオン状態としてのみあるのだ。（カントにおいても、主観は後者でもあるのだが。）むろん、ここでの客観も、感性に与えられる材料、情報の個々内容としてでなく、カオスがつくる世界そのものとして、ある。表象とは、そのような主観と客観の接点となる場だが、論理上別種のものを接合するために要請的に設けて双方の触手を無理矢理そこへ追い込んだような場ではなくて、すでにして、生身の人間が、生身の世界と接触している、あらかじめ人間がその状態におかれている、場なのだ。

カントにおいては、その驚くべき精緻さにもかかわらず、ことがらの粗密の度合いとして、カントの直接の思考の射程はそこで途絶えてしまう。感性～理性という分析が人間の基本機能としていかに見事でも、そこからは、あらゆる欲望とか、性愛とかといった、生身の人間の問題は、そこに理論的には十全に含みこまれることとはなるのだが、具体的内実としては直接には透過的にすれちがう。あるいはカントにとってはそれは感性～理性を基礎にした、応用問題にすぎぬとうつったかもしれないが、実際にはそれらは、感性～理性のいずれかおよびそれらの中間に割りふられ、その部内で処理されることにより、話題の表面からは見たところ消滅する。すでにして、イマジネーション、精神の内界（超越界でなく、内的自然のはたらく場としても考えられよう）、社会上での諸人間関係、といった、学者にとっても無視できないような問題が、カントにおいてはそれぞれ、感性と悟性のすきまという想像力の地位、超越論的の名のもとでの形式処理扱い、実践理性により矯正されるべきもの、へと、ふりかわっているかのようである。[24]

ドゥルーズはこのあと、カントの著作に従って、カントにおける、感性～理性の各部局内での自律性を切り札にする、上位の能力の形式的定位を、精密にあとづける。だが、こととくに文学的に問題となるべきは、実は、カントにおいてはすりぬけているあらゆる欲望とか性愛とかいう問題を、欲求の能力および快と苦の感情の能力に、あとづけることなのだ。それはまた、日常生活全般（およびことさら生身の恋愛の、緻密な生起）の救済の問題、（文学）作品（自体）の救済の問題といった、具体的生における自律的価値問題とも直結することになる。ドゥルーズの精密な分析は、一方でそのための基礎考察であり可能性の領野（「上位」の形式性自体は、欲求の能力および快と苦の感情の能力の中で、ア・ポステリオリの洪水に流されることなく、かろうじて成立する）の確保であるとともに、もう一方で、哲学におけるその解決不可能性（実際それは、文学の扱うような、カオス的個別を通してあらわれる本質の、問題なのだから）を照らし出し、さらにそれにより、全体事情の布置像のメタファーとして、論みずからの救済の姿を、うかびあがらせようとしているかのように思われる。

カフカ自身およびカフカ作品の中にも、展開のあり方は全く違うが、同じような精密さが――しかし欲求の能力と快と苦の感情の能力といった精緻な手がかり・強力な装備となる弁別を欠きつつ――ある。そして、その装備の不全さにもかかわらず、逆に、それ自体が作品であることにより、そのものにおける反転として、救済・究極現実へのつらなり、筋みちを、包含しえているのだ。（それを読みとく作業はしかし、さらに装備を欠いた、或いはこの欲求の能力と快と苦の感情の能力といった観点を要求しながらその応用をゆるさぬ、苦闘となる――。）戦略の成功・不成功にかかわらず、それが作品としての肉体をもつこと――そこに、救済の実体、反転の実在が、感覚としてはらまれるのである。

IV

第八章　真理と正義

——ベンヤミンのカフカ論について——

一　世界の年齢（ヴェルトアルター）とはなにか

——ベンヤミンのカフカ論の完備性・構築性——

ベンヤミンの一九三四年のカフカ論『フランツ・カフカ』（第一章「ポチョムキン」、第二章「子供の写真」、第三章「せむしの小人」、第四章「サンチョ・パンサ」の、全四章よりなる）は、カフカに関しての、われわれもももとその意味が飲みこめるより前からことさらに関心をひかれている箇所の、的確な引用（カフカが想定するもうひとりの別のアブラハムが、「ボーイのようにいそいそとしているように見える」[1]、など）の連続や、きわめて印象的な、太古・身振り・忘却・愚か者（ベンヤミンの四つの章はむろんそれだけに尽きはしないがこれらがまたベンヤミンによる四つの具体像に仮託された章題自体をいちばん簡潔におおよそ言いかえたものともなる）その他についての指摘の連続から、まるで、個々別々の魅力的な題材を、星をまき散らすようにそのままひっくり返して、つながりなくただばらまいたものであるかのようなとらえ方を、読む者に、ふと起こさせかねない。ベンヤミンのたいがいだれにも魅力的にうつる、この論のそういう内容が、しかし通常の読み手にとって、核心部分において、急に輻輳しひねりが加わって複雑化しており、しかも、初期の諸作がもともといかにも難解であるのとちがってここでは核心部分のみにおいてそういうことが突発しているように見えまたそれがそのまま放っておかれて話題が先に移行するように見えるものだから、それがいよいよ隔靴掻痒の感じを与え、断片的という全体印象につながるのである。ところが、注意して読むと、ベンヤミンのこのカフカ論は、たとえば一九三一年の習作的な内容の放送用原稿『フランツ・カフカ「万里の長城の建築に際して」』がじじつそういうふうに断片的であるのとちがって(その作はここでは取り扱わない)、じっさいには、きわめて完備された、構築性の高い、精密な内容のものであることがわかる。(一九三八年六月一二日のカフカについてのショーレムあての書簡は、公開をことさら前提として私信に同封されたもので、この論と緊密な関係をなしているが、ここではこの書簡も直接は扱わず、この論の読解のうちに、おのずと取りいれるだけとする。たとえば本論において真理という語を使うのはそこからきている。)つまり、一九三一年の『フランツ・カフカ「万里の長城の建築に際して」』を読むのと同じような目でしか見られないならば、この論の構成は——したがってその内容も——とらえられないのである。

冒頭の、ポチョムキン将軍の逸話からして、読む者をとまどわせるに十分ではある。これは、むろんなんらカフカ的モフラージュなのではなく、ほんとうは、ずっとうしろの部分が、すぐ次の段落のみでなくずいぶんの長さにわたって、この部分と、たしかに主題設定の上で符合しているのである。しかし、読む者は、この鬱病のポチョムキンがすべての書類にシュヴァルキンと署名したという逸話が、いったいなんのためにこんなに長々と形容語句をたっぷりとちりばめつつ語られているのだろうとあやしみ、そして、それがたんに、シュヴァルキンの安易な策略が失敗しポチョムキンでなくシュヴァルキンと書かれてあったという文字通りの意味しかそこにはじっさい含まれてないことに気づくと、おどろくのである。

ところが、いま述べたように、このシュヴァルキンの失敗譚は、そのままベンヤミンの立論に接合し、そして、カフカにおける父たちと役人たちの世界に等置される。父たちも役人たちも、権力者のすがたである。この権力者の存在のあり方は、太古の世界そのものである。そのさい、かぎとなるのは、「今日ちゃんとした机を作るにはミケランジェロの建築学的天才が必要不可欠である」というルカーチの言葉を契機として、「ルカーチが時代の年齢（ツァイトアルター、むろんそもそもたんに〈時代〉なのだが、ここではしかしあきらかに意図的に〈年齢〉に意識が当たっている）で考えているとすれば、カフカは世界の年齢（ヴェルトアルター、この語もたんに〈年代〉にもなる）で考えている[2]」と述べられている点である。

いったい、「時代の年齢」ではない「世界の年齢」とは、なになのか。そこでは尺度を一時代でなく〈世界〉に広げて考えてみるのだ、としたところで、もともとたんなる〈時代〉の方も、むろん〈世界〉の歴史の区切り以外のなにものでもないはずなのである。

ベンヤミンもちょっとあとでひいている、カフカのブロートとの会話のことばを、正確に理解しなければならない。「われわれの世界は、たんに神の不機嫌、調子の悪い一日、といったものにすぎないんだ。［……］ああ、希望は十分にある、無限に多くの希望がある——ただ、われわれにとって、ではないんだ[3]。」カフカ自身も、ベンヤミン自身も、部分的には誤解しかかっているふしもあるが、これは、われわれの世界のそとに、われわれ以外の仮想的存在者にとってであれば、希望はいくらでもある、しかし、われわれというものを全体集合として包括的論理的にからめとって、そのわれわれからすれば原理的全体的に、希望はない、と、言っているものでは、ないのである。われわれには、つまりわれわれの世界を、神にとっては一日のことである、という、想像力を働かせているのだ。むろん、深遠なる広大無辺なる宇宙、といった（トーマス・マンですらが「詩人」の目から軽侮するような）馬鹿馬鹿しいことを言っているのではない。われわれの、人類史の全体を、その発生までさかのぼりつつ凝縮して、それを、一日と言っているのである。発生史の、起源論にさかのぼるというのでもなく、ただ、起源を含めて、その気の遠くなるような全体が、一日の、一続きのことである、と言っているのだ。その、太古の発生時と重ね合わされつつ、いまあるものとしての、現代の人間の、太古の発生時から社会的でむろんあるその社会性、が、太古の像において、あばかれているのだ、ということになる。

カフカ自身やベンヤミン自身の勘違いの可能性とは、役人たちの、法の世界を、父たちの世界と等置するときにありうる、誤差のことである。もちろん、エディプス的なものが膨れあがることによって、法の世界と一致する、ということは、じじつ言える。ところが、法の世界の方を縮小解釈してただのエディプス的なものに矮小化しては、元も子もないのである。勘違いの可能性、とは、カフカ自身に関しては、まったく創作などとは言えない純然たる手紙である「父への手紙」にその要素が見られるし、ベンヤミンについては、ここで、全体ではなくほんの時々ながら、反転して、なんとなくお気楽な、父たちへの、掟の矮小化が感じられなくはないのである。ベンヤミンも指摘する、ベンヤミン時代の、箸にも棒にもかからない自然的、そして超自然的カフカ解釈が、実存主義的、そしてユダヤ神学的なものであったとすれば、現代の、箸にも棒にもかからない自然的、そして超自然的カフカ解釈は、フロイト・ラカン精神分析解釈的、そして物語理論解釈的なものであろうが、よりによってその両者ともどもの中に位置づけられるようなエディプス的なものに、まさしくそれは転落しかねまい。

そのベンヤミンの、お気楽さは、カフカにおける女というもののあらわれを、役人たちの世界ともどもに、父たちのエディプス的世界へと矮小化評価してしまっている点でも、同様に、勇み足を踏んでいよう。ベンヤミンは『城』のKの言葉をひきつつ、フリーダに関して言う。「『見事な観察です、役所の決定は、ほかにもっと女の子たちと共通点があるかもしれませんね。』それらの共通点のうちで最も注目に値するのはたぶん、『城』や『審判』のKが出会う内気な女の子たちのように、だれにでも身をまかせる、という点であろう。彼女たちは、家庭の内陣で、ベッドの中でのように、みだらな行為に身を任せるのである。Kは行くところ至るところで彼女たちを見つける。そのあとのことは、あの酒場の女の子をものにしたのと同様に、手間がかからないのである。」[4]ベンヤミンはフリーダを、役所と家庭の、娼婦や内気な娘としてだけ扱って、片づけている。たしかにフリーダのそのふるまいは、そう解しておきたくなるところでもある。だがそうではあるまい。現世の現実というものの、とり繕いが剥がれ落ちてしまって、太古というものの没論理な獣面をしたカオスの深層と一致したすがたをとるとき、女というものはむしろすべて、どんな天使でも、どの子も、まるでいきなり、労せず、身を任せてくるのだ。ところが、どんな天使でも、どの子も、いきなり、気がつけば、手の内からすり抜けていなくなり、どこかで堕天使となっているどころか、けがれて神秘の力は失ったじじつ堕天使としてでよいから戻ってきてほしくとも、けっして戻ってきてはくれないのである。役所の世界のような娼婦や父の家庭の世界の内気な娘などとしてでなく、カフカのあった太古の相において、女一般が、そうであるのだ。

ベンヤミンのこの論の全体は、むろんこういうわけではない。ベンヤミンによれば、カフカは、書くことで世界の年齢（ヴェルトアルター）を動かすように強いられ、歴史的事象の固まりを、岩を転がすように、転がしていった。そのとき、岩の下面の、気持ちの悪い虫だらけの様相が、露出することになった[5]。それが、カフカの世界なのだ。これは、神の不機嫌な一日という、世界の年齢（ヴェルトアルター）における視線の射程の中で、現代という時代（ツァイトアルター）が見られたものであるに、ほかならないのである。

そのさいに、そこで問われているのは、「人間の共同体における生活と労働との組織化の問題[6]」である。これは、一見すると、ことがらが、まるで、〈そこにまさしく現代の問題があるのである〉ということに一気に等置されているかのようであるが、そういうわけではない。この、「生活と労働との組織化の問題」とは、よく注意して見てみれば、べつに、現代の、資本主義的社会機構のことにかぎって述べられているわけではないのである。そうではないのだ。人間の、発生的起源以来、まさしく人間という生物は、生活と労働に関して、組織化されてある。そのことを言っているのである。人間の発生から現在までが、偶然な一日であるにすぎないような、おそろしい、不気味な、まるで時間からばかにされているかのような様相を、世界の年齢（ヴェルトアルター）を見る視点は、岩の下からえぐり出す。世界の年齢を見る視点は、まさに、現代というもの（現代という時代の年齢、ツァイトアルター）をも、たんに丸のまま、太古という時代の年齢（ツァイトアルター）のうちに、見るのである。またむろん、もともとの、われわれの個々の、人間的意識自体が、おそろしいほどに、その世界の年齢（ヴェルトアルター）の枠内のものなのである。

それとあいまって、ベンヤミンによれば、カフカにおける太古の世界は、すでにして没倫理の世界である。太古においては、たとえば「暴力批判論」の概念構成で想定されるような（そしてむろんあきらかにそれがベンヤミン自身にとっては一番重要な布置のパターンではあるのだが）、法と対立する反神話的な力（原生的倫理質とでもいうべきほどの）がみなぎっていて法がそれを神話的暴力（法措定的暴力・法維持的暴力）によって不当に簒奪した、というわけでは、けっしてないのである。（これは、論が急に複雑化して見える箇所のひとつである。）

「法と、これを言い換えた規範とは、太古の世界においては、書かれていない法のままである。［……］Kに対する訴訟手続きは、十二銅表律が制定された時代のはるか前の太古の時代にさかのぼるのであり、この太古の時代に対する最初の勝利のひとつが、書かれた法だったのである。Kの訴訟では、たしかに、書かれた法は法律書に載っているが、しかし秘密にされており、それにささえられて、太古の世界はますます限りなく、支配を行使するのである。[7]」太古において、すでに、共同体は、法の暴力である。むしろ、太古とちがってその後の神話時代（それ自体はしかし法が猛威をふるう神話的暴力以外のなにものでもない）においてこそ、逆に人間は、この法を、書かれたものとすることにより、法に対してひとつ、勝利をおさめたのであるにすぎない。またむろんそこでは、非人間的な法暴力の支配の要求に対して原質的倫理が人間の側の要求を突きつけるものとして存在しそれに対して法暴力の側が書かれてある法の内容を共同体全体主義的なものにして押しつけることで切り返しそこに踏みとどまった、というわけでもなく、せいぜい、書かれてないよりは書かれただけましであったにすぎない書かれた法は、権利請願的に、罪刑法定主義的な歯止めの中にであれば非支配者の側がはじめからみずから進んで服して待つような、そもそもいわば奴隷承服契約的・自身奴隷売買契約的な性質の、ものだったのである。

この、太古に対して神話がひとつ、そもそもこういうふうに、人間の側の（！）勝利をおさめたのに対して、ベンヤミンの述べるところのカフカは、しかしそれにくみしない。ベンヤミンはひたすら明確に書いているのであるが、すでにして込み入っているところへさらにひとつ逆転が加わっているものだから、この論におけるベンヤミンが構築的であること自体をあらかじめわかっておかなければ、およそ論理連関を、頭で追うことすら、正確には、できないはずである。「秩序や階層について語ることは、カフカの世界ではできない。こうしたことは、神話の世界を連想させるが、神話の世界はカフカの世界よりも比べものにならないほど新しいのであり、カフカの世界にとってすでに神話は、救済を約束するものであったのだ。しかし、私たちがわかることがひとつあるとすれば、それはまさに、次のことである。すなわち、カフカは、神話の誘惑に、のらなかった、ということなのだ。(8)」そしてベンヤミンがここで、このことのために引き合いにだすのは、カフカの、じつに奇妙なオデュッセウス秘話、セイレーンが、じつは沈黙していて、歌うふりだけしていたのだという、話である(「セイレーンの沈黙」)。

そもそもホメロスの『オデュッセイア』によれば、オデュッセウスは、セイレーンが歌を歌って舟人を遭難させる海を乗り切るために、部下の舟人たちには、すべて耳に蠟をつめさせ、自分だけは耳に蠟を詰めずにおいてしかし柱にしばりつけさせ、自分がいかに、セイレーンの歌に惑わされて縄をほどくように言ってもけっして従わずにただ船をこぎ続けるように命じたのであった。オデュッセウスが予想どおりセイレーンの歌にもだえてあばれ、縄をほどくように命じても部下たちはけっして従わずに船をこぎ続け、海もおさまりオデュッセウスも正気を取り戻したところで、やっとオデュッセウスの縄をほどき部下の舟人たちも耳から蠟をはずして、オデュッセウスは無事、セイレーンの海域を、乗り切ったのであった。ここで不思議なのは、そもそもなぜわざわざ、オデュッセウスひとりだけ、あえて耳に蠟を詰めずに、自分を柱にしばりつけさせる必要があったか、ということである。もともと口誦詩篇である原典当該箇所に、その理由は明確に書いてない。(キルケ女神の説明部分から、アドルノは、オデュッセウスが、理性による航海は成功させつつ、しかし、自分ひとりだけは、ぜひともセイレーンの危険な美の歌を味わうということもしたかったため、と、解釈しているが、キルケ女神の話は説明譚の混入のようにも思われる。）セイレーンはただただ誘惑し続けて耳に蠟のないオデュッセウスは危険な海域ではただただもだえ続ける、という事態となるにちがいないことを逆か手にとって、どこで舟人たちが耳から蠟をはずしてもよいかを、正確に知るしるしとするための、策略であった、とも、いましいて考えられるが、さだかではない。

　カフカにおいては、しかし、オデュッセウス自身も、ほかの舟人たちと同様に耳に蠟を詰め、しかも、柱にはしばりつけられて、ほかの舟人たちはどうしていたか知らないが、セイレーンの海域を乗り切るのである。（それは、カフカによる意図的な改変なのではなく、その点においては、たんにカフカはまちがっていただけだろうと思われる。ベンヤミンも、それについては、「伝承どおりの」[9]との、一語でしかふれていない。ベンヤミンの方も、面倒を避けて簡単にすませるためでなく、彼において存外しばしば見られるように、細部を勘違いしていただけのようである。）カフカの秘話では、しかし、そもそもにおいてセイレーンの歌は蠟など突き通ってしまって、セイレーンが歌っているなら耳の蠟は役にたたなかったはずなのである。「さてしかしセイレーンたちには歌よりももっと恐ろしい武器がある。すなわち沈黙である。セイレーンたちの歌からだれかが無事にのがれたということは、ありはしなかったが、たぶんそういうことを考えてみることぐらいはできる、しかし沈黙からであれば、考えてみることだにできない。自身のからだにもともとそなわった力でセイレーンたちに勝ったという感情と、そこから生ずるすべてをひきさらってしまう不遜とには、この世のどんな存在も、耐えられないのである。／そして事実、オデュッセウスが来たとき、このものすごい歌手たちは、歌っていなかった。この敵に対しては沈黙でないと手に負えないと思ったにせよ、蠟と鎖のほかはおよびもつかないといったオデュッセウスの顔の喜び勇んだ表情を見て歌うことを忘れさせられたにせよ。／しかしオデュッセウスは、言うなれば、彼女たちの沈黙を聞いていなかったのである。彼は、彼女たちが歌っており、彼だけがそれを聞くことをまぬがれていると、信じていた。［……］ただオデュッセウスだけが彼女たちからのがれたのであった。／ところでこれにはひとつおまけの話も伝わっている。オデュッセウスは、運命の女神ですら内心を見透かすことができないほど策略に長けた、古狐であったというのである。たぶん彼は、もはや人智の及ばないことでありながら、セイレーンたちが沈黙していたことに、じっさいに気づいていたのであって、上述のような見せかけのふるまいを、ただいわば、彼女たちや神々に対する楯として、差し掲げていたのだというのだ。[10]」蠟と鎖によりセイレーンたちの沈黙を引き出し、しかも通常なら歌より沈黙の方がなお恐ろしいのをこのばあいは自分が生身で歌に耐えているとは思い上がらずにすむ、という綱渡りの道筋をたどって、オデュッセウスは奇跡的に難をのがれた、というわけである。しかも、それを、意図的にすら、なしとげたのであるかもしれない、と、カフカはいうのだ。ベンヤミンによれば、ここで、カフカのオデュッセウスは、神話の誘いにのらず、神話に対して、メールヒェンの側に立って、理性と狡知でもって詭計を持ち込み、神話に勝利したのである。「神話的暴力は、ついに制御されないものであることをやめる。メールヒェンとは、神話に対するこの勝利の、伝承なのである。[11]」

ここで、わけのわからないホメロス（話の中ではそうではなくとも話の成り立ちにとっては託宣によって一人にかぎってセイレーンの声をきいてのもだえがやはり難を脱するかぎとなっている）はすでにして十分に込み入っており、それをひっくり返して裏返したカフカはさらに込み入っており、それを自説で解釈するベンヤミンはいっそう込み入っており、それを明確に整理して統一的に読み解ききるわれわれはその上なお込み入っていることとなる。

「物語作者」第十六章での「神話的太古」とちがって、ここでは、ベンヤミンは、太古と神話とを、同一視しているわけではない（じっさい太古の語も、原義的整序はつけがたいが、そこではウアッファイト、カフカ論ではフォアヴェルト）。あくまで、神話ですらが、太古に対しての人間の勝利なのである。ところが、ベンヤミンによれば、カフカは神話の誘いにのらず、メールヒェンの詭計によって、神話にうち勝ったのだった。そのさい、しかし、既述のように「神話の世界はカフカの世界よりも比べものにならないほど新しい」のであったから、カフカのメールヒェン自体も、太古の世界のものであることになる。カフカにおいては、そもそもの世界の年齢（ヴェルトアルター）が、太古へとずらされ太古の相があらわになったところにおいて、すべてが現象しているのであるからだ。

「カフカは、世界の年齢（ヴェルトアルター）で考えている」（既述）とは、まさしく、ここまでのことを言うのである。太古は、それ自体が、神話よりも古い、より暴力的なものであるにすぎない。ところが、世界の年齢（ヴェルトアルター）を太古までずらして世界を見る視線が、視線そのものとしては、時系列も逆転した神話に対するこの勝利を、意味しえたのだった。だがまた、それは、カフカの、かたちとなった成果ではなかった（このオデュッセウスの話は、カフカの中でも、じつのところ、ベンヤミンも何度にもわたってこの論の中でひく、〈インディアンになりたい願い〉[12]の実現や〈空虚でたのしい走行〉[13]の幻出ほどには、奇跡的論理が成功している例とはいえず、むしろ、偶然的条件のもとでの詰め将棋の正解の手順ような、論の方向性だけを、示しているものであるにすぎない。なぜなら、カフカの目のひかれどころの勘のよさとまたどうせ好都合はメールヒェン通例のことであるとにかかわらず、出発点の、蠟の事実と、部下の舟人たちの扱いとにおいて、この秘話は、すでに破綻しているのである）。その勝利は、あくまで、視線そのものとして、カフカのその、そのものとしては太古の醜い形相をした世界に、内在するものであるにすぎなかったのである。むしろ、言うなれば、世界の年齢（ヴェルトアルター）で考えるということ、そのものが、その勝利だったのであった。

こうして、それに応じて、ベンヤミンについても、メールヒェンによる神話への勝利というのは、作品読解がそのまま社会そのものを直撃するような思想的読解のまぎれもない本筋であったし、それがまた、「生活と労働の組織化の問題」と、太古における法に対する神話契機による人間の勝利および神話における法に対する太古契機による人間の勝利とを、同時にひとつの視界の中におさめもするものであった。ところがそのさい、人間の全時代をひとつのものと見るゆえに年代順を一瞬のうちにずらし横断することがいわば逆にあだとなって、まるで太古の法と神話の法の相互抑制が構造化しないままその都度あらたに相克するかのような結果にもなっている。

だがそれだけではない。たとえばカントの道徳律がそれ自体のうちに根拠をふくむのに対しおよそ法はそれ自身のうちに淵源をふくまない点のみでも外的法は道徳と排反無縁の存在なのであり、法の淵源は単純に社会的強制以外にはありえないが（カントの『道徳形而上学』もそういう構造になっている）、架空の社会契約という一段階やおためごかしの支配強化目的の有無にかかわらず、思想は、その社会的強制としての法がたしかにむしろ支配者を制約する権能にも由来することを見ぬく。しかし、そうであってなお法が神話的支配暴力である、ことが、思想においてはそこにさらにつけ加わるのだ。これは、いわば具体的な構造の姿までいたらないことがしかしそのままなす、根本的に法に照準を定める構造そのものである。まさにちょうどそこまで、ベンヤミンのこの太古と神話の関係は、見えない構造として、含意しえてしまっているのであり、それが、ベンヤミンのこの論の、世界の年齢（ヴェルトアルター）を見る視線における構築性だったのである。

二　寓話とやり過ごし

――カフカとカフカ論における救済の首の皮一枚――

ベンヤミンは、このこととはまた別に、カフカの作品内形象に対する、はっきりとした救済を、ベンヤミンにとっても明示的な解であるようなものとして、このカフカ論の中で、二種類にわたって、展開しているように見える。それらは、いわば、寓話、と、やり過ごし、と名づけてみることが可能であるように思われる。そして同時にそれらは、真理、と、正義、の、それぞれ、いわば、裏返しをなすものでもあった。

ベンヤミンは、ユダヤ教の伝承における用語を使って、「カフカの諸作品は、教えに対して、ハガダー（律法に関するのでない、教訓説話）がハラハー（律法論議）に対するような関係に立っている」[14]と、述べている。教え（教義）ということばは、書簡のことばによって、すでに真理と置きかえることにする。用語が奇妙で、目につきやすい箇所であるが、存外、なにが言われているのかすぐにはわかりにくく、また、目を凝らして見直して、言っている内容の対応関係だけをなんとか理解して、なんだそれだけのことかと思ったのでは、まだ足らない箇所なのである。というのも、ここで、これらのもの珍しい用語に気を取られずに、注意しなければならないのは、この教えすなわち真理は、この関連において、項目としては言われつつ、しかも、不在なのだ、ということだからである。また、別の箇所では、ベンヤミンは、ほんとうは同じことを言っているのだが、あたかも逆の側を強調しているかのようにも見える言い方で、言う。「文学を教えへと移行させ、そして、寓話として、文学に、見栄えのしない堅牢さを回復させる、という、カフカの壮大な試みは、挫折している。この、見栄えのしない堅牢さが、カフカにとって理性に照らして唯一ふさわしいものと思われていたのだった。[15]」文学を、真理の教えをたださわすような、見栄えのしないものにしようという、モチーフが、真理との関係においては、そもそもカフカには、存在した、しかし、その真理そのものは、不在だったのだ。その結果、カフカの文学は、真理との関係にたちつつ、しかしその真理がそこに不在だからこそ存立できているような、寓話となっていることとなる。

むしろ、もともと、その真理は、たとえば言語における指示対象と言葉との、表現というものを待たずして言語そのものとしていっさい余りのない完全無欠な啓示的な一致のようなものが、まやかしの妄念以外のなにものでもないものとしてしかありうるはずがないのと同様に、「教え」などとしては、名指しうるはずがないものなのである。それを、カフカは、その真理と相関しつつ、しかもその真理がそこに不在であることによって、空集合である真理を宿す寓話を、成立させる。それは、すでに、カフカ本人にとって、破棄されるべき失敗作であったと、ベンヤミンはそこで述べるが、しかし、同時に、内在する真理が空集合だったからこそ、この寓話は、寓話としてのかたちをとることができたと、ベンヤミンは言っていることになるのである。

それによって、じっさいにカフカの作品も、作品内の形象も、原理的に、一定程度の救済を、約束されていることにもなるだろう。真理をそもそも求めるはずが、真理に至りえない点において、その形象たちには、救済はありえないであろうところなのである、ところが、真理が、位置すべき場所であらかじめ放棄され、それによってこそ、寓話が成立していることによって、寓話自体として、形象たちには、少なくとも、落下しないだけの、宙づりの足場が、与えられていることになるのだ。

この、寓話自体が、ほんらい、カフカの作品中の、不気味な、太古の空気をなす。それは、村の空気である。ベンヤミンは、「どうやって、カフカは、この空気の中で、持ちこたえていたのだろうか[16]」と書くが、また、当然ながら、まさしく、この空気が、たとえば「妹」が「中庭の門」を、ほんとうは叩きもしないのに、叩こうとしただけという、カフカのそこでの文中で「三番目に言及される、可能性にすぎないもの[17]」に、カフカ作品のありとあらゆるいきさつを、準備させるものなのである。それが、ここではカフカによる寓話なのであり、カフカ本人によって破棄を命ぜられていても、とりあえずこうして、ベンヤミンによって、それは紙一重で、総括的にのみ救済されていることになる。

ベンヤミンのこのカフカ論の四章立てのうち、ひとつだけ他の章の三分の二の長さしかない、最終章「サンチョ・パンサ」は、その短さのため、それが独立にもっている、救済のもうひとつのしくみも、比較的、普通に読んでいてもあっさりと見て取りやすい。

カフカの、サンチョ・パンサ秘話に、それは基づいている。通常の見方をすれば、ドン・キホーテの間抜けな田舎者の従者サンチョ・パンサは、主人のすることを妄想だとわかっていつつ、いや、田舎者の没趣味ゆえに主人の騎士道的興奮をともにすることができず寅さんのまわりの虎屋の人たちのように平々凡々たる小生活人としての即物的に醒めた見解を保持したまま、しかし田舎者ゆえ主人にふりまわされて求道の旅のずっこけたお供をつとめることとなり、読者のおかしみを増すのである。ところが、カフカによれば、サンチョ・パンサは、ドン・キホーテという悪魔のようにやっかいな主人を、騎士道小説や悪漢小説にふり向けることによって、自分自身がドン・キホーテの悪魔的な攻撃の的となることから、逸らしおおせ、けっきょく最後まで、のがれおおせたのだった、というのである。「自由人サンチョ・パンサは、落ち着いて、ひょっとするとある種の責任感から、あのドン・キホーテの旅の道に連れ添い、そしてその旅を、ドン・キホーテの最期のときまで、大いに、また有効に、楽しんだのだった。[18]」

この愉快なカフカの話自体は、前提がいかにも奇説であり、なにを面白がってこんな妙な見方を思いついたのだろうとも思われるほどだが、ここのベンヤミンのカフカ観に、恰好の素材を提供する。ベンヤミンは、この話を、やはり奇妙奇天烈なカフカのあの短篇「新しい弁護士」の、ブケファルス弁護士と、等置する。ブケファルスは、アレクサンダー大王の軍馬だったのであり、それが、どうしたことか、乗り手のアレクサンダー大王よりも長生きして現在まで生きながらえ、しかもどうしたことか人間になっており、おまけに、法学者となり弁護士となって、法律書に、読みふけるのである。しかもここで、ベンヤミンにとっておあつらえむきに、彼が読むのは法律書なのであり、またカフカは、彼を、はっきりと、自由だ、と、書きこんでいたのであった。「自由に、乗り手の股で脇腹をしめつけられることもなく、静かなあかりのもと、アレクサンダー大王の戦いの騒擾から遠く離れて、彼は、私たちの、古い文書のページを読み、そしてめくるのである。[19]」そして、「人間であるか馬であるかは、もはやたいして重要ではない、もし、重荷さえ、背中から取り除かれているならば[20]」。ベンヤミンの、このカフカ論全体の結語である。

ところがベンヤミンによれば、この、勉学（カフカの世界の忘却に対して、勉学というモチーフを提示しているのが、このベンヤミンの最終章の大きな流れでもあるのだが、ここでは、もはや、いま取り扱う契機にもすっぽり含まれてしまうものであって、省略する）は、正義への門である。この正義は、しかし、これも、それ自体としては、ここには不在なのである。「もはや実地には用いられず、ただ勉学されるだけの法、それが、正義への門なのである。[21]」法が、けっして、ここでは法的暴力として批判され無化されえてはいない。ここは一目瞭然、そういう構造をもっていない。たんに不在として、相関物として、法が言及されているここにおいては、法ということばはただ、正義の相関物であるということを指示しているのみである。正義が、不在なのである。しかも、その不在の正義が、勉学され、それが、サンチョ・パンサの、ブケファルスの、自由に、直結しているのである。「正義への門とは、勉学である。しかもカフカは、この勉学に、伝承がトーラ（モーセ五書の律法）の勉学に結びつけるような神の約束を、あえて結びつけようとはしない。［……］けれどもカフカは、彼自身の旅の、法則を、見つけたのだった。(22)」正義自体が不在なのであり、しかも、その不在の正義をめぐっての勉学が、自由という、救済を、徳俵の真上をふみしめたところで（なぜなら、不在のものの相関物にすぎないのである）、ここでも生み出したのであった。

三　太古と神話
――ベンヤミン思想そのものにおける成果と問題点――

太古とは、ベンヤミン自身にとっては、そもそも改めていうまでもないほど本源的にはもっぱらあくまで、神話（神話的暴力）とこそ、対決するものとして、なくてはならないはずであった。ここでは――論の布置自体が必ずしもそうなってはいないことは、すでに見たとおりであるが（またそれはむろん太古も神話も極めて微視化した進んだ段階での太古細部批判契機を用意しているものとなってはいようが）――しかし、本質のところにおいて、それが、どの程度まで、実現しているのであろうか。また、ベンヤミンが、追いつめ残した点があるとすれば、それは何なのか。世界の年齢（ヴェルトアルター）を見る視線は、さらにどういうものでもありうるのか。まず、いったい痛快なベンヤミンはここで、彼にとってそれこそがいちばんの中心関心事でなければならなかったはずの、現代と対決する論点を、見いだすことができているのであろうか。

論理構成としては、じつは、その答はイエスなのである。しかも、実質において、ノーであると言わざるをえないのだ。

話題自体が、じっさいに、現代をめぐってはいないかのように見える。ところが、すでに見たように、カフカの中に、世界の年齢（ヴェルトアルター）で考えている要素を見いだしたとき、それは、現代というものそのものを、というより、むしろ人間というものそのもの、いや、人間のもつ人間意識というものそのものを、太古の相に、ずらして見せているものなのでこそあるのだ。ツァイトアルターを、ただ岩のように、転がしてずりうごかしただけで、そこに表現されているものが、——全時代が含まれるのだからそのうち注目点をあくまで現代というツァイトアルターに局限するなら——現代のツァイトアルターそのものでもあるにほかならない。論理構成そのものとしては、むしろ現代を、射程にとらえているとは、そういうことである。

ところが、実質においては、これは、人間意識というものそのものの中で、そして、サルから進化した人間の第一歩の起源の場において、地球という惑星進化史的宇宙史的起源の場において、人間がはじめから「生活と労働の組織化の問題」の中に立たされている、つまり、共同体的ボスの支配下に人類史がはじめからある、ということのみのうちに、現代の諸問題の実質を、たんに溶かし込んで、現代というものそのものを、すっぽりと中空に、包括的に抜かしてすませたものに、やはりほかならないのである。じじつ、ベンヤミンはカフカについても、述べている。「この暴力（太古の世界の暴力）は、もちろん同じく正当に、現代のわれわれの、この世界の暴力とも見なすことができるものである。そしてこの暴力が、カフカ自身にはどちらの名前で現われたか、だれも、言えるとは言わないだろう。たしかなのは、ただ、次のことである。彼はこの暴力の中で、どうすればよいかわからなかったのだ。［……］それにはカフカは何の答も与えなかった。彼は、答というものから、何かを期待しただろうか。[23]」カフカ自身が、現代というものに対して、もちろん徒手空拳でしかありえなかったことを、ベンヤミンが、もっとも強調した箇所である。そして、ここでのベンヤミンは、論旨において原理的に、この引力圏をのがれ出ることはありえないのだ。

ベンヤミン自身は、もちろん現代というものに対して、徒手空拳でなどいるわけにはいかないのである。ことがらは、ベンヤミンのこの論の、もうちょっと実地の中身を思い出せば、いっそうあきらかとなる。そこにおいてもベンヤミンは、形骸においては一定の成功をおさめており、しかし、内実としては、きびしく言えば、失敗に終っている。

真理と正義でなく、寓話とやり過ごし、という解がベンヤミンがカフカからけっきょく引きだしたものであったことが、それである。かりにカフカがそこではそうであったにせよ、ベンヤミンの論は、そうではすまないはずであった。そうでなく、法的暴力との対立としての、真理や正義の、ここでは、不在としてだったが、対決づけの明確な打ち出しが、とられるべき道だったのである。そもそも、真理や正義が、相関者として位置づけられながら、それが不在というままでは、時代論も現代論も、すむわけにはいかなかったのである。

このことも、ほんとうは、ベンヤミンのひくカフカに即してすらも、言えるのである。ベンヤミンは述べる。「〈何でも願いがかなうとしたらということに対する答を波瀾万丈を経て極大から極小へ縮小させる〉その乞食が、自分の物語によって入っていく、あの異常で不運な人生においては、彼はこういう、願いというものから解放されているのであり、そのかわりに、充足をえているのである。[24]」だが、そうではない。充足をえているのでなく、そこではあくまでシャツが一枚、即物的に手に入っただけであるにすぎない。「カフカの書く助手たちとは、祈禱所がなくなってしまった会衆たちなのであり、カフカの書く学生たちとは、聖なる書物がなくなってしまった門弟たちなのである。いまや、彼らを、〈空虚でたのしい走行〉の途上で、立ち止まらせるものは、なにもないのだ。[25]」だが、そうではない。カフカにおける〈空虚でたのしい走行〉(既述)の例をそのまま引っぱっていえば、祈禱所がなくなり、聖なる書物がなくなったのだと、たんに、馬車の革ひもが切れて、馬だけ走って逃げ去り、馬車の方はというと、走行が止まるだけなのである。

もちろん、ここでのベンヤミンの、そもそもの問題の根が、太古と神話をめぐる、布置そのものにこそあることは、いうを俟たない。少なくとも、もともと神話(あるいは法なるものの構造)との対決なしで、ことがすむ道理がないのである。ベンヤミンが見せてくれた、たぐいまれな仕事の、枠組み自体を、組みかえなくてはならない。太古の、あるいはひょっとすると神話時代における、見本となる像を、現代にこそ、移しかえなくてはならない。そこで同時に問われていることになるのは、しかし、カフカなどではなく、もはやベンヤミンですらなく、まさしくわれわれ自身の、思想なのであるにほかならない。

第九章　ベンヤミンのヘルダーリン論または『海辺のカフカ』

――「詩作されるもの（ダスゲディヒテテ）」をめぐって――

一　ベンヤミンの立論前提の再整理
――過去分詞一般の三重性と三相の圏域――

ベンヤミン（一八九二―一九四〇年）最初期のヘルダーリン論「フリードリヒ・ヘルダーリンの二つの詩作品――『詩人の勇気』・『臆心』」（一九一四・一五年）。ベンヤミンが、終生ときおりそのような書き出し方を繰りかえしたように、この批評作品も、論の土俵をどこにおくのか、その範囲を限定づけることから、論が出発している。ただし、ここでは、たとえば『ドイツ・ロマン主義における芸術批評の概念』において典型的にそうであるのとはちがって、その土俵づけは、論の対象範囲や、論の論述方向の範囲をあらかじめ限定づけるものであるよりは、むしろ、ここで論の本体部分においては特殊ヘルダーリンの場合に適用する考え方のあり方について、一般論として確認しておく、という性質において、なされている。そして、その一般論の内容が、思いのほか込み入っており、それを理解することができれば、あとはただそれがヘルダーリンに適用されているさまが、具体展開するだけなのであるかのように、事態は一見、見える。ところが、この一般論の部分は、ベンヤミン自身が思っているほど整合的ではなく、より整合的なものごとのわくぐみの中に置き直しての、再整理を必要としている。しかもそれによって、ベンヤミンのヘルダーリン理解にひそむ、一見したところではまるで結論をあてはめているだけであるかのような作品評価のじっさいにおける、ただしさとあやうさも、浮き彫りになってくるのだ。さらに、そのベンヤミンの考え方の射程は、文学一般を照らすに足るものなのでもあるのであって、ここでは、ほとんど偶然的にだが、それが核心を突き刺すこととなる、村上春樹作品を、俎上に上せることとしたい。文学への、ベンヤミンによる評価づけの、それは、まっ芯での、具体的にきわめて有効であることが目の前で示されるような、適用の実例となる。しかもそこでは、村上春樹によってかすかにひきあいに出されているカフカその人の事情も、ほんの遠くからの反映の照り返しのそのまた照り返しとしてながら、結果的にさらにまた少し、より明らかにもなってくるのだ。

ベンヤミンは、ここでは最初の四つの段落を、この基本的な立論前提にあてている。そして、ある意味では、その立論前提のみで、ここでの論の意義は、尽くされているかのようでもあるのだが、その立論前提そのものの、きわめて微妙な規定のされ方により、ところがじっさいに存外に、うしろの本体部分――ヘルダーリンの二つの詩に、その議論を現実に適用して展開して見せる部分――が、ヘルダーリンにたいして、ある種、的を射ぬいたものとも、なっているのである。ことは、きわめて微妙である。規定のされ方の用心深さに由来するところの細やかさも、ハイデガーの朦朧で無意味なたわごとの、紙一重のところにありつつ、ベンヤミン本来的な、思想性、思想的理念性を十二分にたたえもっているのであり、しかも、そこに、わずかな混乱が、またれいによって、ある、という具合となっているのである。

ベンヤミンの、ここでの立論前提の中心をなしているのは、ダスゲディヒテテ（詩作されるもの）という概念である。これは、抒情的創作の過程や作家の人物像や世界観（通俗的な文学解説やまた文芸学・文芸評論の大家ののたもう説もしばしばまさにそのようなものであるわけだが）などでもなく、根本的に、文学作品の課題であり、かつ前提でもあるような圏域をなすものであって、それは詩作品そのものとも区別され、論究の対象であるとともに論究がはじめて産み出すものでもあることが、繰りかえされる。そこでなによりもだいじなのは――これもしばしば繰りかえされることだが――、このダスゲディヒテテが、精神的な秩序と直観的な秩序の、つまり意味的思想的な内容の連関や充溢と形象的感性的な内容の連関や充溢との、綜合的な（綜合されてある）統一である、ということである。ことは、まるで手品のように、その、精神的な秩序と直観的な秩序の統一に、つねに、関連している。しかも、よくよく読めば、たしかに、ハイデガーをはじめとしてありとあらゆるあやしげな観念的な、まじないのような、詩の亜・哲学化の言辞は、じっさいにここでいう、精神的な秩序と直観的な秩序の綜合的な統一をもたず、――むしろ、ここで、繰りかえしそういうものは唾棄されているような、精神的な秩序そのものにあらかじめ統一を求めようとしたり、直観的な秩序そのものにあらかじめ統一を求めようとしたりという、むなしい（ものとそれらはならざるをえない）御託宣製造の作業や、さらにそれらの朦朧たる混合であったり、するのである。――それにたいし、ここでは、ダスゲディヒテテは、そういう、精神的な秩序と直観的な秩序の綜合的な統一の一般であり、それの、個別特殊な形姿が、個別特殊な具体作品それぞれのもつ、内的形式である、こととなる。

　このような、ダスゲディヒテテが、たわごとでなく、ほんとうに精神的な秩序と直観的な秩序の綜合的な統一として、ありうることを示す手順として、ベンヤミンは、この、ダスゲディヒテテを、ふたつのものの間の、だから二重の意味での、境界概念だと、位置づける。（以下、第二段落。）

　ダスゲディヒテテは、一方では、具体的な詩作品と境を接する、境界概念である。ただし、このさい、具体的詩作品においても、「形式―素材」（古来よりしばしばなされる作品についての分析のあり方であるし、またベンヤミンの時代の大家においても、現在においてすらなお、大家も語るに事欠いて、仰々しくこの話題を持ち出すわけだが、ただしまたベンヤミン自身、内容と全く別次元で形式をしばしば特別視もするのだけれど）概念を、けっして参照せず、またしかし、それの批判すらもしない。ダスゲディヒテテにおいても具体文学作品においても、ここでは、精神的な秩序と直観的な秩序の綜合的な統一をもったものとして、形式と素材とがすでに綜合的に統一しているばあいのみが問題となるのであり、形式自体の統一性も素材自体の統一性も、いわずもがなのことながら問題外なのである。具体詩作品のうちにある、具体的現実的な現われ方となった諸規定が、ダスゲディヒテにおいては、潜在的可塑的であるわけだが、具体詩作品にあるその（この形式と素材の綜合的統一の）具体性が度外視されることにより、ことがらの、より重要な規定のあり方、最高次の規定のあり方が、把握されることになる。

ところで、ダスゲディヒテが、境界規定としての、もう一方の側に接しているそのもう一方とは、「課題」という理念である。（以下、第三段落。）ここが読みにくいところであるし、再整理を要するところであると思われるのだが、一方で、すでに、個別作品に対しては、ダスゲディヒテ自体が、課題として対していたのであった。それは、まるで自明のことがらのようにすら、言われていた。ところが、ダスゲディヒテが接するもう一方の側自体が、（詩作品がそれの「解決」という理念となる）「課題」であると言われるのである。そしてここでさらにただちに、この「課題」という理念とは、作家にとっては、つねに「生」であると言い切られ、かつただちにことばをついで、「生の機能統一」から「詩作品の機能統一」に移行する圏域（境界）が、このダスゲディヒテなのである、と言い切られる。素材にも、形式にも、統一などは（ダメ文芸学の場合のほかは）ないが、「生の機能統一」も「詩作品の機能統一」もある。ところが、これがさらに、ここでのベンヤミンの議論の実質をかたちづくっているところなのであるが、ここにダスゲディヒテが介しているということにおいて、ここでは、生が詩作品によって、課題が解決によって、規定されるのである。そういうことをなしているものとしての、ダスゲディヒテなのであり、もしくは、そういうものをなすのが、ダスゲディヒテなのである、ということなのだ。ここにあって、「個別の生の気分」「直接的な生感情」「こころの暖かさ」「心情」などなどが、「生の機能統一」（もしくはもっとひどくは「生の統一」「素材の統一」）として直接に「詩作品の機能統一」（もしくはもっとひどくは「芸術の統一」「形式の統一」）に移行させようとすると、そこに、駄作が、刻印されることとなる。そうでなく、「詩作品の機能統一」を、理念としての「課題」たる「生」へともたらし、その「生の機能統一」を「詩作品の機能統一」と同質のものとして実現させているとき、——そのときにのみ、それら「生の機能統一」とも「詩作品の機能統一」とも共通する機能の綜合性をもってそこにあるのが、ダスゲディヒテテなのである。（もしくは、そのダスゲディヒテテたる「生」へと行きつくことが単純に行なわれるようである作品は、素材にたんに依拠した、つまらない作品である、というような言い方も、用語法にすでに少々の矛盾はきたしつつも、ことがらを単純化したヴァリエーションとしてなされもする。）

ともあれ、たとえばこれを、ベンヤミンが生そのものよりも作品に、高次の連関を見いだした、などと見る種類の粗雑な見方は、どんなに批判しても、批判し足りることはないだろう。というのも、まさにむしろそのような見方こそが、ベンヤミンによって批判されたものそのものの、正しくとらえられたばあいの内容、ベンヤミンの批判の正しいとらえ方で、あるからだ。そうではない。ベンヤミンは、生を作品の課題としている。しかもその課題が、解決たる作品によって規定されるのであり、それがなされえている作品のばあいに、——そこにその作品にあってのこのダスゲディヒテテの、核心が、あるのだ。

ここにおいて、ベンヤミンの論理構成は、たとえばハイデガーのごにょごにょとはまったく異質のものとして、これのみですでに、完結しており、疑問の余地のないほどですらある。ところが、ここに、またしても、ベンヤミンのわずかなすき——じつはここでもすでにそれに触れていることになるのだが——があり、それが、ことを、複雑にし、理解しにくいものとし、あるいは、ハイデガーのまじないとかわらない印象のものとしてしまうのだ。（このあたりの事情を、ベンヤミンはつづく序論最終第四段落でも、繰りかえし、「芸術作品の統一」も「生の統一」もそれ自体としてはけっして把握されえないこと、直観的なおよび精神的な諸根本要素など問題にならないこと、問題になるのは——芸術作品と生が関係し合う——根本諸要素の結合関係だけであること、として、返す返す強調するのだが、果たして、なんびとが、それを、ハイデガーなどの観念的言辞と根本的に明白に次元の異なる、正確な、ヴィヴィッドな芸術把握がまさになされ生の把握がまさになされている批評作品文章の本体をなすものであるとして、いままで、読み解きえて、きただろうか。ところが、ここでなされているのは、まさにそれなのだ。だから、そうは見えないとすれば、そこには、ここにあってしまっているわずかな混濁が、その邪魔をしていたのである、ことと、やはり、なる。)

それは、ダスゲディヒテテが、一方では文学作品に対して課題であるものとしての境界領域であるくせに、他方では、他の側が課題に接するような境界領域である、という点である。(また、第四段落の別の言い方でもってすれば、境界領域であるくせに詩作品でも生でもあってしまうこととも なる、点である。生そのものであるところの課題という理念と詩作品とダスゲディヒテテは、もともと、「生の機能統一」とも「詩作品の機能統一」とも同質のものであり、それらはいずれもそもそも、精神的な秩序と直観的な秩序の綜合的な統一であってただ具体作品たる形姿となっての規定の度合が異なるのみなのだから、作品において、それらが単純に同一化し、一致するという仕儀となってしまっては、まるでシェリングばりの闇夜の黒牛のような、お目出度い同一性となってしまう。)

ことは、ベンヤミンが、過去分詞形容詞(の名詞化)の意味を、ほんらい、「三重」のものであるとすべきところを、「二重」のものとしてすませているところに、起因している。そのために、境界であるはずのもの自体が、境界がそれらをへだつべき片一方と、重なってしまうのである。(これはベンヤミン自身が、のちに、『ドイツ・ロマン主義における芸術批評の概念』において、これとほぼ同じ内容たる「表現されるもの(ダスダールゲシュテルテ)」を解説するときに、はっきり、「二重」として述べているので、見まごうべくもないことなのであるが、ここでは、詳述しない。)

ここでベンヤミンが忌避・却下している「形式―素材」問題と一見似ていて、じつは関係はないのだが、ことがらには、一般に、形相面と、質料面とが、あるものである。詩作する、表現する、という動詞の過去分詞形容詞である「詩作される」「表現される」について、またその名詞化の「詩作されるもの」「表現されるもの」について——だがなにより他動詞一般・その過去分詞形容詞一般について——、詩作されるはずの形相的なものというのをことに一面として考える場合に、その詩作の結果できあがる具体的な作品目標については——だがベンヤミンはそれをもう一方に考えているわけだが——、このことがらについての面は、たんなる質料面であるとは、考えられないのである。質料面をなすものは、むしろ、そのばあいに詩作される、表現される、具体内容、具体言語存在、作品具体素材、具体作品の中身の総体（としてのまた実作品個別面）、なのであるにほかならない。表現されてあるべき文学作品そのもの——しかもそこにおける理念的なもの——は、よって、ことがらの質料面なのではなく、ことがらの、質料かつ形相面、なのである。このことが、他動詞の受動形について、一般に、成りたつのである。（非常に卑近な場合には、ことがらの形相面は、されるべきもの、たる、形式と一致し、質料面は、その他動詞の行使される対象たる、素材と一致する。そして、形相かつ質料面は、それがされた結果できあがるもの、を、なす。つまり、一般に、他動詞的行為にさいして、その他動詞の、受動の意味における過去分詞形容詞において、行為者の腹案が形相面をなし、動詞の行使される対象が質料面をなし、そして、行為の結果できあがったものが、形相かつ質料面をなす——このことは、ほとんど自明であるというほかはない。）

ベンヤミンがここで言う、ダスゲディヒテテとは、あきらかに、詩作されるものの、形相かつ質料面を、なす。詩作品も、それと多分に重なりあいながら——だからこそそれらは精神的な秩序と直観的な秩序の綜合的な統一を共有する——、しかし、具体作品がもっている具体規定を度外視する場合により高い規定たるダスゲディヒテテにいたることができるとベンヤミンが言うさいの、具体作品は、このことがらの、質料面なのであるのに、ほかならない。言いかえれば、——成功作においてはすべてが形相かつ質料において通底してしまい、ことの峻別が、却ってまるで論理のための論理としてしか意味をなさないかのようでありながらそれでも事態の本質はあくまでも——理念としての「生」が、ことがらの形相面（課題）をなし、実作品（「詩作品」）が、（ことさら個別面ばかりに注目してのものとしては）ことがらの質料面をなし、しかしベンヤミンがここでわざわざ論じているダスゲディヒテテとは、ことがらの、形相かつ質料面を、なしているのであるに、ほかならない。それが、形相面と質料面を（たんに動詞の過去分詞形容詞の意味の三つのうちの一つの相であるぐあいに）兼ね、にないえているものとして、作品において、十全に成りたっているかどうかに、まさに作品の成否がかかっている――ベンヤミンがここで言っているのは、言いかえれば、そういうことであるということになる。――むろん、そのばあいには、最終的に、「生」においても「詩作品」においても、一体的な、精神的な秩序と直観的な秩序の綜合的な統一が実現するのであり、また、このダスゲディヒテテが、不全な場合には、「生」も「詩作品」も、ばらばらの、半端なものに、おわることとなる。

ところでベンヤミンは、初期の断章（全集断章番号四〇番）において、古来のパラドックスの定式たる「クレタ人のパラドックス」（自分もクレタ人であるエピメニデスが「クレタ人はみんな嘘つきだ」と言ったとの話）をとりあげ、そこに、判断の主体と陳述の主体の話を、からませている。ベンヤミンは、エピメニデスのくだんのことばにおいて、言及内容自体として、背理法対象とならない言及の主体を想定し、そのことと、言及されているものの主語は、別ものだと考える。たとえばラッセルが「本命題は偽である」という「命題」を「自己言及」のレベル論の導入（それはメタレベルのものであるという定義をそこにつけ加えることによって問題に解決の外装を与える）によって解決しようとするのなどと比して、これはきわめて正当な、健全な解決方法である。なぜならラッセルのそれは、それをたんに「除外されるべき命題」の「パターン」として提示しているということにじっさいはすぎないのであり、形式化のふりをしながら形式崩壊を持ち込んでいるだけのことであるとともに、じじつ、すぐ、レベルが、メタ化、メタメタ化、して、混乱のなかにさらに複雑化を持ち込むことでさえあるからである。――じっさいにはベンヤミンのそこでの議論のみちすじは、自身がさきに提示した解決法に対して、さらにそれをかいくぐるものであるかのような、「例外なく私の判断のすべては、真理のまさに逆をなすような反対物を賓述帰結する」と言いかえて、さらにそれについて、陳述の主体と判断の主体を存在論的に断ち分ける、というふうに、展開される。しかし、その段階でも、要は、ベンヤミンによれば、判断の主体は存在せず、しかしそれにもかかわらず、判断の主体と陳述の主体が一致しているかのように錯覚してしまう、という、いわば論理的仮象が、このことがらの本質なのであると、ベンヤミンは見ていることとなる。これは、ラッセルとは比較にならない真摯な解決努力でありつつ、しかし、主体というものの性質について、そこにはベンヤミンが見落としている問題があるように思われる。というのも、判断というものがまさになされるときには、そこには、たとえばコンピューター記憶装置（そのなかのデータが陳述であり記憶ディスク装置自体のうちに陳述主体も含まれていると考えられる）にかんして、あるときにまさにその内容部分をトレース再生している再生ヘッドのなす、再生として、判断というものそのものが、このわれわれの時空には、あってしまうのである。そのとき、その再生ヘッドの位置に、判断の主体もまた、あってしまうこととなる。陳述のなかには、陳述対象たるものごと・事物存在たる主体が、あるのであり、記憶装置内の抽象的記録物に擬せられるデータには（あるいは記載ディスクには）、そのデータを命題たらしめる、作用主、つまり、陳述の主体がある。それとはべつに、じっさいには、トレース現場の現在時がなすいま・ここの、まさしく、ほかならない超越論的主体としての判断主体が、あるのだ。事物の主体、陳述の主体、判断の主体が、じっさいには、ベンヤミンの考える二重とちがって、これまた、三重のものとなっているのである。しかもここでもむしろ、その判断の主体のいま・ここが、時空そのもの・なされる体験であり構造をなす経験そのもの・認識の意識に一体となった知覚現象物そのものを、成り立たせるものとして、事物の主体と陳述の主体を、まさしく超越論的に、統合しているものなのであるにほかならないのである。——このような超越論的主体が、もちろん、カントのいう超越論的主体の意味そのものとも重なってくるものであるにほかならない。——ことがらそのものとして、これは、まさに不可能であるかのような事態であるかのように記述上は思われながら、それこそが、現実それ自体なのである。それが、超越論的主体なのだ。（「判断主体」が、それが受身となるばあいに、表現意図の形相や表現素材の質料でなく、形相かつ質料であるものと、対応する、とも言っておくと、——やや煩瑣に傾くきらいはありながら——超越論的主体と、ここでのもともとの議論たる過去分詞形容詞の意味の三重性や、文学作品におけるダスゲディヒテテの性質との対応関係が、より明らかとなることと、なる。）なお、パラドックスというもの自体の解決もしくは解釈としては、「本命題は偽である」（「パラドックス」のもっともシンプルな定式自体はここでの議論とかかわりなくやはりこうなる）というときに、「本命題」とは仮に記号のようなものとして与えられている、手形振り出しのような名辞であり、それの中身は、命題自体よりもあとから、追ってしだいに満たされ明らかになってくる、という、構造上の、思考上の、時差を、含み持っている、と考えるのが——あらゆる「無限」論を扱うことにおいてもそうなのだがそれと同様に——もっともふさわしいと考えられるが、それはここではもう、詳述しない。

さらにもうひとつ、ベンヤミンにおける、「言語的なもの」と、ダスゲディヒテテをめぐるこのありかたとの、平行性・相似性についても、確認しておきたい。というよりも、ことは、ベンヤミンにおいて、当然のように、どの場面でもそのようなしくみをもって、布置されて、というよりもそう布置しえてしまって、——いや、論理的な難点をぬって奇跡的に布置されえてしまって、いるのである。

たとえば、「暴力批判論」において、ベンヤミンは、ほとんど唐突に見えるかのぐあいに、言語のみにおいての「嘘」が（歴史上の古代的事実として）罰せられないことの、思想的意義に、ふれる。たとえばそれが、ハーバマスがいかに巧妙に仮想的事態としてのみでならば十全なコミュニケーション規則が持つはずの価値資格を、ことばたくみに仮想レベルを縫いつなぎつつ、もくろもうとも、——それがまるで柄谷行人の、価値体系間の相違からのみ価値体系自体が生ずるしかしそれ自体は絶対的な体系である論旨と瓜二つの鏡像をなしつつ、規則の先在性をコミュニケーションどころか必ず強迫的に相手に押しつける論理形態のみからいっさいのすべてが発していて、どこかの「ポスト」構造主義どころか「〈構造〉〈主義〉」のブラックホールの中心から、その不可能性から、その引力の呪縛から、漏れのがれることが、それじしんのしくみそのものによって不可避的にできえない、ということをべつとしても――、ハーバマスがあわよくば自陣の引きあいにベンヤミンを出したがる、そのベンヤミンの側からの、思考法によるあらかじめの拒絶が、ハーバマスの思考法そのものに対して突きつけられている決定的な場面でも、たしかにあるだろう。だが、――これもここでは詳述できないが――ベンヤミンのそこでの議論は、第一に、たとえば右記パラドックスをめぐっての思索とも似て断片的な萌芽的なものであるにすぎないのであるとともに、第二に、言語というものに対して、ベンヤミン本人の思っている以上の、形相に徹しえない、現世的な、ことにかぎりある性質を、刻印してしまっているのだ。そもそもベンヤミンにおいては、言語的なものは、形相的なものであり、つねに、「真理」に近いものである。（言語そのものの、局限的なしたがって否定的な側面がベンヤミン自身において意識されることはあっても、こと、形容詞「言語的」という事態は、ベンヤミンの思考圏にとって、つねに、それ自体として形相的であることを意味し、「真理」のすぐそばに位置している。）しかし、その「言語的なもの」の形相性も、あることを画別しつつそのことをそのこととして指示しうるという、――ベンヤミン自身にとってはほんらい楽園からの言語の凋落に付随するものとしてしかし意義をも認められることとなった（「言語一般と人間の言語について」のうしろ三分の一、言語の現状記述部分）「概念」をこそ、じつはもととしているのである。そして、その言語が、「概念」によって得ている形相性をふくめ、言語にとどまっているがゆえに、言語は、必然的に、嘘を、そもそも内在する、ものとなるのだ。そして、ことはじつは、概念ゆえのみの問題なのではない。一方において、このことは、「言語的なもの」が、それ自身が真理にいたっていず、真理そのものとは異なるゆえに、本質的に、生じているのである。言語的なものの形相性自体が、概念にしか由来しておらず、しかもそれと同時に、言語的なものは必然的に、非真理の要素――つまり嘘――を、それ自身として、（絶対的に非真理ではないものとしてはベンヤミンによって模索されながら）真理敵対的ではない発話においても現世では、はらんでしまうのである。そしてしかもそこでベンヤミンが、そこにおける真理要素を探し出そうとするとき、その場合の言語的なものは、必然的に、ここで述べてきたダスゲディヒテテ同様の、形相かつ質料の、——つまりことが三重をなすうちの境界的かつ通底的なものとして——性質を帯びている、こととなるのだ。——そして、ふたたびベンヤミンから少し超え出てこの事態をとらえなおすなら、その真理要素とも通底した部分においては、言語は、——嘘も、嘘でもあるようなおよそ表現全般もヴィヴィッドに含みつつ、想像がもつ翼とも思念がもつ形象ともなりつつ——右記の、超越論的な主体のまさにかぎりにおいて、有機的に、質料的事物の客体存在(の主語、つまりは事物主体)とも合致しながら、あやつられるものなのであるにほかならない。——それをふたたび、純ベンヤミン的な脈絡に置き戻せば、アレゴリーが、真理ではなくとも、事物と真理をつなぐものであり、しかしあの『ドイツ近代悲劇の根源』の最後の部分で、急に、「アレゴリーのアレゴリー」(悲惨なアレゴリーそれ自体がさらに復活のアレゴリーになる、との論旨)が、髑髏たちに救済をもたらすという、とってつけたような完全に破綻した好都合さとはちがって、アレゴリー一般が、事物と真理をつなぐものなのである、ことと、なる。「アレゴリーのアレゴリー」などという(そこではたんに説明の便のために持ち出したものであるにすぎないものでもあるのだが)、重層構造に、一般に、表現としても思想としても、真理への接近は、それがためにはいっさいないのである。

二　ベンヤミンのヘルダーリン把握
——根本的ただしさと原理的あやうさ——

ベンヤミンは、この、ダスゲディヒテテの考え方を、ヘルダーリンの二つの詩、「詩人の勇気」と「臆心」の評価に適用し、前者を未熟な作品、後者をすぐれた作品だと評価する。後者はそもそも、前者の改稿であるために、似かよった詩句も、散見される。そのしかしほぼいちいちにたいして、ベンヤミンは、前者を未熟であるときめつけ、後者の詩句表現をそれと対比させてほめたたえるのである。ことがらが微妙であるため、これが、このような改作の前後の類比を取り扱うことによってのみ、かろうじて可能となっていることも、ベンヤミン自身もみとめている。（なお、つとに知られているように、ベンヤミンが前者の第一稿としてここで取りあげている詩形は、第二稿のものであり、ベンヤミンが第二稿はその第一稿とは本質的変化はないからというのでここでは扱っていないものが、前者のじつは第一稿、そして、決定的に変化しているものとする第三稿が、ベンヤミンのいうとおり「臆心」である。）

ここでは、むっつのレベルにわたって、このことがらを、再評価してみたい。

まず、第一のレベル。

ここで、ベンヤミンの取りあげ方が、あまりにも、詩のなかの片言隻句にわたるため、通常の詩の評価としては、ベンヤミンのもの言いは、前者にかんしてはけなさんがためのけなしかたとなっており、また、後者のほめ方にかんしては、ほめると決めてかかっているからほめているような、出来レース的なほめ方に、――少なくとも表面上は――いちいちの詩句を取りあげての言い方としては、なってしまっている、ということが、もっと、もっと、注目されなければならないだろう。そのことは、ベンヤミン研究者たちによって、もっと、ベンヤミンをあがめたてておくのでなく虚心坦懐に関心が払われるべきだし、非ベンヤミン研究者たちによっても、どうせ自身の読解力の及ばないところに（もしくはひどいのになると自分がわからないのは書かれているものが悪いからだと言ってはばからない、きわめて困った読解力に加えておよそ反省能力も欠落した者たちが大学のドイツ語教職にポストを得てドイツ文学研究者を自称してそこにやましさすら感じていない例がある）おいてベンヤミンによって述べられていることがどうせわからないものとしてほうっておかれるのでなく、積極的に、それ自体おかしいものはおかしいと、せめて自己の読解力の及ぶ範囲で、批判をせいぜい、展開しようとなされるべきだろう。

次に、第二のレベル。

ヘルダーリンの詩自体が、およそ、現代における詩の水準からみて、ほとんど作品のていをなしえていない、ということが、相当の場合において、じつはある。魅力的な詩句自体は初期からところどころになくはないのだが、その観念が、現実をあまりにもふまえずに、古典古代の意匠への固執や、ドイツ国土や民衆民族というものの空想上の擬人化の展開に基づいて繰りひろげられるため、具体的には男と女のあいだの情愛などは、たとえばノヴァーリスのばあい(そしてゲーテが根本的にそれをまぬがれているのとは正反対の)のような、現実の女性に対する観念的な笑止な理想化やそこにおけるその理想化の形象的美的価値や純粋化されたものの価値やそれをなすひとのこころの動きの定位の価値というのとも、またちがった、古典的神話の変奏のような、ざれごとの域を出ない、ばあいが、ほとんどなのである。これこそ、思いきって、言われなければならないだろう。「現代詩」を「詩」の水準判断となしてしまう、ということをあえてせずとも、およそ、古典的な詩としても、これは、敢えて断言されるべきことである。こういう、詩作品に対する、文学者としての自己を賭しての作品価値評価をまじめにこころみないでいては、およそ、話にならないのである。

しかも、それにもかかわらず、その域を突然はるかに超え出て、「文学」としての高位水準にいきなり位置してしまっているものが、ベンヤミンがここや「ゲーテの『親和力』」などでまさにふれる、「臆心」「キローン」「秋(一八三七年作)」等の、わずかな、詩篇なのである。

これはまた、言いかえるなら、右記、「詩人の勇気」を、けなさんがためにけなしているかのように見える点は、あらかじめ、ヘルダーリン自身の水準によって、きたるところなのである、ということを、意味する。それゆえ、右記、非ベンヤミン研究者が、勇気を奮い起こしてベンヤミンを非難すべきとき、同時に、自己の、ヘルダーリン理解・詩の水準理解そのものの水準が、エックス線を浴びるかのように、批判に照射されてしまうのであることは、まぬがれないものなのではある。

したがって、ことは、ベンヤミンによる、ヘルダーリンの、非常にまれな秀作に対する評価の、本質的な点における成功いかんに、ひとえにかかっている、と言わなければならない。

第三のレベル。

核心のみを言い抜くこととするが——というのもさもなくばベンヤミンの「臆心」賞賛は各部分ではやはり賞賛の出来レースじみているから——、ベンヤミンは、ヘルダーリンの詩「詩人の勇気」における、神と詩人の運命的な統一を批判し、〈詩人の勇気〉というような徳を、〈女性の貞節〉といったものと同様に、たんなる生そのものに近づきすぎて純粋さを曇らされた徳である（そこでは生も文学作品も、それぞれにおいて分裂し、ぼやけたものとなっているのでもある）とする一方で、「臆心」における、ダスゲディヒテテの内容を、微妙だが、じつは、言い名指している。それは、もはや神というものなぞを媒介とはせず（しかも「詩人の勇気」では民は生の表象にすぎなかったのが）、臆心たる、受動的な勇気として、詩人が、民の舌、民の歌と、精神的原理に基づいた結合関係にたっている、ということである。

このことは、じっさいには、ダスゲディヒテテがダスゲディヒテテである、ということを言いかえたものであるのに、すぎなくもある。つまりは、精神的な秩序と直観的な秩序の綜合的な統一が、あるかどうかということに、かかっているのであり、その、形相的かつ質料的統一があるなら、そのこと自体が、自動的に、神なぞを必要としない、詩人と民の歌との合一を、結果するのである。だが、それが、受動的な勇気であること、順序からして神なぞではなく民の歌の方に、詩人が運命的に同一化していること——そこに、ダスゲディヒテテの、内容ということのできる規定が、十分にあると、いえるだろう。またそこでは、ヘルダーリンの前稿では危険が美によって克服されていたのも逆転して、その克服から美が、流れ出ることとも、なるのである。いずれにせよ、ダスゲディヒテテの、形相かつ質料的である点を具体化したものが、ダスゲディヒテテのじっさいの、中身となるのである。

第四のレベル。

この、ダスゲディヒテテの、形相かつ質料的なものであるものとしての、いま見いだしとりだした具体的な性質あるいは内容は、ことがら自体として、根本的にただしいものであるということは、どうしても認めざるをえないであろう。なにからなにまでも含めての、生そのものとの、関係が、それなのである。しかも、それは、具体的には、完全なる受動性としての勇気であることとなる。美によって、危険が克服されはしない。むしろ、美は、この現世の中では、いつか失われざるをえないものでもある。

それにもかかわらず、というぐあいに、他者存在や他物存在がままならぬこの現実世界の中に、希望が与えられ、位置するのである。(これも、ここでは詳述できないが、カントにおいて、真・善・美のすべてを、それらのことがらにおいての美が、根本的にしめくくることとなるような、結構をもち、かつ、その美に対する希望は、他者存在や他物存在がままならぬこの現世の中で、けっして「要請」――第二批判において一見そう見えるような――としてではなく、ただ「希望」のみ、されうるのだ、という、しめくくりを、第三批判がおよそかかえているのだ、と、読まれるべきであろう点とも、対応したことがらである。)

第五のレベル。

しかもなお、ベンヤミンのここでのダスゲディヒテテは、本質的に、あやうさをはらむものであった。それは、ヘルダーリン自体のいかがわしさ(のいたしかたなさ)とも即応するものなのでもあるが、ベンヤミンがここで、その精神的な秩序と直観的な秩序の綜合的な統一を、どうしても、詩人の側から世界や民への統一として、言わざるをえなかったという、原理的なあやうさに、由来するものである。そのことはまた、ベンヤミンがここでずっと、ギリシア的なミュトロギー(神話総体・神話学)と対決しつつ、綜合的なものとなりえたかのようなミュトス(神話)に仮託をせざるをえなかったにもかかわらず、さいごに、――ベンヤミンの思想全体の構造からすれば当然ながら――大急ぎでそのミュトスをこそ脱し、ダスゲディヒテテが非ミュトス的な形姿へと形成されるべきものであるという、大転換を、つけ加えざるをえなかった点とも、呼応しているものである。(ベンヤミンは、文の途中で、まるでミュトロギーに対して、肯定的なものとして依拠するかのように持ち出したミュトスを、けっしてそのままにはほうっておかず、最後には、ほぼ全面的に、完全に否定し尽くし去っていることを、読み誤ってはならない。）ここでの、詩「臆心」の具体的な肯定的評価それぞれの場面は、ところが、ことがらの内的結合が詩人から発しつつ、まるで、知的直観によって、詩的世界が、他者事物・他者存在である世界を、能動的に意のままに構成してしまっているかのような、方向性を、示し続けざるをえないでいたのであった。

そのことはもちろん、ダスゲディヒテテの根本的な提示が、形相かつ質料的なものとしてはっきり画定づけられずに、まるで、形相的なものそのものでもあるかのように、はじめから規定されてしまっていた立論上のあやふやさからも、起因しているのである。

第六のレベル。

こうして、単純なる生を直接的に歌いあげることの否定でもあったかのような、ダスゲディヒテテは、ほんらい、生の、なにもかもをふくめての種々相とこそ、対応すべきものであることとなる。むろん、単純なる生における、直接的な統一の、再生なのではない。ありとあらゆる、強迫的なもの（直接な生の礼賛は、いたる場面で、ナチス的な、血や大地などへの、屈服の倫理づけをはらみうるものであり、たとえばハイデガーなども、そのじっさいにおいての経歴なぞによってでなく、知的な構造として、その強迫性を内在してしまっているものであった）を排除しての、しかし、生のいろいろな場面との、——雑駁ないかがわしい生から、現実のあらゆる構造化をはらむ生の全幅をむろん含みつつ、他物他者存在への受動性の覚悟がさだまり腹のすわった状態で希望をいだく生まで、との——切り結び・交流・思想化（とまでいえばそれは詩作されるものを超え出ていわば思想されるものとの一致にまでいたったものとなるが）を、ダスゲディヒテテは、こととするものなのである。

三　村上春樹における「詩作されるもの（ダスゲディヒテテ）」
——傑作『ねじまき鳥クロニクル』作品圏と駄作『海辺のカフカ』作品圏——

この、ダスゲディヒテテという考え方を軸とする作品評価が、一ヘルダーリンごときよりもはるかに重要で意味深い文学現象にたいして、もののみごとにあてはまり、ことがらについての混迷を解明してくれることとなる。それは、村上春樹の小説群をめぐっての、作品評価である。

ここでは、初期の作品圏（最初の三つの長篇小説サイクル『風の歌を聴け』『1973年のピンボール』『羊をめぐる冒険』と、『世界の終りとハードボイルド・ワンダーランド』および『ノルウェイの森』までもはさんで最初の長篇圏の首尾一貫たる『ダンス・ダンス・ダンス』、およびその『ノルウェイの森』の続編たる『国境の南、太陽の西』にいたるまでの、長篇小説、そしてそれらに内容的に対応する、『中国行きのスロウ・ボート』『カンガルー日和』『螢・納屋を焼く・その他の短編』『回転木馬のデッド・ヒート』の四冊のすぐれた短篇小説群）、および、いっさいの雑文群は、扱わない。後者は、ときにそのなかで、たとえば『日出る国の工場』の吉本隆明の項においてのように、すぐれた知見・見識が披瀝されるとはいえ、本質的に、著者として、明白に筆を、いたらぬ読者につきあって「落として」、気楽のかぎりにおいていわば読者へのリップ・サービスとして書かれたものであり、ここで扱うに、およそあたいしない。

ここで取りあげたいのは、結論を早々に提示してしまえば、（現段階で村上春樹の中期とも言うべき）『ねじまき鳥クロニクル』作品圏（つまり長篇小説『ねじまき鳥クロニクル』全三部と、登場人物が名前を持つにいたり、『ノルウェイの森』を超えて『ねじまき鳥クロニクル』に直結する短篇小説集『パン屋再襲撃』『TVピープル』『レキシントンの幽霊』）が、いかに傑作であるか、また、近作『海辺のカフカ』作品圏（長篇小説『海辺のカフカ』と、そこに直結する中篇小説『スプートニクの恋人』と短篇小説集『神の子どもたちはみな踊る』、および、名指すもおぞましいながら村上春樹本人は存外まじめで、天誅たる筆誅にあたいすべきたわごとメール集『少年カフカ』）が、いかに駄作であるか、ということである。むろん、ことは、印象批評にかかわるのではなくて、厳密に、ダスゲディヒテテをめぐっての評価に、かかわるのだ。

ことは、重要な文学現象たる、村上春樹の作品についての正確な評価をなすとともに、およそ、ベンヤミンのダスゲディヒテテという考え方のもつ、試金石能力の射程をも、同時に、示すこととなり、かくして、本論は、そのあるべきサイクルを、経めぐって、論の展開を、円満に、十全に、閉じることとなる――。

端的に、言い抜いてしまおう。『ねじまき鳥クロニクル』作品圏における、ダスゲディヒテテの内容は、美しいものは、必然的に失われる、しかも、それは、思いもよらぬところにおいての、自己の責任において、そうなるのだ、ということである。超越論的な世界は、間主観的に成立していて、そこでは、当然ながら、他者・他物は、意のままにはなりえない。そこでは、ほとんど、――「したがって」といいうるほどに――美しい、だいじなものは、失われて、とりかえしはつかないのである。

しかも、それにもかかわらず、主人公は、――したがって、われわれみなは――だいじな者を守るために、最大限の覚悟をしなければならない。それが、生の、事実であり、また、深奥なのだ。

また、長篇『ねじまき鳥クロニクル』においては、かけがえのない女性の実体のある描写がなされなければならないから、ふんだんに、性描写もなされる。その意義は、初期のそれなりに傑作であった作品群よりも、明快である。

しかも、この長篇小説においては、個的幻想や対幻想をなす、それらの女性関係のみならず、社会的なもの、共同幻想が、さらにそこに加わって、描き出されてくる。それはしかし、いわく名指されがたいようなものであらざるをえない。そのため、第二部まででいちおう完結したかのようなかたちで出版された『ねじまき鳥クロニクル』に、さらに、完結編としての第三部が加わっても、まるで冒険活劇のように、社会的なものは、綿谷ノボルに体現される「節操のないもの、無原則なことのみを原則とするもの」に対しての、どこか異界の世界においての、象徴的なたたかいのようなかたちに、あいかわらず終始せざるをえないのだ。だが、それはたんなる勧善懲悪のような冒険活劇ではなくて、そこに、社会的なものの全幅が、象徴的に、投影されているのである。直接には、まるで倫理的なことがらが、悪意的なものの総体にたいしてたたかいを営んでいるかのようにも見えながら、それはここでは、現代社会のいわくいいがたい構造の総体を、代理しているのである。むろん、そこに、この傑作作品圏の、限界を、さらに指摘することは、可能ではある。だが、それを引きうけるのは、それを指摘する、思想自身でこそ、あらねばならないだろう。

またここで、女性の側の、性への没落の危険が、突然消えていなくなる主人公の妻の、可能的な（というよりもやはりそうとしか読まれえない）行状として、含みこまれていることになるが、それはそれ自体、男性の側に、この世の中の性的な構造として（したがって、それ自体はそれだけでは指弾されるいわれのない、生物として正しいあり方として）つねに含意されてしまう、性的なだらしなさと比べて、べつに、いかほどのことでもないのである。相手が、美が、この世の中では、喪失される、ということの、必然性こそが、わざわざ言われるにあたいする、ダスゲディヒテテなのである。男性の性的だらしなさ、女性の性への没入などは、ベンヤミンが、ことばをわざわざあげて軽んじる、「女性の貞節」といったものと同様の、軽々しいものであるに、ほかならないのだ。（それこそ、言うなれば、たんなる生、それ自体の統一としては安っぽいありきたりのものにすぎない生、を、なすものであるに、すぎない。）

したがって、ここではたとえば、電子メディア独特の現象が問題なのでもなければ、近代的道徳自体がはらんでいる一種の倒錯が問題なのでもない。それらは、現象の、一般的な場面として、すでに含意されてあるものに、すぎないのである。

ダスゲディヒテテの線上につけ加わってくる、社会的なものこそ、ここで、もっとも中心的なことなのである。

しかも、それは、おぼろげなすがたしか、まとうことができないのだ。

他方で、近作の駄作たる、『海辺のカフカ』作品圏における事情は、どういうこととなっているのであろうか。

ここでは、村上春樹は、その事件発生自体から少し、まをおいてしまいながらも、一九九五年の、神戸大震災、そして地下鉄サリン事件によって、ぬぐいようのない、刻印を受けていることとなる。しかも、それは、一見、人間的には、まともな、社会的悲惨事にたいしての正常で正当な、正義感にみちた対応であるかのように見えようとも——またそれと同時に、村上春樹は、そこから忌避することに文学的出発点と全共闘運動の総体自体に対する歴史的文学的意味をもつものであったところの、単純素朴な社会性を、臆面もなく身にまとうこととなる——、文学的・思想的には、さらにとんでもない後退を、直接に、意味するものなのであった。

ここでの村上春樹の態度は、事件の悲惨さを、うち消してしまいたい、そして、文学が、結末をその悲惨さからちがったものへと書きかえることによって、その悲惨さに対抗する立場を鮮明にするのだ、ということに、尽きる。そしてそれこそが、救いようのない退行を、ダスゲディヒテテ自体のありかたとして、あらわにする、こととなるのだ。

ほんとうは、主人公が、思いもよらぬ欠点を指摘されることによって、失うべからざるものを、失わなければ、そしてそれにもかかわらず、守るべき者のために身を投じなければ、ならないのである。それが、いかに、悲しいことであろうとも。しかし、その悲しさに耐えかねて、文学が結末を書きかえるというのは、他者・他物が意のままになるわけのない、この現実世界の構造に対する、ゆるされざる、ヒュブリスであると、言わなければならない。

作中で、主人公たち自身が、カフカについて（「流刑地にて」の機械の説明による僕らの状況説明云々、上巻九八ページ）、あるいは漱石について（『坑夫』の主人公の受け身性云々、上巻一八二ページ）、語っていること自体、一見もっともらしく見えながら、その論旨自体において、この都合のよすぎる事態を、象徴するものである。いわく言いがたい世界構造そのものは、ほんとうはあくまで、いわく言いがたい世界構造なのであって、それに対するには、思想的な、近代の総ざらえの、困難で地道な作業しか、ありえないのである。

『ねじまき鳥クロニクル』の、僕と綿谷ノボルを、必要以上に同一視すること自体、このような、『海辺のカフカ』の境位と、一致することを、おのずともたらしてしまうだろう。(『海辺のカフカ』は、じじつ、そのような見地から、書かれているのである。)

『海辺のカフカ』において、コミカルな中でも、唯一、みずからの勲しのなさを引きうけることへといたる、星野青年の成長は、まるでこの、『ねじまき鳥クロニクル』でのダスゲディヒテテを、引き継ぐ要素であるかのようにも見えながら、それはよく見ると、やはりそうとは言えないものである。星野青年のたどりついた境位は、なんの達悟性もない、いわば、あたりまえ以前のものであるにすぎぬのであり、喪失すべき喪失を、なにも引きうけているものではないのである。喪失が、意のままにならぬ他者・他物からなる、間主観的な、超越論的主体の世界における、あるべき希望の位置を引きうけるのでは、ここにおいてはなくて、ただ、もはや我慢ならぬ厄災から、のがれたいとの、結末の書きかえを、世界に対して知的直観をなす場所から、もくろんでいるものであるにすぎないのだ。

箸にも棒にもかからぬファン読者層とのメール交換集である『少年カフカ』における、村上春樹の、〈かつての名作も当時の批評家からはけんもほろろに扱われた、自分も、その範にならって、批評家の言辞には目もくれずに、わかってくれるよりすなおでより率直な読者層をこそ大事にしたい〉という返信を、数度にわたって繰りかえしているのには、もはや、つける薬がないと言っていい。それにかんしては、論評はそれだけにして、およそその言辞自体を、たんに無意味な無意味として、黙殺せざるをえない。

なお、この、『海辺のカフカ』作品圏においては、世界は、カフカのように世界構造的にでもなければ、ムージルのように世界把握的にでもなく、たんに、恣意的に、事実レベルにおいて、そのすがたを変えてしまう。意のままにならぬものにおいての悲惨さのように見せかけながら、じつはたんに放恣に、事実レベルにおいて、ここでは厄災としての世界が、むしろ意のままに、描かれ、そしてそこからの、――その「理不尽」な世界変形からの――なおさらに意のままなる、回復が、描かれるのだ。

そこでは、性的なことがらも、たんなる生の日常的価値として、目をおおいたくなる具合に露骨に、確保され、他方で、日常世界の、いきいきとした生は、度外視される。十五歳での青少年の、甘えるんじゃあない自己責任は、どうしたものか、単純に免責されているのだ。家庭にいかに問題があろうとも、家庭の中で脈々といとなまれる生の、単純な価値も、構造的な価値も、さらには、喪失の覚悟をもってしてゆるされる、要請ではない、希望の、思想的な地位をしめての価値も、そこには、いっさいが、欠落している。そこには、まさに、ダスゲディヒテテからの、なだれ落ちが、現象しているのだ。

もちろん、人間の生の日常のそしてまたは純化されたなりたちには、段階的な構造が、厳然としてある。いかに猥雑な、淫靡な、媚藤なものに見えようとも、生には、その構造上の、理由があるのだ。その種々相を、繰りかえすが、精神的な秩序と直観的な秩序の綜合的な統一において、描き出すのが、文学作品における、ダスゲディヒテテなのであり、そして、具体的近代をめぐって、その構造をあばきだし解放をめざすのが、思想の、そして批評の、いとなみであるのに、ほかならない。

第十章　カフカとベンヤミンにおける彼岸的なものの近代的位相
――超越論的世界と宇宙、あるいは思考可能性と論理総体――

一　カントと福音書とアメリカ
――理性宗教ならぬ超宗教と啓示のオイレカと独立独歩の良心――

カフカをめぐって読解を始めて約二十年になるが、そのうちはじめの十五年くらいは、どう考え直してもカフカにおける世界構造を直視するものなのであるからアプローチ法はこれが本格的であってこれでよいはずなのだがと思われるのに、しかもそれで長篇短篇ともじっさいすっと見通せるのに、やればやるほど、カフカ自身もしくはカフカの作品世界がもっているであろう対外部世界戦略ともども、善戦していたはずであったのが結局ジリ貧になっているかのようで、しかも作品の細部を扱えば扱うほど、言いたいのはこんなことではないのに無駄な基礎作業に不愉快にも手を取られてしまっている気がしてくる、という齟齬感を、強くしていっていた。ところがこの五年ほどは、いわば我慢の甲斐があった読解成果の進展によって、カフカについても思いがけずいわばつねに有利な組み手で、ものが書けている。しかしそこにおいては、いうなれば、彼岸的なものを手つかずのまま残してしまっていて、それを対置しつつ、此岸内でのみ、ことを扱う、という構造に論がなっているかのような観が、ややある。そのような、ことがらの追い込み方をしている、というわけである。そこでこのたびは、――

ベンヤミンにかんしてともども――彼岸的なものの解決を、それ自体として、なしておきたい。ことベンヤミンにかんしても、たとえば〈真理〉も〈正義〉も、空集合の記号のようなもの、あるいはただただ不到達の、漸近線の極限のようなもの、であるだけでは、ことがすむわけがないのである。それだと、それならばカフカやベンヤミンをもちだすまでもない、ないしは、〈真理〉などと大仰に言わずともよいのではないか、あるいはさらに、語りえぬものに段階差をもうけながら語りえぬものを語ってしまっている、という反応を、つねに喚起してしまうのだ。ところが、事態の根本はやはりそんなものではないのであり、彼岸的なもの、ことに、〈真理〉、との本格的なとりくみは、カフカにあってもベンヤミンにあっても、その本人たちの思索に、そしてわれわれのその読み解きに、不可欠なのである。

ところで、ここに、ソシュール・ベルクソン・メルロ＝ポンティ・バタイユ・ブランショ以降、ラカン・レヴィナス・フーコー・ドゥルーズ・デリダにいたる、フランス現代思想（こう列挙していくと、バルト・レヴィ＝ストロース・アルチュセール・ボードリヤールらはもとより、わがドイツ近年のアドルノ・ホルクハイマー・マルクーゼ・ハーバマス・ルーマン・ボルツ・キットラーは残念ながらそれらの足もとにも及ばないほどレベルがちがっていることに改めてため息が出るが）を土台とした、一冊の本がある。湯浅博雄『聖なるものと〈永遠回帰〉』である。――悪くない本である。なによりも、この著者は、悪くない勉強をうまくできている。それがこの本のよさに直結している。――しかし、この本にしてなお、こうであるのかという点から、ここでの考察にとりかかるための枕としたい。

湯浅は、ほんとうの〈真理〉というものを、「聖なるもの」であるとして、およそたんに体系的な考え方があるばあいにその体系にとっては体系外の位置に必然的に立つほかはないことを、指摘している(1)。それは通常の認識対象となるものとは別種の、通常のしかたではいわば知りえないような、それに対して通常の述語付与をすることなどするもおろかなような種類の、なにものかである。これは、〈真理〉が、いわば「宗教的なもの」とでもいわれるべきなにものかと接点をもってしまうような、〈真理〉の、根本的性質である。ところが、ここでの湯浅の記述が〈真理〉よりも「聖なるもの」や「宗教的なもの」の方を中心に置いているからであるというよりも、湯浅の論旨の戦略的な立場・主張そのものが、贈与と消尽、供犠と祝祭、永劫回帰と制度反復等々を、別々のものでなく同根のものでこそあると見なそうとしていることそのものによって、ここでせっかく、その体系外のありかを見すえられた〈真理〉は、湯浅の論旨全体の中では、あろうことか、「神話」なぞと、本質的にまったく画別されない、同根のものと、なってしまう。——しかもそのようにたくらまれた構図は、湯浅が思っているだろうほど、現実というものの成り立ちや、その表層的な見え方と深層的な実相のしくみを、解きあかすものとなっているわけでは、ないのである。みっつ例を挙げるが、たとえば、差延というものに含意される「遅延」[2]（あるいはデリダの差延の湯浅消化）の要素に湯浅が基本的に依拠するさい、それは、吉本隆明の原生的疎外・純粋疎外（『心的現象論序説』）のばあいとちがって生命的意識や心的意識の起源の解明のためにでなく、たかだかまやかしとしての「自己同一性」の起源の説明のために援用されているだけであるせいもあって、論理構成上、それが、突きつめ追いつめて篩い出した現実のありのままのエレメント（そうであるならそのダイナミックな現実提示に対して二元論とのそしりを向けるのは、多次元世界を一次元に還元して説明せよとのあさってな要求であるにすぎないのみなのだが）であるどころか、二元論的な客観「時間」概念の主観的「切り分け」への密輸にすぎぬものとなってしまっている。一瞬の動きを逃したら獲物が捕らえられないという動物的時間というエレメントではなくて、たかだかすでに人間にとって外在的な、そこいらにすでに通常ある人間的意識の客観「時間」（吉本のばあいには自己から異なるもの・自己からの疎外として導出されるのであるのとその点でもちがって）の、裏口からの利用となっているのだ。——それから、「表象」[3]というもの全般にかんして、湯浅は、それが眼前の現実とは別個のものであるということ（なぜなら眼前の視覚像そのものをも表象のうちに含めているばあいの感覚像のみであるのは自明だから）を、人間独特の、ことがらの勘ちがいや、人間の世界や社会のげんざい有する歪みの由来として、説明しようとしている。しかし、これは一見それ自体として非常に説得力を持つ話であるように見えながらも、よく考えるなら、なにもそれは、人間のあやまてるまやかしの日常世界の構築にあずかっているしくみなどではないのだ。そうではなく、それはただ、およそ「表象」というもの一般の、当然にもてる、性質なのである。知的直観たる存在ではないところの、人間にとって、世界は、つねに、受苦的であって、客観の地位の間主観的場面という根本事態の話ではなく主観と対置した位相としてみるならば、他者他物は、もちろんに外的触発的生起でしかありえず、その結果、想起内容がそのまま外界へと一致するという具合に意のままになるわけがない。そのような「表象」が、その意識者における外界の同時的な眼前現実とつねに一致しているわけがなく、非一致のものとして、外的現実とは同時間的に別個のものが表象されるのは、表象の性質として、つねにたんに当然なのである。――またさらに、湯浅は、オリジンのない起源を、特殊「制度」化の場面にのみあてはめて、まやかしたる制度の説明をなしているが、この、オリジンのない起源は、人間にとってのありとあらゆるおよそ概念の全般にも、同様にあてはまるはずなのである。湯浅は思想しているつもりであるのに、そして読者にもほとんどそう見えかかってくるのに、洗い出してゆけば、思想ではなく、消化したうまい勉強の、開陳だった――きびしく評価すれば、そういうことになる。[4] ウアグルント（根源的根底）をウングルント（無底、無根底）と等置するだけだったら、すでにシェリングですら、なしていることなのである。ここで、しかしほんとうは、「神話」などとは画別されてある、人間の思想の成り立ちにとっての、体系の彼岸に位置する（体系内にありえない）〈真理〉、そのものが、やはり問われなければならないところだったのだ。

さてカントにおいては、通常理解されているあり方でのあらすじとしては、第一批判において神は不可知のものとされ、神の存在に議論が向いてしまうこと自体がすでに純粋理性の誤謬推理であるとされ、神の存在をはじめ理性の限界を超えたよっつのことがらについての推論は真偽の定められえないアンチノミーであるとされた、――のが、第二批判において、不可知である神は、最高善（徳と幸福との現実における一致をいうわけだが）の実現のための前提として、その存在が、「要請」され、認識と切りはなしての信仰の立場が保証されるにいたった、ということになっている。このあらすじにおいて、注意しなければならないことがみっつある。

ひとつめは、第一批判の論旨上、神に言及すること自体がすでに「神のしっぽ」であってしまったのであり、〈真〉を本格的に追究すべき論旨が、神退治の叙述の文言で置きかえられてすまされてしまったという構図がじつはある、という点である。——これにかんしては、「原理そのものを問うということを保持し続ける」ことを介して、カントになりかわって、カント的定式として、「徹底した自律と、自前の思想の展開のみによる理念」が、カントにおいては「〈真〉の定式」というものの位置にあるということがそこから導きだされていたはずだった、ということを、すでにあるところで、論証した。(5)

ふたつめは、そこにあって、カントにとって、およそプラトン的なイデア界、無限なもの、理性にとって不可知なものは、超越論的な論理構成の理論布置のうえで、どのような位置にあるのか——存在するのかしないのか、処理されているのかいないのか、という問題である。これを、いま、詳述することとしたい。

みっつめは、第三批判の論旨を加味すると、第二批判の「要請」というあり方はカントにとってほんらい不遜ですらある勘ちがいであるにすぎず、それは「要請」などではなく「希望」でこそあるべきだった、「希望」でしかありえないしほかならぬ「希望」でこそあることができた、という点である。これについても、すでにあるところで概略を述べた。(6)

さてこの、ふたつめの点である。カントにとって、超越論的な世界は、すべてにわたって、主観をべつに唯一絶対の出発点とするでもないしかし主観が客観を時間空間内で意識している、という、認識の現場そのものが、すでにしてトレースされるところから、——すでにしてその現場に付きそわれ伴走され主観が客観をその当の時間空間内でありありと把握しているその現場がまさにトレースされるところから、話が始まっている。そして、話はそれに尽きている。そこでは、それが結果的に、主観があらかじめ在ることを決して前提しえないこと、しかしまた、意識がすでにして客観をとらえたところが現場なのだからそこでその意識とは切りはなされたような論理上先在的な客観を前提として想定しても何も意味はないこと（だから、主観がすでにとらえた客観のみからおよそことはお話になりうるのだという見地が「コペルニクス的転回」の要諦なのであり、その意味では、純粋な外的触発をそれ自体切りはなして云々することは、カントにおいて、口がすべったりあるいはことばのみのうえでの部分的な言及上の一種いたしかたなさから仮に現われるものにすぎないのであるし、あるいは、「物自体」は、これと同様にたんに否定的に言及されるものであるにすぎず、およそカントにおいて現象と物自体の峻別なんどが、積極的論究の場面となりうるものではないのである）、カントのこの超越論的な話題設定においては、ことは、徹頭徹尾、もともとのものとして間主観的構図の中に（すでに客観とかかわってのみの主観だけが問題となる）あるのである。それを、たとえば人間心理を観察するというふうに人間の思考のなされようなどを観察するのではなく、およそものごとの理詰めのしくみとして、ことのあり方は理屈で行くところでしかありえないこととなる、というみちゆきのみをとって、カントの（とりわけここで直接いま見ていることとなる第一批判の）超越論的論述は展開される。そのさい、だからたとえばその「物自体」なるものは、専門家もときとして錯覚するのとはちがって、カントにとって、たんに存在しない、不要物なのである。世界を構成するもののうちには、「物自体」などというものは含まれていないし、また、必要もない、というのが、カントの見解である。（現象の「原因」としての物自体が必要だなどという古来あるカント解釈は、それゆえ、物理的時空的第一原因をさぐるのとじつは同様の、それこそ理性の誤謬推理の開陳であるにすぎないのである。またそれは、カントにおいてあるべきはずだった〈真〉が、自前の自律で「根拠」を追い続けようとするそのベクトル方向性そのものであることとも、まったく異なることである。現象がすでにあるのが現場の実態なのだということこそがコペルニクス的転回であるのに、そして、ヴィヴィッドな多様性はそのようにできているのだという論理的一元論がその有機性自体によってまがりなりにもそこで資格上成立しているのに、そういうものに対して、敢えて、多次元のものは次元ごとの多元論において原因を有さなければならずしかも論は一元論でなくてはむろん失格であるという言い分とじつはなるにすぎぬものであるような難癖をつけることであるに、それはほかならない。）「物自体」は、否定的な賓辞を込みでのたんにことばのうえでのその名称のみのうちにあり、そして、それに尽きる。そして、このことは、存在者として想定される「神」についても「イデア界」についても「無限」についてもまたたどりつかれおおせた「全体者」についても、同じ事情であることとなる。イデア界は、超越論的構図の時間空間のどのすきまのなかにも存在せず、またはその超越論的世界の外にも存在しない。存在する必要性もない。敢えていえば、それへの「観念」のいとぐちだけが、超越論的世界全体の中に溶かしこまれて、保持されている。（この本旨が意識されなければ、それはその時点で、すでにして誤謬推理と同一物のサイクルに入っている思考の開始であるのみである。）アリストテレス的なものごとの整理上のエレメントとしての形相であるとの考え方以上に、現実の中に、イデア界は、存在しないと同時に、存在する必要の無限小点として、空想的に、保持されているのである。神、もしくは、たどりつかれおおせた全体者にあっては、事情は、その逆方向にありつつ、かつ同様である。それは、クラインの壺のように、現象内の無限小点に消滅したイデア界を、仮構の外部へとつなげ反転させたものであるにすぎない。いずれにせよ、無限をめぐる思考というものは、無限を、すでにして取り尽くしたものとして定義のみはしてみることはできるが、それは、あたかも未回収の債券と同じく、額面内容とそのしめくくり記号としての金額掲載のみが、内容はあくまで未回収のものであり続けるものとして、仮に、扱われうるものであるに、すぎないのである。「おしまいまで完全に取り尽くしおえたものとしての無限」は、――カント以外のばあいでも理としてそうなるほかはないのだがことカントにあってはいっそう論旨のすべてと一体をなすものとして――そういうものであることとなる。それは、たんに、超越論的世界全体とただ重なりあいながら、超越論的世界のうちにすでにして溶かしこまれて空想のいとぐちを保持されつつ、超越論的世界の全体を取り尽くしたものとしての、額面仮構とのみ、なるのだ。だから、それは、世界の一部たるものとしてはもともとけっして十全にあてはまることのできるべくもない、「世界の全体」に対する表象記号を、世界の一部での記述において（すべての記述はいうまでもなくそういうものである）、なんらかの言及の必要あるいは空想の都合のために、形式上、代理しておくものであるだけなのである。カントにおいて、資格上、神も、全体者も、無限も、そういう、先取代理記号である以外のなにものでもない。それは、非在者であり、被抹消者であり、被抹消者としての言及や空想をうけるいとぐちとしてのみ、世界に遍在的に溶かしこまれて、あるのだ。だから、たとえば、埴谷雄高ばりの、不合理ゆえに吾信ず、対象なのでも、ほんらいカントにとってそれはない（合理であればそもそも信ずるのでなくすでに知っているだけであって、不合理だからのみものごとがおよそ信ずる対象になる、というのは、それ自体、まったく理にかなった話であるが）。カントはたとえば木田元が言うのとは[7]たぶんちがって、理性とは別領域として、信仰の領域を確保しようとしたのではなかった。カントは、第二批判での神の存在の「要請」によって、じぶんも、空想的いとぐち記号としての資格においては理性のなかで――超越論的な稠密な世界現場のなかで――存在を「要請」することとした神を、理性とはしかしけっして不調和をおこさないよう理性の中へとその寸を切り詰めていくというかたちで、かなりの大部の著作『ただなる理性の限界内における宗教』を晩年にわざわざ著わした。そこでは、キリスト教は、それ自体としてはたわごとの表象の羅列であるとされ、理性が存在の要請を許すかぎりにおいての「神」を無知なる衆生に与えるための（『法華経』の「方便品」「譬喩品」のような）、仮装のオンパレードにほかならないものであるとされる。まだ微妙に権力の座にあったキリスト教会がこれに対して怒るのは道理であった。これは、純然たる、理性宗教の立場である。これ自体、「カント理性教」とでも名づけうるほどである。だが、超越論的問題構成の全体を、とくに第三批判において要請をしりぞけ希望を導きだしうる批判全体・超越論的世界全体の結構を、まじめに考えなおしてみるなら、この理性宗教は、カントにとって、やはり、よけいな付け足しであった。「希望」というところのみに依拠するほかはなくしかしその依拠はまさにその依拠することがゆるされるものなのであり、――神などの要請は不要なのであって、「神」をもし言うなら、神の民衆用方便譬喩表象を捨象した理性が神なのではなく、「神が要らない」「神がいない」ことそのものが、神であるべきであった。宗教的深淵のエネルギー、宗教的仮構のいとぐち、宗教的空想、宗教的想念は、この超越論的世界現場そのものに、遍在的に溶かしこまれて、ただある。それが、理性宗教ですらなく、ほかならぬ「無宗教」という「宗教」でこそあることが、積極的に述べられるべきだっただろう。[8]

カントの宗教哲学に対する、通常の批判は、――啓示がかった、というにとどまらず宗教がかった哲学者によって多くのばあいなされるせいもあってか――そういう本質的なこととはならない。そうでなく、《カントの宗教哲学においては啓示体験が欠けている、宗教体験が欠けている》、という点を、主とするものとなる。カントの理性宗教に対してはあてはまらぬでもない批判であるかのように見えながら、それはカントの真面目たる「無宗教」という「宗教」(およびそういうものとしてのみの「神」)に対しては、いっさいかすりもしない批判であるにとどまる。というのも、およそ、「啓示」というものが(その原理的あやうさはすでにある箇所で指摘した[9])、通常そのすべてがその実態において、この世の中で繰り返し体験される或る特定の勘ちがいの代替物である可能性が、きわめて高いからである。それは、「オイレカ!」「見つけたり!」「わかったぞ!」とおもわず喜びいさんで叫んだものが、しかしその「見つけた」中身が未回収、あるいは、空虚である、ということの、代替物である、という事態である。以下では、新約聖書の四福音書の性質を対象に、そのことに個別にふれてみたい。(信仰者たるしかし学問的に十分に中立な聖書学研究者からも、それに似た指摘が部分的にはすでに十二分になされていることにかんしての話題であって、信仰者を貶めようとの意図によるものではない。そうでなくそのような指摘を、「啓示」全般の地位の仮面をはぎ、いかがわしくのみしかありえないものとしての「啓示」の全面的解体化にまで、直結させようとするものである。)

四福音書は、そのそれぞれにおいて奇妙きわまりない書物であるが、ことに、マタイとヨハネにおいて、その奇妙さは頂点に達する。いずれにせよ、新共同訳聖書の巻末「聖書について」で新約について述べられるように、

「福音書は、このイエスがその短い生涯で行い、教えたことを伝え、イエスの死と復活を語る。これは伝記というよりも、イエスによって生きた人々の証言の記録である」[10]（つまり「伝記」ではない）。あるいは、もっと中立的に学問的な立場からすれば、「二〇世紀初頭以来優勢となった様式史的福音書研究とその後を受ける現在の編集史的研究は、マタイとルカあるいはヨハネはもちろんのこと、最古のマルコ福音書の著者さえも個別のイエス伝承を手にしていたにすぎず、それらを現在の順番に「編集」した意図は、狭義の史実を再現することではなく、むしろそれぞれ自身の神学的理念を物語の形で表出することにあることを明らかにして、前述の意味での史実性への確信を放棄するに至っている」[11]。これらは、あまりにも当たり前のことなのであり、史実として読もうとするならば、吉本隆明『マチウ書試論』のように、イエスは実在しないという読み以外に、およそ読みはありえない。れいによって吉本はここでも天才かと思っていたが、四福音書をまじめに読み返せば、むしろそう以外の表面的に活字を追う読みをして平気でいた者がどうかしていただけなのである。マタイが（そしてヨハネが）、それだけ異様なのだが、しかし書物としてはそれらよりも少なくとも正常であるマルコもルカも、内容は、十分に異常なのである。

まずマルコは、正当に文書として読むならば、これのみが、イエスを、まずなによりも人間でのみある者として、つまり当然に「三位一体」の神性からはとりあえずははなれたものとして（神性から独立した人性をキリストにおいて固定することそれ自体がしかしほとんどすべての現在永らえているキリスト教の立場にとってそれのみで異端を意味することとなるわけだが）、預言者である者として、しかし「教祖」として振舞ってしまった者として、扱っている。イエスを、神ではなく、預言者であり、ゆえに人であり、神に遣わされたものであるという出発点を、はっきりとマルコは位置づけているのである。しかもその、イエスの行状は、そこでのイエスが明確に「人」であるだけに、十分に素朴に新興宗教的なもの以外のなにものでもないと言わなければならない。それはやはり明確に、麻原なる男が新興宗教の教祖であるのと同レベルに教祖なのであり、まず、伝来信仰のあちこちに依拠してしがみつきつつ（その必要がまずあるから）、しかし、それとみずからを異化した半「超社会的」な奇矯ないかがわしいふるまいに及び、親族を捨ててみずからに付き従うことを信徒に強要する。ここではしかし、ことはまだ、ときどきおこす「奇跡」なるものそのものともいまだ同列の、いかがわしさのみのレベルである。ここにおいてしかし、カルトでこそあるものを、カルトと異なるなんらかの本質をそこに見いだすことにより「わかったぞ！」として「乗りこえられた気になる」ことの、つまりそのカルト性は「わかったぞ！」の蔭に取りのこされることの、「啓示」の額面先在性・「わかったぞ！」における「わかった」つもりの内容のじっさいには未回収であることの、共通的基盤が、まず、あるのだ。——これが、「啓示」の、共通の、基盤的側面である。

ルカは、これに対し、花祭り紙芝居・教訓説話演義のような性質をもつ肉づけがなされているというべきである。紙芝居のように、めでたく、イエスはキリスト（救世主）となり、神性と合一している。そこでしかし、たとえばせいぜいきわめて真摯に成立する、「（紀元）後二八年頃、三〇代のイエスは、突如ヨルダン川付近に出現した洗礼者ヨハネの、終末直前の「回心」を迫る声を伝え聞いて家を出、その洗礼を受けて弟子となった〔マルコ一章二節以下、各共観福音書並行箇所省略〕。しかしその後ヨハネが逮捕されて姿を消すと、師とは別次元の活動を開始〔マルコ一章一四節〕、ガリラヤへ赴いて社会の庶民層・没落層・被差別層を中心に新しい人間紐帯（律法の浄・不浄や貴賤の観念を脱落させた「カーニバル」的世界）の形成を開始した。彼の理解によると、世の終わりに到来すべき「神の国」が今や実現化し始めた〔ルカ一一章二〇節、各共観福音書並行箇所省略〕ためである。その際彼は、おそらく自らを質的に他の人間と異なる「キリスト」とは認識していなかった。直弟子たちを集めたのも、神の王国の実現を速やかに、広範囲に知らしめるのが目的であった〔マタイ一〇章、各共観福音書並行箇所省略〕。この主張はしかし、律法墨守を主義とする人々には衝撃であった。短期間のガリラヤ中心の活動の後、三〇年頃の春、彼は弟子の一グループとともに過越祭を目指してエルサレムに上った。差別システムとしての神殿体制護持者たちへの、命をかけた批判と語りかけとが目的であったろう。案の定、彼と彼の群衆に危険を感じた神殿の指導者（およびローマ軍？）に逮捕され、ついには反ローマの逆賊として十字架刑に処された。ともに上京した男性弟子たちはパニックのうちに逃散、少数の女性たちがその最期を遠くから看取ったという〔マルコ一四―一五章、各共観福音書並行箇所省略〕。」という、佐藤研の見解は、佐藤の「オイレカ」なのであり、イエスの「見解」「理解」をもし見れるものならばそこに見た、佐藤の腐心の跡である。しかし、佐藤の（ルカでなくマタイについてのだが）「それは、ラディカルな「憐れみ」の実践という一点に凝集するのであり、その最高の実践例がイエスの十字架死にほかならない。もっとも、愛敵にまで徹底化する新律法と、現実のイスラエルに対する非妥協的な断罪とがどう調和するのか、最後まで不透明な謎として残るのも事実である。」との虚心な疑問にも表われるとおり、なによりも、この「神の国」は、ロシア革命直後の日本の思想状況をその「直後性」「迅速直接波及自明感」において見なければその「もうすぐ日本もだ、必然だ」との意識のいぶきを見誤るのと同等の、「いますぐそこにもう迫ったもの」でこそあってはじめて、この見解がヴィヴィッドになりうるものなのであり、それが、信従による救済の約束、あるいは精霊が教会を最後まで導くなどといった事態とはおよそ相い容れないことが万が一にも欠落するなら、それが、「オイレカ」の未回収部分を、まずなによりも、なすこととなる。しかしそれにとどまらない。（これも実例はマタイになるが）佐藤は、マタイが旧約引用のさい原典（ゼカリヤ書九章九節）を誤解して同一物の「ろば」と「子ろば」を別々のものと思ってしまったがために、イエスが二頭のろばの上に同時に乗っていったことになってしまっていること（ろば複数形はマタイのみ、マタイ二一章七節）を指摘しているが、こういう、ほんとうにこっけいな過誤の指摘を、無反省な教会権威がおそらくは怒りをもって迎えるのは当然そうあってしかるべきなのである。というのも、こういう「カーニバル」的世界の無差別性・差別破壊性への「オイレカ」は、たとえば、それがもし江戸時代にとどまらず現在いきなり、大まじめに大上段から信仰されたとしての「ええじゃないか教」というものである（もちろん仮想）ならば「鰯のかしらも信心から」であるとしかみなされないはずである点を、どうまぬがれているのか。荒唐無稽なものが、たんにお目出たく、紙芝居のように放置され、思想内容でそこ自体もが充溢されているようになっていないままならば、それもまた、「啓示」の、先にわかったと思いこんでそのじつ回収されていない「オイレカ」であることを、なすのである。

さて、マタイであるが、マタイは、その記述の異常さにおいて、群を抜いている。そこにはじじつ、イエスという人間像は、まったく見あたらない。血統の正統性を示す系図と、「ナザレびと」(15)の不完全な説明からはじまって、あとは、脅迫的であるというその迫力以外にはまったくわけのわからない読んでいて足がおのずと地から離れ気がおかしくなりそうになってほんとうに胸が気持ち悪くなり現実の吐き気がしてくるまったく無内容そのものである譬えの山、変妙な奇跡譚の山、律法への激しい攻撃、呪いのぶちまき、平和でなくつるぎをもたらしに自分が来た宣言(一〇章三四節)、家族を捨て信従する強要(一〇章三七節)、等々の、伝記系列をすらじじつまともに形成しもしない、まったくじつというものを欠いたことばの集積のあいだに、しかしまた突如、れいの山上の垂訓のひとつ、「幸いだ、霊において乞食である者たち」(われとわが身に恃むところや誇りが無駄にない方がよい)や、「空の鳥たちをよく見よ」「野の草花がどのように育つか、よく見つめよ」(食べ物や着る物のことなどを思いわずらう必要などないのだ、栄華の極みのソロモンですら草花の一つほどにも装えていなかったではないか)などといった、(たとえばニーチェにとってはそれまでもが対決物となりつつも)いかにもひとのこころを直接に惹きつける句が、そこにまざってくるのである。けだし、後者群は、民間伝習的な素朴ながらしかし地に根を張ったじつのある箴言的なものが、福音書作者たちのあいだで民謡形成的に成長・成熟をとげ、肉づけ・完成をえたものである。ここでは、その後者群に「そうか、まさにそうだよな」と一挙に気をとられ、前者をものともしなくなることが、まさに、「啓示」の、おそるべき、「オイレカ」の未回収性をなすこととなる。(ここには、ニーチェの、誇りがないことより誇りがあることの方が大事だ、という反論をも正当に巻きこみつつ、「自力本願」と「他力本願」の関係の要諦が、表現されているのでもあるからこそ、それがかくもひとのこころをとらえるのであるが、それについてはさらに後述する。)

しかし、なによりも特異な、明確に特定の方向性を持って奇天烈なのは、ヨハネ福音書[16]である。マタイにおいては、イエスが自分は律法を守るために来たと言いつつ律法を墨守する守旧派を呪い尽くす点は、単純に支離滅裂に分裂しているにすぎないが、ヨハネにおいては、イエスが、みずからと律法を対立させるあり方と、その論拠の組みあげ方とが、すさまじく尖鋭的なドラマを見せるのである。すなわち、ヨハネにおけるイエスは、ただただ、律法を排する。しかも、その論拠は、「まだわからないのか、そのそもそもの律法で神が遣わしたのこそは私なのだ、私がお前たちのその父なる神の子なのだ」という、おどろくべき切り返しのみであり、そしてまたさらに、そのことを示す証拠として繰りかえされるのが、れいの、へんてこな思いつきで、いつもでなくほんのときどきにのみなされる、奇跡のみなのである。その、三重の構造が、緊密なドラマとして、緊張感に満ちて、繰りかえされるのである。したがって、ここでは、あの「でっち上げ」という事態そのものが有する最高度の異常さのマタイにまさるとも劣らないほどの、異常な緊張が、場を支配し続けるとともに、たとえばマタイにおいてだと明らかに他の部分(地の部分=譬え連発の部分)からは画然と浮き上がってしまっていたひとのこころを打つ伝承由来的な、民話高密度化・高内容化・高度思想化完成のような部分(上述)は、緊張した地の部分のなかに、ぴったりと接合している。「一粒の麦、地に落ちて死なずば、唯一つにて在らん、もし死なば、多くの果を結ぶべし」(ヨハネ二章二四節、いまは伝来的な聖書協会文語訳を採った)は、明らかに民衆由来のものが背後にあってはじめて言われえていることであるが、マタイの「愛敵」がたしかにもう直後にこの世に迫っている神の国のための、既成秩序破壊の強烈な表白のみを示しているのに対して、こちらのほうは、律法でなくて私が律法なのだ、という主張と不可分に一体化し、その、心情倫理の内実を、形成している。(ルカの穏健倫理主張や、マタイがこのヨハネとも一体でもあるような後述の他力本願の要諦を含みつつも「おのれの欲せざるところひとに施すなかれ[17]」といった黄金律(マタイ七章一二節)などをもざつな伝承集積風に含みたもっていることと、それは一線を画する。）――だが、それだけいっそう、このヨハネにおいて、「オイレカ」は、飛躍的でありかつその飛躍部分の内容を回収していないような「啓示」の極北を、一挙に、形成してしまうだろう。「わかったぞ！」と思っても、たしかに、言われてあるとおりまさにこうじゃあないかとわかった気がしても、これは、より外なる全体者への、それを認める立場への、心情倫理内実にまで若干裏打ちされつつの、立場転換にすぎないのだ。より外なる全体者は、しかし、既述のとおり、それが超越論的場面に溶かしこまれるという事態の事実の確認そのものが、その未回収の内実の、ほんとうの回収をなすものなのである。

永井均によれば、あまり知られていないことにはニーチェは『反キリスト』において、『善悪の彼岸』や『道徳の系譜学』から想像されるのとはいっぷうかわったイエス観を提示している。[18]「「福音」は十字架上で死んだのである。その瞬間を境として、以来「福音」と呼ばれているものは、その人が生きぬいたものとは正反対のものとなった」（『反キリスト』三九章）。「すべての嫌悪を、すべての敵対を、感情におけるすべての限界と距離とを、本能的に削除する」（同、三〇章）ものを、ニーチェはそこで、イエスとニーチェ自身ただふたりのうちにのみ見ていて、最初期以来すべてのキリスト教徒に、（『善悪の彼岸』『道徳の系譜学』で浴びせてきた悪罵があてはまる以上に）その正反対のものを見ているわけである。しかもそこでは、けなされている弟子たちは、「この戦闘的な、この否を語り、否を行う特徴」（同、四〇章）とされ、単純に弟子たちがキリスト教を禁欲主義的道徳となすものして唾棄されているのみならず、ニーチェばりの「否」の大部分までもが脱し去られなければならないものとされ、自身とイエスのみがそれをまぬがれているとまで、イエスを持ちあげているという、構造となっているのである。まるで上述の佐藤研の「カーニバル」的世界の境位とも似ていながら（しかし佐藤のはよりここで排除されている戦闘的なものに近く、ニーチェのはたしかにニーチェのもの言いのヴァリエーションのひとつとして「否」を排しての全的な「肯定」[19]的なものではありながら）、しかし、このような、単純な社会的差別を排した世界の、即座の到来や、その全的肯定（ニーチェ）、あるいはカーニバル的なその巻き起こしや実現（佐藤）、といったことに、キリスト教の最良点があるのではないのだ。——人間が、みずからに誇りをもつことによる、行ないの心ばえというものがある。虎の威を借るのでなく、自分自身においての誇りさえあれば、人間は少々のことは平気で、したがってそのさい、相当ていどのまともな振舞いは、できるものである。しかし、（あの、霊においてて乞食である者、といった）自分に誇り恃みとすることを持てない点こそが、また他力本願思想の、純粋な奢らぬ姿勢の基本だとも思えるのだ。これらのふたつの事象の関係は、どういうこととなるのか。すでにふれたとおり、その関係の解決が織り込まれていることが、そのような他力本願思想の、思想的におろそかでない、（たとえばルカの表現たるたんに「経済的に貧しい者」というのとちがってこちらのマタイのほうはそれが聞くひとのこころを少なくとも瞬間的にとらえるその魅力に見あうだけの）ほんとうに練りこまれた内実（もしじっさいにマタイの霊において乞食である者というところにそれがあるとするならば）となるのである。——しかも、それこそが、まさしくそのままさながらに、他力本願の要諦をなしているのである。つまり、「人事を尽くして天命を待つ」、というのでなければ、天命を待っていることにはならないのである。人事を尽くしていなければ、人為の結果のみを、天命から解釈上排除していることとなる。それは、天命に対する、完全なる解釈上の不遜傲岸、逆にそれこそ人為の積極的介入を、意味することと、論理的になる。それは、浄土真宗における「造悪論」（悪人正機であるならば悪をこそ積極的になすべきなのではないかとの説）が、それ自体として単純なる人為、単純なる自力であるにすぎぬこととして、論理的に簡単に排除されるのとも、相い似ている。真宗ともキリスト教とも文脈は異なるが、アレキサンダーが縄をぶった切ったのが「結び目をほどく者」という預言のまさに実現だったのと同等の、天命における人為の位置関係、他力本願中の自力でなすべきことの位置関係なのである。人為の人事を天命からは絶対にそれのみを人工的に排除できない以上、自身の人為をも積極的に排除することなくして人事をも尽くさなければ、他力本願上、もしくは非人事的救世者待望論上、自力本願的作為的な造悪をなしているのみであることとなって、天命を待っていることにならないのである。むろんそのばあい天命を待つ資格もないことは、文献的典拠に依らず単純に論理的に、あきらかである、ということになる。人事を尽くしてはじめて他力本願であり、単純論理上、そのばあいに尽くす人事は構造の中からそこのみを取りだしてながめて自力本願であることにはなりはしないのである。ユダヤ教における、律法時代および預言者時代以来の、メシア到来への他力本願と人為の関係は、イエスの時代も現代も、論理的にこのように解決されるのである。その、人事を尽くすことにおける、人間の誇りを含みもってこその、しかもみずからに恃むところなど持たない、「霊において乞食である者」(ユダヤ教、キリスト教、真宗を問わず)の、他力本願なのである。このことは、まさに他者他物に対しては、「要請」という対し方は不可能であって、「希望」しかありえぬこと(上述、カントについて)とも、パラレルな関係をなす[20]。

アメリカという国のすばらしさ[21]は、なにをおいても、この、天命を待つためには人事を尽くす、その、人事を尽くすことへの誇りのうちにある。映画『評決のとき[22]』において、陪審裁判で、まだ少女である娘を白人の持て余し者になぶりものにされたうえに殺されたから復讐のためにその白人を殺した黒人被告が、無罪評決を結局勝ち取る。その評決が、営業的に自国の観客大衆に受け容れられることを当然の前提として制作されうるのは、白人黒人問題など表面的な意匠であるに過ぎず、なによりも、アメリカにおいては、こういうばあいに、官憲に任せて被害者感情尊重をおすがりするなどという馬鹿げた態度をとるものなどひとりもおらず、浮浪者から大統領にいたるまで、正当にも復讐をなして、そのばあい自分であっても当然の行為としてやはりぶっころす、その、人間としての正当な理性を、へ理屈に眼を曇らされることなく、持っているからなのである。(このあり方はその行為の格率がそのまま普遍的法則であってかまわない、いや普遍的法則でこそあるべきだから——だからこそアメリカならずともこの映画が輸出されたどの国の観客にとってもやはりこれが無罪なのだから——純粋にカント即応的実践理性でもあると、もちろん明言できる。)

しかも同時に、これが、それ自身が上記のようにそのまま意味しえているものであるはずの、他力本願(ユダヤ教・キリスト教にとってもの）の要諦をもなしている、というところに、しかしアメリカは、そのあらゆる美点にもかかわらず、不思議なことに紙一重のところでけっして到達しない。映画『ラストサムライ』[23]では、オールグレンはカツモトとともに武力反乱の玉砕大見得切り場面にまで参加しながらおめおめとひとりだけ生き残り、その後ぬけぬけと天皇にまで会見して天皇に講釈を垂れ（しかしそこには後述のように作品的必然があるのだが）、最後にはあろうことか敗れた里に戻って小雪のたかと添い遂げるというご都合のよさである。その見苦しさはしかし、玉砕のさいの、「敗れると決まっていて敗れるのではない、やれるだけのことをするために、やるのだ」という、——武士道の理解としては完全な誤解ながら——「人事を尽くして天命を待つ」ことへのすりかえと、そのとんでもないまでの完遂という、それはそれで立派なものへの誤解となっているということ、ただ一点によって、帳消しとなっているのである。しかも、オールグレンはそのことを、天皇に教えてやらなければならない。だから、天皇は、アメリカ人に教わって、この映画中、日本国の独立独歩を突如として志し、日本内進歩派政商とアメリカ政府の植民地的食いこみを断固断罪して、アメリカを退けアメリカとの契約を破棄するのである。それを、アメリカ人が日本人に教えてくれないといけないしくみに、ここではなっているのだ。そして、日本人なら当然に持つ、「一粒の麦、地に落ちて死なずば」[24]という、まさに明治維新のさいにも太平洋戦争きれいさっぱり敗戦のさいにもかなり明確に意識された武士道が——ゆえに他力の要諦が——、ここにはしかし、ほとんど構造的に、けっして入ってこないのである。

佐伯啓思は、『新「帝国」アメリカを解剖する』[25]において、アメリカ的価値（自由と民主主義のグローバルな普遍化）の、じっさいに正当な普遍性と、それが形式ゆえに普遍的なのだが形式のみでは普遍的でありえぬと佐伯がみなす事態との間で、少々手を焼いている。そこにおいて佐伯自身が主張していることではないのだが、——アメリカは普遍性を世界に対して涵養するためにはじつはそれを涵養してやる野蛮な相手を必ず必要とする構造となっていることを佐伯が事実上照らし出していることになっているとき[26]、それはわれわれに、思いがけない興味深いことを、思い起こさせる。柄谷行人式の、別体系があってそれとの交換価値においてはじめて一つの体系が成立しうる、との、けっして一般的にはなりたつべくもない（そもそもマルクスの曲解に端を発した）説は、アメリカにおいて、特殊に、まさに、成りたっているのだ。——他者他物を、涵養してやることの可能な相手であると見ること、「希望」というありかたにおいてのみ関係しうるものであることを感得しないこと、このことが、この、他者を客観対象として先在させてはじめて成りたつこととなるきわめて特殊な、哲学的にも偏奇なただなる二元論にして、しかも主観が優勢的に、あらかじめある客観へと体系化・切り分け適用をなすという、アメリカ（そして柄谷）の立場を、根本的に成りたたせている世界観であるにほかならない。だが全体者は、むろんその主観にでも、外部の立場にでもなく、世界現場内のいとぐちのみから、あるのだ。

二　カフカにおける論理的に彼岸的なもの
——「ことがらのさらに外なる全体者」とそこからの視線——

ここまで、カントにおける全体者の位置の話（およびその補完としての、啓示一般の性質の話、ユダヤ教・キリスト教文脈を中心とする他力本願における人為の話）をしてきたのは、カフカとベンヤミンにおける全体者の位置について、論理的に正しく扱うためであるに、ほかならない。というのも、全体者の位置そのものについての論理的に正しい話は、カントにおいてのことがらの細部の構造に、尽きているからである。

カフカにおいては、小説作品においても散文断章においても日記類ノートにおいても[27]、ことがらの本質そのものとしては、世界の外部についての構造は、カント（それをすでに提示したように正しく理解したばあい）と、あり方がかわるものではないと、意外かもしれないが、まずなによりも、言うことができる。——というのも、カフカにおいても問題であるのは、そもそもにおいて、この世界のなかの、現場、しかも正確に正しくとらえられた現場、そのもののみであるに、ほかならないからだ。カフカにおける、「世界のさらに外にある神の視線」、

「ことがらのさらに外なる全体者」、は、まず第一に、この世界の内部から思考実験的にのみ、設定されたものである。カフカにとっての、その正確な世界は、超越論的世界である——とまで言いきってしまっては、ほとんど身も蓋もないほどであるが、そして、いちばんだいじな思索の生理的構造の細部や頭脳の反応のスタンスにおいてすらそれが一致しているのであるとまで言いつのる気はさすがにないが、すでにくわしくふれた(28)がカフカにおいてもものごとは「たんに正確」なのである。世界の外部にかんする具体的な思考は、カフカのばあいもたんに思考実験として、世界の内部のみから出てくるのだ。そのことは、カントのばあいと——したがって論理的に正常で問題なく正確なあり方と、つまりそれを確認すれば基本的には全体者をめぐる問題性としてはそれでいわば立証済み、証明終わり、で済んでしまうのであるようなあり方と、すでにして一致している、わけである。

そしてつぎに、その思考実験がなされるのは、なによりも、世界の構造についての思考そのものとしてである。カフカはこの世界の外にあるような、なにものかを、先取利用的に、空想構造化したのではないのだ。世界の内部の考察のために、補助線として、知的直観を考えたり全体者を考えたりというのとまさに同様に、たとえば「われわれの世界すべてがその神にとっては失策のたかが一日」であるような神が、その立場が、考察され、言及される。その言及のいとぐちは、このわれわれの現場の、時間空間内にのみあり、そして、その外の全体者からの視線は、知的直観の立場からすればだったらどうこうでありうるところを、という、いわば、思考の補助線の役目をなしているのである。それは、まさしく、この世界との直接の関与者として世界と関係をこの世界の方から持つかぎりにおいての、世界の外部なのであり、未回収なものに額面としてのみ与えられた、正確に名目のみの、全体者なのだ。(本書第II部における究極現実も、現世と相関する消失点や目的として構想され、本書第III部における反転のいろいろな試みも、現世があくまで足場となっている。聖書の根元の場をめぐる解釈も、まさに思考実験であるにほかならない。)このかぎりで、ことは、ベンヤミンのばあいよりも簡単である。

この事態と相関的なことではあるが、カフカにかんしてこれのみで話が終わらない点だけを、二三、確認しておきたい。といっても、ことが根本的にこのようであることを承けて、ではじっさいになされていることがどうなっているかということの、確認なのではある。そしてまた、それが、改めての確認に十分にあたいすることでは、あるのだ。

つまりは、そこで見えてくるのが、カフカが人類史の全体をごろりと裏返して見せて、そのすべてがあばかれてある、(29)その様である、ということが、鍵なのである。――見えるものが「全体」である、というところが、ここでの原理的な「全体」の制限と比してやや逆説めいていて、あたかもレトリックを弄しているようであるかもしれないが、そうではない。ごろりと人類史の全体をころがしての、サルと画別された、人間というものの、古代面と現代面をもろともにふくむ、全体像が、まさしく明らかになるのではある――まさにベンヤミンがひとことのもとに言ってのける、れいの、「人間の共同体における、生活と労働との組織化の問題」(30)の全体像が。だが、カフカの視線の位置からは、その全体像は、いわく言いがたいようなものでこそ、あったのだ。それが、思考実験としていったん時間空間の外に視座を設けたものを仮構してしかしそういう場所でなく現実の現場にもどってきてその「全体」を一挙にながめたときの、まさに、ありさまなのである。

そこでは、たとえば、一瞬のカタルシスが、同時に、果てしない苦行としての、交通＝性交（フェアケーア）の、その瞬間からの開始(31)、そのものを、意味したりもする。この、時間的な前後関係は、あるいはカフカが、ブロートに語ったことの断片性にもとづく点もあるかもしれない。つまり、断片的な語りにおいては、たんに「始まった」あとの交通の部分を念頭におきつつ「飛び降りる」場面の全体を語ったから時間が前後している、せいもあるかもしれない。しかし、そればかりではない。背後で、飛び降りたことの、内実の充塡として、――雑踏がはじまり、執筆の描写はふたたび時系列上を流れ始めつつ作品は閉じる、その一瞬のまを埋めつつの充塡である点で、それは作品の構造にとってカタルシスをなしているのであり、しかし、こと自体としては、それが、射精の原因たるべき性交の、とめどもない開始をこそなす。「全体」が、作品内からとらえられるとき、そういうことが、生ずるのである。

その、「人間の共同体における、生活と労働との組織化の問題」として見すえられたものは、したがって、詳しい構造としては、いわく言いがたいものをのみ、なすのである。ただ、そういうぐあいに人間と社会が、生産と労働が、光景的には一挙に全面的にあばかれた、そういうものに対応するだけの迫力をもつものであることを、「思想」にこそ、「批評」の営為にこそ、突きつけつつ、託していることにこそなるのである、と、繰りかえすべきだろう。（ベンヤミンが、しかしその直接の解決をカフカ論で試みた内容は、具体的には、いわば空振りになってしまっているのは、すでに詳述したとおりである。[32]）

ことは、思想的な、現実内での、こまやかな対処を、求めるものである。生産と労働、人間の共同体、人間と社会が、ただの経済的搾取云々のお題目でなく、現実内での解剖と解放を、求められるものとして、突きつけられているのである。むろん、社会の進展ということ自体の威力もすさまじいものであるから、少々の思想的営為よりも、たとえば資本主義のより発展した段階というものそのものが、かりそめの解放の代理をするものを、提供してしまう。たとえば、労働力確保のためにこそ、一九世紀生産資本主義社会は、法的平等を要求したのであり、そこに、フーコーのいう、かりそめでまやかしの張り子キメラ新概念としての「人間」が、成立する。人間というものがもっともないがしろにされ（つまりより「搾取」され）るためにのみ、逆に法的な平等の整備がなされ、「平等」は、手品のように、法のかなたに葬り去られる。しかし、ヘーゲルまではそうではなかったのに、それよりのちの法哲学は、この状況に対処すべきいっさいの手だても装備も意志も、欠いている。そうやって、われわれの、より科学技術の成果を万人が謳歌するかと見える消費資本主義の状況が、われわれの目の前に広がっている。ところが、たとえば日本は、第二次世界大戦の直前に、生産を向上させる（いま述べたしくみ）ためにこそ最低限の社会法の整備と労働者保護を、内務官僚が画策していたのに、そのたった第一歩に着手する直前に、戦争に突入してしまったのである。経済学的に正当なニューディール政策の国家社会主義宣伝バージョンたる巨大公共事業への、人心をつかんだ上での巨大失業労働力投入によって世界大恐慌をまがりなりにも乗りこえたドイツ（しかもユダヤ人の富を没収してドイツ人に再配分することを事業効果に上乗せして見せかけることができたから、その公共事業再生産と、さらにそこから転じてわずか二三年で一挙の最新鋭兵器重化学生産へと集中でき、旧兵器を一切擁さずおびただしい量の最新重装備のみで好条件で戦闘を遂行できることとなった――艦隊のみはそこまでの急重装備完成は不可能だったから海軍力に劣り、対英戦ではレーダーにより待ち受ける態勢が確立された迎撃機の餌食となる無理なロンドン長距離航空攻撃のみを繰り返して航空兵力をあたら大量消耗し、対英戦のみほんらいの圧倒的有利な新重装備全体量にもかかわらず短期勝利の断念に追い込まれ矛先を無謀な対ソ戦に向けかえることとなる）とは、その、対米・対ソの戦争遂行能力は、はなから比べるべくもない、単純に大地主小作農制と農家次男三男への工業労働力依存というお粗末な田舎農業国生産力のありさまで、日本はあったのである。（それを日本の戦後進歩主義は苦心して「日本資本主義の二重構造」として解明したのであったが、それすらもじつは、むしろ美化であったほどであったというべきである。）――そして、その、社会が遅れているというだけの理由で、日本の労働者の状況は、より不幸だったのであり、それは現今ですら、法運営において日本のみが欧米の資本主義水準に達していないためにいったんボタンを掛けちがった不況状況になると社会が労働力調達すらおぼつかない不全状態におちいって、労働者も会社もただのより不幸な状態にさらされつづける、というざまを、この国はいまだに呈している、という（不）首尾を、ひきずってしまっている。しかも、科学技術の成果は謳歌しているから、まさに社会そのもののデプレッション押さえつけられ状態のままで、みんな、日々あたかも平気の、平穏な、あくせくしたその日暮らしを続けているのである。ほんらいは社会の進展自体が、人間をより搾取すべく、法整備を行なう。それは、より搾取でありながら、最低限のより解放された新状況の実現ではある――その、新状況に、日本社会は経済のための法体制（ほんとうは搾取体制であるための平等の整備）自体において対応しきれていないまま、しかし日本の社会が描き出している表面上のすがた自体は、解放の代理を相当程度になしてしまうほどのものでも、繰りかえせば、じじつ、ある。そこにまやかしとしても十分にはまだ（この国の特殊状況においては）整備されていない、法システムとこそ、しかし、思想は、精密に、——カントやヘーゲルの思索の成果を発展させつつ——、対決してゆかなければならないのである。

安達みち代は、『近代フェミニズムの誕生——メアリ・ウルストンクラフト——』(33)で、「エコフェミニズム」に言及している。「自然を破壊している科学技術と経済発展を生み出した根本原因を、家父長制的な男性中心主義に見いだし、そういったパラダイムを乗り越えない限り、いかに《環境にやさしい科学技術》や《理想の環境モデル》を設定してもそれは欺瞞でしかないという」。「環境にやさしい科学技術」「理想の環境モデル」の欺瞞のかぎを、こういう切り出し方で見るのは、便利だし、また、この切り出し方自体において、現代の生産水準とも消費水準とも、さらにはそこで消費の果実において表面上は理論を超えて実現してしまった解放の謳歌ともじつは一種この考え方が即応してもいる点を考えれば、こういうところに、じっさいに参考になるような、または連帯可能な、理論の要素の芽が、ないとは、かぎらないのでも、たしかにある。しかしこれは、まさにれいの、「人間の共同体における、生活と労働との組織化の問題」に比べて、表層的事象であるにすぎないお題目なのであって（帝国主義とか搾取とかいうのがそれだけではお題目であるのと同様に、しかも、経済にも法にもふれないことによって、つまり社会や共同体に直接はふれず個別問題現象に逃げ込んでいることにおいて、残念ながらこの手のフェミニズムは、それそのもののみとしては、それら以上にお題目なのである）、カフカが、ごろりとひっくりかえしてみせたのは、こういう表層のお題目が世界の中でかたちづくっている岩、そのものだったのであった。

三　ベンヤミンにおける思考的に彼岸的なもの
——「メシア的なもの」と対応する歴史内現在——

ベンヤミンにおいては、ある意味では、この時間空間のより外にある全体者、知的直観者、について、上述のようにカントを正しく理解したばあいの、そういうものを考えるばあいのやり方の、あるべき方向性と範囲を、いわば本能的に、思考の生理として、やはりけっして逸脱しないでもいるのでもあり、それは、なされる考察そのものとしては、多くのばあいにそのように保たれているとも言える。すなわち、額面のみ、先に扱うことができ、それはばあいによっては考察したり想像したりする必要はあり、しかし、無限が取り尽くされたものとしては、この時間空間の全体集合の外にそういうものがある・いるのではなくて、そういうものとしては端的に無に等しいものであり、無であるとこそ積極的に言えるものであり、しかし未回収の全体者の額面のみとしてならば、その想像のいとぐちは、考察の現場すべてに、溶かしこまれて、すでにしてどこにでもある、という、基本的性格のものである。——ところが、ことベンヤミンにおいては、ひとつ、やっかいな事情が存在する。こと、歴史哲学的な、また政治的・法思想的な、場面においては、ベンヤミンにとっては、救済、〈真理〉、そして、ベンヤミン自身にとっての思考圏においては限界つきでながらついでにいえば〈正義〉も、といったことがらは、ベンヤミンにとっては、メシア的なものと、直接、関係してしまう。また、〈真理〉自体、どこぞの三位一体においてそうであるかのように、ある意味で、そのメシア的なものと二位一体の、不可分の位置にある。ベンヤミンはいやがるかもしれないがそこに〈正義〉も合わせるなら、それらは、三位一体であることにもなる。——このメシア的なものは、ベンヤミンの思想にとって、現実世界と、厳密に、どういう関係に、たっているのか。

ベンヤミンは、明確に、啓示というあり方と、神話（ミュトス）というあり方を、とりつくしまもないほど、全面否定している。（論の途中段階で啓示への仮託が採用されている場合でも、最終的にそれは論の生理に合わず、読解において全面的にぬぐい去られてしかるべきこととなる。）「より外にある全体者」についての、中途半端な「オイレカ」を、ベンヤミンはけっして認めない。その「オイレカ」は、現実のいとぐちに溶かしこまれ溶かしもどされてのみ、意味を持つこと、そうあることのみが、全体者というものの正しい内容であることは、ベンヤミンにおいても、一貫している。——しかし、現実との関係の中にのみではあれ、それでも、それとの同一化不能の、超絶者たる、時間的に特定的限定を受けるような存在ではないし（むろん空間的にも特定的限定を受けない）したがって時間系列の中においてそれでないものからそれになったりすることのありえない、またそれであるものからそれでないものへなぞふたたび変わることもあるべくもない、メシア的なものが、ベンヤミンにあっては、考えられるのだ。だが、それでないものからそれになることが時間系列の中でありえないとは、たんに、時間系列の中では実現不可能であるということと同値であるし、また、それであるものがそれでないものへとふたたび時間系列の中で変わることがありえないとは、時間系列の中では、それは時間的延長をもたないただの一点でありつづけるしかないことを意味し、言いかえれば（終末論的表象圏において、最後の審判においての裁きの結果、永遠の命か、あるいは永遠の死が与えられることになるが、その永遠の命なるものの位置にあるようなこういうものこそ）たんに、永遠の死を、意味することとなる。

このことは、「暴力批判論」における「神的暴力」の現実世界内でのゆくえとも密接に関連するが――そしてそこでもベンヤミンはれいによってみずから論の土俵をそこでのみ画限しただけにすぎないのを途中から原理的にそれ以外が論外であるかのようにみずから勘ちがいをしてしまっているから、ベンヤミンのその論の真価を読み解くためには、ベンヤミンの手法をそこで論からはずされた自然法の領域に倍化しさらにそれを「諸目的」および〈正義〉の領域へとさらにもういちど倍化してたどりなおさなければならず、そのときこれらの関連分野においては人類にとってそれらが最新の成果であってしまっているカントの道徳形而上学（ここでは〈善〉をめぐる根本原理の最精髄たる第二批判はもはや問題の埒外であって）、フィヒテの自然法哲学と人倫体系哲学、ヘーゲルの自然法人倫体系哲学と法哲学をぜひともよすがとせざるをえないのだが、それは壮大な作業をこんご要するものであり、ここでは詳述すべくもない――、なによりも、初期の重要な内容の断片である「神学的―政治学的断章」（一九二〇―二一年ごろ）においての、メシア的なものと現実世界の歴史的進展との関係において、問題性の最大点にたっしている。

そこでは、「一方の矢印の方向が、現世的なもののデュナミス（可能態）が作用しているものである〈目的〉というものを、指し示し、もう一方の矢印の方向が、メシア的な集中性（強度、緊張度、緊張性）を、指し示しているとしよう。そのばあい、自由な人類の幸福追求は、もちろんそのメシア的な方向からは、離れていこうとするものとなる。だが、或る力が、それのみちすじによって、まったく逆方向に向けられたみちすじへともたらす別の力を促進する、という可能性が、あるのと同様に、現世的なものを現世的に秩序づけることが、メシア的な領域（メシアの王国）の到来を、促進する、という可能性もまた、あるのである。それゆえ、現世的なものは、たしかにメシア的な領域のカテゴリーではないのだが、メシア的な領域がかすかさの果てにおいて接近することのカテゴリーなのであり、しかも、そのもっとも適切なカテゴリーのうちのひとつなのである」[34]。文のさらに末尾では、はかなさ・無常さ自体が、自然のリズムにおけるメシア的なものであり、だからそこに（つまりいわば上記とは逆の、完成へといたらず同一状態の一点の中へと運命的に閉じこめられなぞしないことに）、幸福がある、という、論理のうちの一側面の強調へと、収束して終わりはするのだが、ことは、重大な問題を、当然にはらんでいる。いったい、現世的なものは、メシア的なものから離れることによってのみ、メシア的なものへの、（到達はけっしてせずしかもかすかな）接近でのみ、ありうるのであるか。現実内の政治的変転は、自然主義的に叙述すればそうであるとしても、——現世的な政治ともかかわっての、思想は、思想の理念は、そのメシア性は、どうなるのか。

だが、われわれはここで、さらにこれを逆転させて、これ自体を、現実世界の中においての、「〈真理〉の定式」そのものであると、考えることが、できるのである。

カントにおいてあるべきだった「〈真〉の定式」は、「より根拠を、自前の自律でさぐろうとする、その方向性」そのものであった[35]。それと一種、似て、それをさらに複雑化させたかたちで、〈真理〉の定式化自体を、逆にそこに、読みこむことが、できるのだ。

それは、「現実世界の中で、或る、トータルな救済の実現のこころみが、それの結果的接近を意味し、かつ、それが固定してしまわないとき、それが、（メシア的なものなのであり）〈真理〉である」ということである。この、全体者へと一致できないこと、そのものが、〈真理〉となるのだ。（カントにおいての〈真〉そのものは、それよりもさらに現実的な、個人において抽象的に普遍的に可能な、事態であった。）全体者を補助線とし、（カントにおいてはその全体者の補助線のほうはもっぱら〈真〉のためには不要なものを指し示すものであり、神がないことそのものがあるべき「神」の地位にあるものだったが、ここでは全体者がもっと肯定的にしくみの中に位置づけられて）その全体者との、漸近ではない何らかの接近および不一致そのものが、まさしく「理念」（ベンヤミン的な意味での、個物の個別性を保持して立たせつつ個物たちをとり集め、とりまとめるものとしての）として、現世内に、実現する。あたかも磁力の両極のように、あるいは電気の両極のように、現実内での事象に対する相関物としてのみ、彼岸に、メシア的なもの、全体者があり、それとの双極関係において、現世内に、「理念」として、〈真理〉が、定式化されるのである。これが、むろん、思想の営為・批評の営為にとって、めざされる〈真理〉となるものであるに、ほかならない。当然にメシア的な救済が、思想・批評によってめざされつつ、メシアは、実現の埒外にある――その構造そのものが、現実世界の思想・批評にとって、〈真理〉のまさに実現される、ありかたなのだ。時間空間の外にあるメシア的なものと、時間空間内で対応するあり方そのもののうちに、とはつまり、けっして時間空間外の彼岸そのものの場所にではなく、しかし、完成が時間空間内でめざされる営為のうちにのみ、〈真理〉がある。ベンヤミンにおける難点を、そのまま定式として採用したのみであるかのようでありながら、事実が、こうなのである。またこれは、「ゲーテの『親和力』」第三章冒頭での、まるで観念上のことば遊びのようであった、「統一」が「哲学（ここでのベンヤミンの用語では現在いう哲学でなく思想のこと）」にとって不可能[36]であるとのアポリアの、「芸術作品」にその解決の代役がそこでは仮託されていた問題への、思想そのものにとっての解決をいま与えているものなのでもあるのだ。このことは、あだやおろそかなことではないし、また、たんにことがらの外見的形態を指摘した形式的にすぎぬことでもない。あたかもそれが不可能事であるということそのものの指摘であるかのように見えながら、その指摘のありかたそのものが、〈真理〉なのである。そのように、〈真理〉にあずかる思想営為は、時空内での事態の完成なしに、しかしじっさいにその接近に関与するしまさにそのように完成の接近に関与するものとしてのみ、存在する、ことができるのだ。――およそ、思想と、思想の目的となる、理想に関与した事態との関係は、このようにして、ありうるのである。

さらに言えば、むろん、漸近どころか、過程が大事なのだというような寝ぼけた話をしているのではない。（だから、「アクチュアリティー」云々という問題でもない。しかしまた、ベンヤミンの「静止の弁証法」[37]とは、たしかに弁証は連続運動なんどではないのだとの含意はありつつも、主としてはヴェルトアルターは一瞬のひとつながりだとの謂であるにすぎず、マンダラ的啓示的静止なんぞではなくて、まさにヴィヴィッドな現場での、有機的な動的現実における、弁証の、同時的看取を指しているだけなのだ。）時空外における、完全な〈真理〉に、時空内で対応するものが、この「〈真理〉の定式」にそぐうような、思想の積極的なあり方であり、それが、時空内での〈真理〉の、「実現」現象そのものなのである。そしてそのこと自体が、まさに思想的にそう言える、ということが、ここでの、最大の論旨であった。――しかも、カント的に、抽象的かつ完成した原理的な、そのうえ上記のように人間の超越論的な現場そのものでもあるものをこれはフルに前提とし継承しつつ、さらにそれが、現場の充溢そのものへと、同様の原理的完成度をもって、ふりかわった、そういう思想で、これ自身がまさにあるに、ほかならないのだ。――つまり、額面のみしか先取されえない〈真理〉というわけではない。ここで示した「〈真理〉の定式」そのものが、現実内での思想の営為として、このあり方でのみ、すでにして現実内で〈真理〉を顕示する（すでにベンヤミン的「理念」もそういうものであった）、という結構を、なしているのである。まさしく、これが、カントをさらにおぎなうような、じじつ真無限の実現態をも、現出させるのだ。こうして、カントにおいて個人にかんしては完璧なものですでにあった「〈真〉の定式」を資格上同格のものとしてあわせもちつつ、ベンヤミンにあっては、〈真〉は〈真理〉へと——社会に開かれ、かつ具体内実具現的に、充溢した、「〈真理〉の定式」へと、為りかわっているのである。逆に言えば、カントとベンヤミンのあいだは歴史意識の有無のみが論のかたちを分かたせることを決しているだけでもあるかのように見えながらじつはそうではなくて、カントにおいて、外なる全体の否定のみでも真無限だったものが、ベンヤミンでは、外なる全体の否定が世界内で行為的に実現し、よりヘーゲル的に完成した意味においてもの真無限をなすと同時に、かつそれが、社会や歴史や政治的理想と関連する、——という、しくみと、なっているのだ。

このことは、たとえばベンヤミン自身が、カントの「目的のない合目的性[38]」という「〈美〉の定式」とは異なるかたちで「被いでもなく被われたものでもなく、被いのうちに被われてある存在が、〈美〉である[39]」とし、「ゲーテの『親和力』」でのその定式化にのちに「複製技術時代の芸術作品」の注の中で自己言及しつつ、ヘーゲルによる、《精神の感覚的形態化現象》との〈美〉の位置づけを、「エピゴーネンめいたもの」だとしている[40]ことなどよりも、重要である。じっさい、ヘーゲルのが、たしかに美の、精神価値を超越した中立性を思弁的に精神的なものへと、置きかえてしまうような、シェリングからハイデガーにいたる流れの中にあるのだとしても、ベンヤミン自身の「〈美〉の定式」が、カントと比べればエピゴーネン的地位をまぬがれているわけではない。ベンヤミンはカントの〈美〉の理論を、十分に普遍化してうけとりはしなかっただろうが、カントのものを上記のように定式化すると、それからの変形として、ベンヤミンのものも導出されることとなる。つまり、「目的のない」というぐあいに内面的な箇所にあってしかも消去されてあるものを、外面化させて「被い」となし、その「目的のない被い」を補助線として、目的のない被いのうちに被われてあるもの、と、補助概念込みの別形化されたものとすれば、カントのものからベンヤミンのものも、亜種的に、導出されうるのである。だが、ここでの「〈真理〉の定式」は、(カントの超越論的世界同様に)現実世界にとどまりつつ、(個人における普遍的なカントの「〈真〉の定式」とは別の内容として)思想にとっての解決そのものを思想が手にしうる位相を、あらわしているのだ。

むろん、その思想は、メシア的なものを、――それへの現実的な接近を――社会的に適用しうるものとして、導出するような種類のものでもなくては、ならない。それは、言語の表面において、かりそめにのみ成立するようなものであってはならないのだ。たんに、小説空間の言語作品に仮託されるものでもなければ、思弁的言語哲学にも、言語論的記号論にも、学問の外装を競うだけのもろもろのものにも、興味深くはある一理論形態として読ませるがじつのない散文作品たち（そしてむろんそれはそれのうちで新しい流行のパラダイムへとこれからもつぎつぎと移り変わっていくだろう）にも、まかされるものではないのである。[41] 思想は、かりそめの、言語上でのみ、言語媒体形成物の上でのみ、仮構されるようなものでは、ないのだ。思想は、いやしくも、人間と社会に、労働と共同体に、目の前の現代に、しかしその本質としては近代に、直面するようなものでなくてはならない。上述のような――カント的な超越論的現実にまさに正面から交わりつつ、カント的な〈真〉をわれとみずからめざし、カント的な「希望」をこととしつつ、ベンヤミン的な〈真理〉を体現するものとなってこその、思想なのである。

終章

一

長篇小説『審判』に対して、われわれが通常なんとなくいだいてしまいがちな、不満があるだろう。『審判』では、まず、主人公ヨーゼフ・Kの身にふりかかる、きわめてやっかいでいらだたしいいきなりの逮捕から刑事事件の訴訟過程に、読者も読みにつきあわされていることにおいていわばいっしょにすでに巻きこまれてしまっているのであるということが、根底事情にある。

ところが、「それにもかかわらず」、主人公ヨーゼフ・Kが、銀行勤務の業務主任として、半分、通俗な利益的社会に埋没して、すませているかのようにも感じられるのだ。種々のせりふにおける、Kのいわば社会的地位を嵩にきたのでもあるような一種傲慢ともとれる物言いが、そういう感じを起こさせる。しかも、Kは、エルザというちょうどセックスフレンドのような関係の相手がありながら、同じアパートのタイピストのビュルストナー嬢、屋根裏の貧しい廷吏の男関係の多い奥さん、フルト弁護士の看護婦のレーニ、という、特別に三人じゅんぐりに出てくる女たち（K自身、第六章でそう系列づけて思いにのぼせている）に、やたらに、気を取られたり、へんに手が早くて手がすでに軽い愛撫に出ていたり、じっさいまたあっけなくみずから寝取られるとでもいうぐあいに抱かれてしまったり、という、だらしないはめに勝手に陥っている。

さらに、その相手（とくにカフカの婚約者フェリーツェ・バウアーとも同一となるF・B・という略記をブロートによれば原稿中でもしばしばしてしまっているというビュルストナー嬢はKの気持ちにとってじっさいに別格でひどく神経質に気にもしていて大事なものでありそうであるにもかかわらず）と関係を十分に持ち続けることができずにいてしまったり（このこと自体がKの逮捕や刑事訴訟とも根本的関係があるかのようにもどことなく感じられるほどであるにもかかわらず）、もしくは、こと刑事訴訟過程自体に関しても助けを申し出てくれるのにそれの利用のし尽くしもできずに放り出してしまったり、してもいるのだ。

また、Kは、ナイーフすぎるぐあいに、裁判執行組織側に結果的に籠絡されていて、そもそも有効な対処がろくろくできていないで、単純に自分で自分の首を絞めるような行為にのみ、出てしまっているかのようでもある。ともかく、取れるべき対策をきちんと取りつくしているようには、じっさいのところ少なくとも結果的には、感じられない。

それらとあいまって、あまりに裁判執行組織側の見た目の言い分が理不尽で、読者にとって細部がいちいち直接にいらだたしくもあるのが、どうにも、かったるいかのように感じられてしまうほどでもあるだろう。

そしてそれらすべてが、いわば、『城』でのKのいろいろな――少なくとも表面上は可能性のかぎりをたしかに尽くしてはいると読者に思わせてくれるような――努力よりも、ことがらが、「対決」や「解決」に、遠そうにも思わせるのだ。

だが、それらは、たぶん、ほんとうはそうではないのだ。『審判』は、読み返すと、いかにもよく、なによりも一文一文が、辛辣に面白おかしく、できている。まるでトルストイの『戦争と平和』が、一文一文とんでもなく辛辣に貴族の一人一人のあれこれの行状をからかいのめし、それがいわば読者は軽快にもう先へと読んでしまっている文章のスピードの中ではとうてい読者のだれにも理解できぬまま、尋常でなくじっくり読み返したときにのみはたとそれと気づくような、馬鹿馬鹿しいほどの辛辣さの密度で書かれてしまっているのが面白おかしすぎるのと、まったくそっくりに似て、一文一文がとんでもなく辛辣で面白おかしすぎるのである。

二

また、ヨーゼフ・Kがいたるところでぶつ長広舌の演説は、じっさいには、そんなにうろんでお粗末なものではない。それどころか、通常、ことばというものが発されるときに当然に身にまとってしまう発話スピードの中で、可能なかぎりは、バランスをはかり、抑制も利かせ、諸側面にちゃんと目配りを払ったものと、なっているのである。ことばを発するという手段によっての弁明としては、なかなかこれ以上に、一面的にもならずまた虚勢でもない余裕を持ってちゃんと論を構成することはできない、ていどには、Kは弁論を組み立てている。そうであっても、それをさらに裁判の側が、訴訟過程へとKをとらえていく様が、巧妙にカフカの筆によって書きあげられている、だけなのだ。

たしかに、『城』のKが、手段としてありそうなものはのがさずに試みてみているさまと比べれば、この『審判』のヨーゼフ・Kは、訴訟手続をつかさどる刑事裁判組織に対処する手段においてやりのこしてしまっていることが、いろいろありそうではある。だが、それは、いちばんには、『城』のKのようにいわば足でかせいだ「動き」で対処するか、『審判』のヨーゼフ・Kのように「弁論」で対処するか、というちがいであるにほかならない。

それはだがまた、たしかに、作品でなにが書かれているのか、また、作品で起こっているのはどういう事態であるのか、ということの、微妙なちがいとも、関係はしてもいる。それによって作品はその作品の生理として、自己展開しもするからだ。

三

『審判』の全体は、通常われわれがこの世界を感覚しているのとはなんといってもちがうものであるような世界を、しかしそこの中では矛盾をきたさぬように、作りあげることを、作品の生理としている。

この現実とちがう世界、という注文だけであるとすると、制約のあり方がオープンだから（なんせ「似ている」という注文なら似ていなければならないが「似ていない」という注文なら似ていない具体像の可能性は無限にあるのだから）、楽にできそうだが、そうはいかない（序章でもすでに述べた）。現実と似ていないただ荒唐無稽なものは、「読ませない」ものに陥ってしまうのが、非常に容易だからだ。それは、『審判』でも、根本的に免れていることではないのである。それを逃れるために『審判』が採用した方法は、各章で話題を分けて、あらたに、別の話題で、読者の読みが心機一転、先へ導かれる、という方法であった。そして、その際、章同士の間でも、その中身の相互無矛盾性が確保されれば、できあがりは、より幅広いものに、そして、多方向から見られたものが相互に映りあって互いを立体的に補完、構築する、ということに、なるのである。じっさいにそうなっているといえる水準を、カフカは、どうにか実現できているだろう。

それができているのは、文章ひとつひとつの、驚くべきほどに辛辣な、とんでもなく観察と描写と悪態との密度の濃い、仕上がりが、最初から最後までずっと維持されていることに、よるところが大きい。

カフカの、書きかけで破棄した箇所が、わずかに残っている。むしろ、わずかしか残っていないといっていいほどだ。それもほとんどすべての箇所が、たんに、先へのちょっとした接続に難があるようで放棄されたにすぎぬような、数行ずつほどの書きつなぎの、書きかけ部分なのだ。その破棄箇所がわずかのみであったことの示す、筆の滞らない進展と、先へ先へと描写を拡がらせる全体の構想とが、また、全体の文章の一文一文すべての、その描写と悪態の密度という結果に、直結している。

大昔に初めて読んだとき、第七章の画家ティトレリの家の入り口のところで、「その割れ目から、ちょうどKが近づいたときに、気持ちの悪い黄色い、湯気を立てている液体が噴き出してきて、鼠が二三匹、近くの溝に逃げ込むところだった」というくだりだけが、目が覚めるほど際だって面白いように感じたものだったことを、思い出したが、それどころではないのだ。Kが自宅で起き抜けに逮捕されて直後、平穏に出勤できるようにというので逮捕監督がその場へ呼び寄せてあったKの三人の部下、ぎこちなく手足をばたつかせるラーベンシュタイナーと、鈍重で目の窪んだブロンドのクリヒと、いつも無自覚にうす笑いを浮かべてしまっているカミナーと、という取り合わせが、たとえばその筆の冴えのさいたるものだ。しかもカフカはその、いかにもまあありそうでもある三人組を、下書きのスケッチをすることもあとで細部を書き加えることもなく、ただただざっと、書ききっている。これはむろん、一例を、象徴的に指摘してみたにすぎない。全編が、一文残らず、この密度で、書きぬかれているのである。

四

その、通常の目の前の現実とはいかにもことなっているかのような世界が、『審判』の作品内で構築されなければならないのは、いったい、なんのためか。ふつうに読んでいれば、それはほとんど自明である。ある一文のみが、けっしてそうは世の中がじっさいにありはしない、偽である命題として、Kのせりふのなかに、紛れ込んでいるのが、読者にとってはっきりとわかるしかけに、ちゃんとなっているからだ。

逮捕監督の部下の二人の監視人に逮捕されて直後、Kは（地の文に三人称で溶かしこまれた中間話法で）思っている。「おれはなんといっても法治国に住んでいるのだ。国中が平和なのだ。法という法が厳然と機能しているのだ」。

そのこと自体が、しかし、現実のこの世界において、まったくどこでも、完全なる非現実であるにほかならない。

機能している法治国は、現実に存在しない。国中を平和が支配しているような状態は、おとぎ話ででもなければ、あるはずがない。法という法が、論理的に有効に、有機的に組み合わさって機能することは、現状においては、まったくの空想でしかない。そもそも法は、現実に有意味なことばで書かれてすらいなくて、法学的な学問解釈の積みかさねにおいて、かろうじてという以外には、わずかなりとも機能しない。その「わずか」は、むろんすきまだらけのものであって、それが現実というものをカバーする度合いは、現実の全体であるどころか、ごくごくかぎられた断片でしかない。しかも、法はことばによって存在しているのでは現状はなくて学的解釈同士のほんとうはそれ自体も存立があやしい仮構的構築性があるという前提のもとでその構築性が指示するところによってだけ意味をもつものなのであるから、その意味は、現実に合うのではなくて、法解釈の側での規矩にのみ従いながら現実へとさしあてられているに、つねにすぎないのである。

このような、明白に誤った観念を、ヨーゼフ・Kがいだいている以上、それに見あっただけの奇妙な様相を、Kの世界は、示さねばならなかった。(『城』のKは、手段はもれなく試みようとはするが、こと、この点にかんしては、もっとたんに、虚心坦懐であり、ただの手ぶら、無色状態、なのである。)

もちろん、この誤った観念は、現実に多くの者が、むしろそれがあたりまえだと思いこんで平気で暮らしていることではあるのだし、もっと尋常の小説はすべて、その観念を共有してすませている意識レベルで、たしかに書かれているのでもある。だが、ここでのカフカの観察、描写、辛辣さは、この誤った観念に対して、それにふさわしい世界の裂け目を、かたちにして主人公ヨーゼフ・Kに突きつけないでは、いなかったのである。「法治国で国中が事実として平穏無事で法が機能している」という、じっさいに誤った観念に対して、たんに正確に現われてくるこの現実の具体的な姿の正確な感性的一造形形象が、この作中の描写経過であるにほかならない。（第二章での言い方をすれば、『審判』ではこれを事後的契機に、原現実から作品現実への変成が生じたのであった。）

五

現実の中で、個人が、自分の節操を、（カントの定言命法的に）あきらめない、ということは、状況が生死の境の極限状態でたとえあっても、ありうるだろう。しかし、また逆に極限状態ではない通常の日常であっても、節操は節操で、上級の認識能力が一匹狼の意志的におのずからそうたいした逡巡も不要な意地をもってさっさと行なうという点で無内容な空無なものではないとはいえ、それは現実の場面にゆきあたってでなくてはまさにたんに普遍妥当な、まだ抽象的な目安としてあるだけのものでもあるのだ。じっさいには、知略をどの程度は働かせるか、利己はどの程度ははかるか、などということとの、瞬間的な反射的な判断にゆだねられてしか、まともな節操も存在しえない。つまりその意味では、ものごとはすべて、ことがらの併存、兼ね合いの中の、相対的なものでしかない。

およそ、まさにカント的な上級の認識能力の働きによって定式づけられうる、真、善、美、といったものだって、そのそれぞれの間で、どれがどのより抽象体でどれがどれの行為体であるとか形象体であるとかいう関係にあるのではなく、当然のごとく、それぞれが、根本的に別の原理に、とりあえずは（ふつうに考えてもそうであるがたとえばことカント的にはなおさら）非一元的に属しているのであるにほかならない（美がそれらを最深部でしめくくる結構がまた構想されるにはせよ）。

ことほどさように、ことがらというものはどれもこの現実世界において別のことがらとの相対性のうちにある。ましてや、現在の世界情勢の中で、欧米でもそうだがことに日本では、社会風潮が強烈なバイアス圧力をかけてなしてしまう決定ときたら、単純に集団ヒステリー的なオブセッションにすぎないのである。いっさいの厳密さを欠く社会的な気分の発動にすぎないのだ。社会風潮の磁力の中で増長している陣営の主張は、大義名分として自動的に採用され、自動的に重大化して影響力を及ぼす。社会の気分に対して逆風側に立った主張は、提出する以前に非論理的思惑的な穏便な立場の厖大な抵抗によってのみでもすでに十分に縮減をうけ、主張そのものと無関係などうでもいい徳目に照らしての足の引っぱりにも、むろんあらゆる局面で足を掬われる。このいびつな現実の、いびつなものとしてしか持てていないしくみが、いびつなものとして見えていなければ、よほどうにかしているだろう。それを、多くの者は、それが露呈するような困難な事例にとくだん巻き込まれていない日常レベルでは、まだしも秩序が仮構できることにして生きているのだが、それは、まるで弁証法的には矛盾律が機能しえない局面で無邪気に矛盾律に依拠しているような具合だ。

相当すぐれた作家である黒井千次は長篇小説『五月巡歴』で、会社に対して不当な譴責処分無効確認の民事裁判を起こし敗訴するエピソードを書いている。むろん苦情処理委員会のようなものも組合のようなものも同僚なども大勢においてはけんもほろろであり、裁判自体は勝訴のきざしもあったがあっけなく敗訴に終わる。ていねいに、正確な取材にもとづく肉づけで書いてはあるが、その肉づけと『審判』の世界とどっちが単純に正確かと言ったら、『審判』の方なのだ。なぜなら、黒井が前提としている、裁判にまつわる通常の記述からなる素朴リアリズム自体が、たとえばSF的戦闘小説や通俗経済陰謀小説で記述がものごとを単純化して勝敗の前提として採用しているような、「ルール」化した、擬似事実であるにすぎないからだ。

そもそもおよそ、こと日本の法曹界で現在も用いられる言語と通常の日本語とは、まったくちがっている。裁判その他の場でのあらゆる陳述や論理や判断の意味自体が、論理そのものがもつはずの意味ではなく、法律のみの、「学的」諸事情を含みもっての意味になっている。それは「学的」に勘案を経たものでなくはないのだが、およそ論理的ではないし、ましてや、哲学的でも思想的でも、いっさいないのであり、むろん、真理にも道徳にも美にもいっさい言語上のひっかかりどころ、関連のもちどころがない。世界でも日本の法が特にそうである。ところがむろん、ではそれがまともな日本語になればいいのかという問題なのではさらさらない。日本語によるものにかぎらず法や道徳をめぐって、言語自体、制度自体が、日常とも、資本主義とも、閉塞した人間主義状況とすらも、根本的に不適合なのである。これは現実の近代そのものの不適合がはらむ問題なのであって、本文第Ⅳ部第八章末で思想原理的に述べた以上に、これはあまりにも端的に直接に、われわれの問題である。しかしそれはまた、すでに『審判』を書くカフカの世界でもあったのだった。

六

カフカその人にとっても、また『審判』のヨーゼフ・Kにとっても、女というものが、おぼろげな法廷のようなものとしてあり（カフカ本人についてはまさに『審判』第十章のヨーゼフ・Kの処刑と同じ三十一歳の誕生日の前日という日取りであるフェリーツェ・バウアーとの婚約破棄の場面を「法廷」だと感じているという伝記的事実があった）、また、救いであると同時に惑わしのようなものとしてもある（カフカ本人についてはいくつかのアフォリズム）。本文第Ⅰ部第一章では、原理的に、ことがらそのものの広がりが、世界全体を、同じ大きさで領域別に重ねて、十全におおいつくすときに、具体的なつながりはともあれ少なくとも結果的にバタンと重なっていることとして、社会構造と女がカフカの作中で一致してくるとの論拠におおよそよりつつ、カフカの作品における女の位置について立論した。しかし、それ以上に、おぼろげな法廷、救いかつ惑わし、であるならば、そのものは――だからカフカの作中での女の機能は――ことそれ自体として、じっさい現実の世界そのものをなしている空気で、あることになる。まさしくおぼろげに分解した機能構造をもちつつ、まわりから充満しているものであるからだ。

それはだからまた、さきほどから述べているような、『審判』の記述がむしろ正確な似姿なのであるような、現在の現実世界の、空気のように分解したものとしてわれわれのまわりに充満している社会構造――言語構造および法の実際上の構造――とも、直接に一致してきて、当然なのである。

本文第I部第一章第二節では、〈社会の構造はある、だが、カフカの時点では正確であればあるほど、正確さそのものが、社会の構造をまだいわば空気としてしか同定できないようなもので、その構造はあった〉、という述べ方を行なった。しかし、現時点で、いうなれば、「空気であるところの構造が、目の前に、社会として、すでに、存在している」と言うことができそうである。

七

構造が作品に求められそうでしかし追いつめていくとそこの世界は空気のようなものでしかない、という〈空気のような世界〉、カフカにとって世界構造自体が空気としてしか見えるべくもなくそれこそがしかし正確さそのものなのだった、という、〈空気としての構造〉、のほかに、ここに、〈空気として現在われわれの目の前にまさに存在する世界構造〉が、もうひとつ、見えてくる。しかもそれはそれですでにカフカも見ていたものであったのだった。

それがカフカのものであるとき、しかしさらに、そこに、カフカにおけるはっきりとした〈味〉を、〈空気〉そのものの存在として、再確認しておくことができそうである。短篇小説「却下」(ブロート版ではIIの印が与えられている方)における、まるで天気のいい旗日のような日に、澄んだかわいた空気の中、旗がはためく田舎の町の庁舎で、しかし住民の請願に対して、あっけなく「却下」が言いわたされる話に、それが現われている。短篇であり、ことはなんの説明もなく、たんなる却下に終わる。しかも住民たちは、ことが終わってみれば、却下であろうとちゃんと言いわたされたことに、いやそれがむしろ却下に終わったことに、満足してしまっているほどだ。ところが、当然のことだが、現在われわれが、休日に感じることのできる、あれやこれやの休息感や満足感は、ここまで述べてきたことによれば、この住民たちの満足感以上のものでありうるはずがないのだ。それでもわれわれは休日には、当然ながらかつ正当にも、一定の満足感をいだいて、すごしている。それなりに努力して生きているのだから、むろんその権利がある。

この、われわれが休日にいだく（そして天気がよくて澄んだかわいた空気の中、旗がはためいていればなおさらだ）、正当な満足感が、〈空気としてであれ世界がすでに存在すること〉によって、うらづけられている。

カフカは、この短篇でそれをまさに書こうとしていたのではないだろうが、それが、書かれえてしまっている。空気でしかない、現在のこの不快な世界（日本やまた全世界規模の）に対して、思想も批評も文学も芸術も、それを空気以上のものに鍛えあげるという、対決をいどむほかはありえないのだが、それでも同時に、〈空気〉はその定着をうけた姿において、この味を、生きて住んでいる者に、もたらしてもいるのであり、これがその不快なのと同じ〈存在する空気〉の、もうひとつの極でもまさにあるにほかならない。

八

カフカを、キリスト教の文脈に矮小化して読むことは、ユダヤ文脈にへんに凝って読むこと以上に、根拠がなくて、許されることではあるまい。

カフカが、楽園、生命の木、知恵の木、といったことがらを手がかりにものを考えているとき、もちろんそれは、ユダヤ文脈であるだけでなくその生きているヨーロッパ世界において必然的に「ユダヤ・キリスト教文脈」であってしまっているのであり、その意味でそれは同時にキリスト教文脈のうちにもあることは、もちろん言うまでもない。だが、あたりまえのことだが、カフカは、キリスト教の信仰がないということだけを担保にキリスト教文脈の外に身を置いているわけではないのだ。たとえばニーチェは田舎者でキリスト教どっぷりの世界しか知らなかったから、射程自体のそれを超えた有効性はともかくも、概念構成上はキリスト教を前提としてしまったキリスト教否定のかぎりでの価値の総批判しか行なえなかったのだが、カフカはそうではないのである。楽園について、神をも超えた可能性でもあるかのような楽園外のこと、または、知恵の木について、その外の可能性においての生命の木ことや、そもそも聖書に仮託するならば知恵の木によってもたらされた善悪の認識の種々相のことなどを、カフカはキリスト教文脈の外で考えているのだ。

『審判』においては、法廷は罪をさがすのでなく「律法にもあるように」罪に引きつけられるのだ、ということが言われている。さしずめアフォリズムでは、(鳥が鳥籠をさがすのではなくて)鳥籠の方が鳥をさがすというのと似ているだろう(「罪、苦悩、希望、真の道に関する考察」一六)。ただしその事態は、通常の意味ではまさに法廷が罪をさがす、ということにもあたっているのであり、それがしかし人為的にでなく知恵の木の実による善悪の判断に適合するものにあらかじめ照らして自動的にだ、ということを『審判』の当該箇所は言っているはずである。これはユダヤ・キリスト教の伝説圏にあてはめての考え方であるにはちがいないが、およそキリスト教(とくにパウロ＝大審問官的カトリック)とは思考回路をあまりにも異にするものであるはずである。

カフカはまた、原罪についても多く語っている。ベンヤミンもカフカ論でひいているとおり、「彼」所収のアフォリズムにおいては、原罪とは、人間がみんな跡取りとして親から作られたこと自体を不正だといって咎めていることとそのものをいう、ととれるが、これは、生殖によって生まれなければならなかったこと自体を罪だと言っているのに等しく、知恵の木の実を食ったことのみならず生命の木の実を食っていない(だから生殖しなければならないことにもなる）ことが罪だと言っている「罪、苦悩、希望、真の道に関する考察」八三と軌を一にする。むろん、聖書は、人間をそういって咎めていることになるのであり（聖書のつもりではそうではあるまいが聖書が語ってしまった論理連関においてはそうなる）、それを題材として考察すれば、当然に、生命の木の実を食うことにさかのぼることが救済を意味することともなる。皆を罪人にして悔い改めよと言う、無罪かどうかのキリスト教的文脈とはひどくちがうことになる。むろん、聖書が採ってしまっている論理構造によれば、知恵の木の実を食ってしまったことにより、奇妙な「善悪の認識」が人類に生じてしまっていて、生命の木の実という、明らかにことの本質である部分は、楽園追放後の世界にとっては、認識の総体のかなたにある。

ベンヤミンの「神学的－政治的断章」でのメシアの彼岸性とも、これは関連している。メシア的なものには、少なくとも、接近できる（だが第十章で述べたとおり、漸近でなく、理念の実現態が問題なのではあるが）し、また、たとえ地上のみに限っての作用においては反対に向いていようともそれはそもそもがメシア的カテゴリーとは場所が異なっているのであって、地上における自由な人類の幸福秩序の探究は、まったく別のカテゴリー分野でのできごと同士の関係として、やはりメシアの国の到来を促進するのである。

カフカにあっては、この、認識の全体ともかかわる、思考実験的な原理的救済はしかし、――ユダヤ・キリスト教的思考方法とのちがいはもはや再びはいうまでもないとして――思考実験的にはあくまで、現世の場の中に移し置かれていての思考の出発点にあっては、決定不能性のうちにとどまるものであった。ベンヤミンは、カフカがブロートに原稿焼却を頼んだこと（ブロートとの交友）自体を、挫折し「究極の失敗がたしかに思えてはじめて、すべてがうまくいった」というカフカ読解との一致において読んでおり、それをまた、自らのカフカ論でのカフカ「護教論的な性質」への最終訂正としている（一九三八年六月八日ショーレムあてのカフカについての手紙）。しかし、これ自体が逆に、ベンヤミンがカフカを、無為のままに最終救済しようとしたことの無理が、端的に表われた部分であると言えよう。むしろ、カフカはブロートに、発表すべく、作品を、長年にわたってちゃんともぎとられていたのである（ブロートが述べていることがそのことをいつわりないにおいで意味していることも正確に読んでおくべきだろう）。カフカ自身の「救済」のほんとうの帰趨はというと、ベンヤミンがまさに最終的に述べたその究極の失敗、即、成功ということ（それはベンヤミン自身にとっても第Ⅳ部第八章第三節で述べた事情をそのまま同型でそれゆえさらにうわまわって安易だった）を、消去して、挫折でなく諸契機未定性・総体認識不可能性のうちに置き戻したところに、あるはずである。

注

第一章

フランツ・カフカの作品は、手紙の巻がまだ続刊中のフィッシャー書店大型新批判版およびそれに基づく手紙を含まない一九九四年刊のフィッシャー文庫十二巻本全集（一二四四一―一二四五二、十二巻揃いの番号は一二四四〇）を適宜参照しつつしかも細かな部分において異同のある箇所も全体の統一性その他により（なによりも現時点において出たてのほやほやの新解読に飛びつく火急の必要性も価値もまったく感じない）もっぱら旧版の内容の方をとりつつ、すべて旧版（ブロート版）のフィッシャー文庫七巻本全集版による。この版には全集としての巻番号がないが、以下の順に、第一巻〜第七巻として扱う。Kと表記し、巻番号とページ数を付す。

Franz Kafka: Erzählungen, hrsg. v. Max Brod, Fischer Taschenbuch Verlag, Frankfurt a. M. 1983.
Franz Kafka: Beschreibung eines Kampfes. Novellen, Skizzen, Aphorismen aus dem Nachlaß, hrsg. v. Max Brod, Fischer Taschenbuch Verlag, Frankfurt a. M. 1983.
Franz Kafka: Hochzeitsvorbereitungen auf dem Lande und andere Prosa aus dem Nachlaß, hrsg. v. Max Brod, Fischer Taschenbuch Verlag, Frankfurt a. M. 1983.
Franz Kafka: Amerika. Roman, hrsg. v. Max Brod, Fischer Taschenbuch Verlag, Frankfurt a. M. 1983.
Franz Kafka: Der Prozeß. Roman, hrsg. v. Max Brod, Fischer Taschenbuch Verlag, Frankfurt a. M. 1983.
Franz Kafka: Das Schloß. Roman, hrsg. v. Max Brod, Fischer Taschenbuch Verlag, Frankfurt a. M. 1983.
Franz Kafka: Tagebücher 1910–1923, hrsg. v. Max Brod, Fischer Taschenbuch Verlag, Frankfurt a. M. 1983.

ただし、それと別に注内容として、一箇所のみ大型新批判版の手紙、一箇所のみ同版の注釈引用のブロートのことば、一箇所のみ十二巻本第十二巻付録に採録のブロートの旅日記（„Reise Lugano – Mailand – Paris“）がある。それぞれ、KKABl、KKAD App.（これらはその書中で互いに言及されるときの略記法）、Anhang と略記し、ページ数を付す。なおその大型新批判版とフィッシャー文庫十二巻本全集は、それぞれ以下のとおり。

Franz Kafka: Kritische Ausgabe der Schriften, Tagebücher und Briefe, hrsg. v. Jürgen Born, Gerhard Neumann, Malcolm Pasley und Jost Schillemeit, Frankfurt a. M. 1982ff.（1982, 1983, 1990, 1990, 1992, 1993, 1996, 1999, 1999ff.）（うち、Briefe 1900-1912, hrsg. v. Hans-Gerd Koch（1999）および、Drucke zu Lebzeiten, hrsg. v. Wolf Kittler, Hans-Gerd Koch, Gerhard Neumann, Apparatband（1996）。）

Franz Kafka: Gesammelte Werke in zwölf Bänden. Nach der Kritischen Ausgabe, hrsg. v. Hans-Gerd Koch, Frankfurt a. M. 1994.

（1）Walter Benjamin: Gesammelte Schriften, Suhrkamp Verlag, Bd. II-2, Frankfurt a. M. 1977, S. 423. ゾーマ・モルゲンシュテルンは一八九六年生まれの小説家・ジャーナリストでベンヤミン、アドルノ、クラカウアー等と親交があった。三原弟平『思想家たちの友情――アドルノとベンヤミン――』白水社、二〇〇〇年、七一ページ以下に詳しい。

（2）Walter Benjamin: Gesammelte Schriften, Suhrkamp Verlag, Bd. II-3, Frankfurt a. M. 1977, S. 1273.

（3）K2, 80.

（4）a. a. O. 44-45.

（5）a. a. O. 49.

（6）KKABl, 40.

（7）Walter Benjamin: Gesammelte Schriften, Suhrkamp Verlag, Bd. II-2, Frankfurt a. M. 1977, S. 424-425.

（8）旧来もろもろの版で広く流布している次のような著作における、社会運動その他に対するカフカの態度状況（シュテルングナーメ）を伝えるいろいろな証言も、そのようにこそ、読まれ、解されるべきである。法学博士フランツ・カフカが勤務先に提出した論文は、旋盤の安全装置の技術論文のほかに多くが労働者保護にかんする法律論文であり、それはのろまに機能不全をきたしたオーストリア・ハンガリー二重帝国での馬鹿馬鹿しい法的および政治的経済的現実にとりまかれつつ、それを法的論拠によってむなしくすりぬけようとするものであった。マルガレーテ・ブーバー＝ノイマン『カフカの恋人ミレナ』、平凡社ライブラリー、一九九三年、グスタフ・ヤノーホ『増補版カフカとの対話』、ちくま学芸文庫、一九九四年、クラウス・ヴァーゲンバッハ『若き日のカフカ』、ちくま学芸文庫、一九九五年、マルト・ロベール『カフカのように孤独に』、平凡社ライブラリー、一九九八年。

（9）本書第二章、第三章。

（10）K2, 217-218.

（11）K3, 36.

（12）a. a. O. 40.

（13）Walter Benjamin: Gesammelte Schriften, Suhrkamp Verlag, Bd. I-1, Frankfurt a. M. 1974, S. 125-129. また、南剛『意志のかたち、希望のありか――カントとベンヤミンの近代――』人文書院、二〇〇五年、第一章第一節最終段落。

（14）K4, 29-30.

（15）K1, 53. また、マックス・ブロート『フランツ・カフカ』、辻他訳、みすず書房、一九七二年、一四四ページ（この原書は絶版で国内の大学図書館でも所蔵が少なく、出典には広く流布している訳書をひく）。

（16）本書第二章、第三章。『審判』の二つ隣の部屋に住むタイピストのビュルストナー嬢と、裁判所関係の女たちの姿、ほか。K5, 14 u. a.

（17）ブロート前掲書一四一ページ。

（18）KKAD App. 530.

（19）K1, 220.

（20）a. a. O. 225.

（21）a. a. O. 229-230.

（22） a. a. O. 229.

（23） Anhang 119.

（24） K7, 133-134. 一九一一年一二月八日。

（25） K3, 32.

（26） a. a. O. 34.

（27） a. a. O. 31.

（28） K6, 256. 第十八章。

（29） Jean Paul: Vorschule der Ästhetik, 1804. ジャン・パウルにおけるヴィッツへの注目自体（当時の情念論として、ヴィッツ自体に言及するのはジャン・パウルならずとも一般的であるとはいえ）は、亀井一氏の口頭発表での取りあげ方（枠ぐみ）がヒントとなった。

第三章

（1） Franz Kafka: Das Schloß. „Gesammelte Werke", Taschenbuchausgabe, hrsg. v. Max Brod, Frankfurt a. M. 1983, S. 8-9, S. 10.

（2） a. a. O. S. 68-9.

（3） 「しかしこれでやつは仕事が終り、勤務の情熱から解放されて、疲れが出たのだ」、a. a. O. S. 238. なおイェレミーアスは、フリーダのおさなじみで、この間、Kの思いもよらぬことには、フリーダはいわばそのもとのさやにおさまっているのである。

（4） a. a. O. S. 146-7.

（5） a. a. O. S. 289.

（6） Franz Kafka: Beschreibung eines Kampfes. Novellen, Skizzen, Aphorismen aus dem Nachlaß. „Gesammelte Werke", Taschenbuchausgabe, hrsg. v. Max Brod, Frankfurt a. M. 1983, S. 72.

第四章

フランツ・カフカの作品は、従来の全集版に拠っている。この版には全集としての巻番号がないが、以下の順に、第一巻、第二巻、第三巻として扱う。Kと表記。本文中の引用・言及は、巻数とページ数で本文中に示す。

Franz Kafka: Erzählungen, hrsg. v. Max Brod, Fischer Taschenbuch Verlag, Frankfurt a. M. 1983.

Franz Kafka: Beschreibung eines Kampfes. Novellen, Skizzen, Aphorismen aus dem Nachlaß, hrsg. v. Max Brod, Fischer Taschenbuch Verlag, Frankfurt a. M. 1983.

Franz Kafka: Hochzeitsvorbereitungen auf dem Lande und andere Prosa aus dem Nachlaß, hrsg. v. Max Brod, Fischer Taschenbuch Verlag, Frankfurt a. M. 1983.

ヴァルター・ベンヤミンの作品は、次の巻のものである。Bと表記。本文中の引用は、巻数とページ数で示す。

Walter Benjamin: Gesammelte Schriften, Suhrkamp Verlag, Bd. II-2, Frankfurt a. M. 1977.

第五章

（1）本書第二章。

（2）Robert Musil: Prosa und Stücke. Kleine Prosa, Aphorismen, Autobiographisches, Essays und Reden, Kritik, Reinbek bei Hamburg 1978.（Gesammelte Werke in 2 Bde., hrsg. v. Adorf Frisé, Bd. II) S. 245.
以下、本テクストよりの引用は、ページ数のみを示す。

（3）S. 246.

（4）S. 240-1.

（5）S. 269.

（6）S. 278.

（7）S. 304.

（8）S. 240–1.
（9）S. 159.
（10）S. 160.
（11）S. 161.
（12）S. 161.
（13）S. 162.
（14）S. 164. 以下、ここから四行の間のこれに続く三つの引用とも、同じ。
（15）古井由吉『日常の〝変身〟——全エッセイI——』、作品社、一九八〇年、所収「ロベルト・ムージルについてのひとつの試み」一一三ページ。或いは、古井由吉『ムージル 観念のエロス』、岩波書店、一九八八年、四四—五ページ。但し古井は、後者六一ページに示されるような側面もむろん見逃しているわけではない。「しかしこれをもうひとつ押しすすめれば、現在でもまだ、夫との深い結びつきはあっても、その現実にまだふれられない深い自我がある、と考えられる。」
（16）S. 165.
（17）S. 180.
（18）S. 180.
（19）S. 188.
（20）S. 193–4.
（21）"Belle-de-jour"、一九六六年フランス映画、カトリーヌ・ドヌーヴ主演。
（22）S. 220.
（23）S. 234.
（24）S. 270.
（25）中上健次『千年の愉楽』、河出書房新社、一九八二年。
（26）江藤淳『自由と禁忌』、河出文庫、一九九一年、一七七ページ。（単行本は、河出書房新社、一九八四年。）

（27）吉本隆明『マス・イメージ論』、福武書店、一九八四年、九一―二ページ。
（28）柴田翔『内面世界に映る歴史』、筑摩書房、一九八六年、五二八―五三〇ページに、この「構想力」「想像力」の概念区分は由来する。
（29）中上健次『軽蔑』第一〇七回、朝日新聞朝刊一九九一年六月一日。
（30）同第一三二回、六月二七日。
（31）S. 251-2.
（32）S. 306.

第六章

（1）Franz Kafka: Hochzeitsvorbereitungen auf dem Lande und andere Prosa aus dem Nachlaß, „Gesammelte Werke", hrsg. v. Max Brod, Fischer Taschenbuch Verlag, Frankfurt a. M. 1983, S. 30-40. この断章はカフカによってカードにまとめて書かれ、一から一〇九までの番号が付されているが、全体の原題はなく、この Betrachtungen über Sünde, Leid, Hoffnung und den wahren Weg の題はマックス・ブロートがつけたものである。本論では、引用には文の番号を記す。一つの文に二つの続き番号がまとめられたもの、欠番、一つの番号に二つの文があるものが若干あるが、このうち最後のものについては、二九α、二九βというように記す。三九a、三九bのみ、原本がそうなっている。
（2）a. a. O. S. 320 のマックス・ブロートの注によれば、この断章がノートにばらばらに書き下されたかたちはこの年のノートにあるが、番号を付してまとめられたかたちとなった清書の成立時期は不明。また、番号つきの中に入れられながらさらに「線で消されている」文は、推敲中かともいわれ、原本では星が付されているが、ノートにはそのままあることでもあり、線の本当の状態や意図もわからず、ここでは煩雑なので星は無視する。
（3）a. a. O. S. 338 の対照表による。（対照表は、S. 337-347。）もしくはそのノートは、a. a. O. S. 60。
（4）創世記二・八―九、三・二―七、三・二二―二四。いうまでもなく、堕罪とは、アダムとイヴが知恵の木の実を食べたことであるが、それによってこそ人間は善悪の認識ができるようになった。また、神が人間を楽園から追放したのは、人間が生命の木の実も食べるのをおそれてである。（知恵の木の実を食べるなという禁止を人間が破ったことに対する腹いせ、という理由も、潜在的には全く否定しきることはできないが、聖書の文章を原資料別成立史的知識によらずひとまとまりのテクストとして普通に読めば、このように見える。）

（5）およそ「空虚な」ものに関して二つの様相を認めるということで連想されるものに、次のようなものがある。（但し、本論はカフカのテキストより直接読みとられたものであって——特に二九β番の構成から——、それらが本論のヒントとなっているわけでもきちんと対応しているわけでもない。たまたま符合して目にすることになっただけで、本論の構想をするより先に読んだものですらないのである。とはいえ、それらにおける二つの様相のあり方に、本論に通じるものがないでもないようである。）

ジャック・デリダ『シボレート——パウル・ツェランのために——』（飯吉・小林・守中訳）岩波書店、一九九〇年、一〇八—一一一ページの、「誰のでもない」に関しての、二つの見方（「あるいは……あるいは……」の部分）。「非在者《ニーマント》」が、まさにだれだれという、焼尽された符号のもととなった個々の存在者の存在性そのものであるというものと、「非在者《ニーマント》」とは、そのような具体的存在者の符号が片鱗まですべて焼きつくされた、万人にとって自由に肉づけできるものとしての灰だというのと。（但しデリダはさらに、この二つは別のものではないともいう。たしかにこの二つが合わさってある——混ぜられてでなく、私見によれば、前者のにおいをつけられた後者としてある——というのが、ツェランの勘どころであろう。）これはまた、たとえば同書七三ページの、「シボレート」自体についての「一方においては……他方において……」とも対応していよう。「シボレート」自体、不在の隠徴なのである。

もう一つはやや神がかりめくが、中沢新一『バルセロナ、秘数3』中公文庫、一九九二年、二一二—二一四ページの、「ふたつのゼロ」。自然的な、能産的なゼロ（「産出するゼロ」）と、秩序をもって理解する捨象そのもののような「超越的なゼロ」。（中沢においては、これらは3の秘数原理と4の秘数原理に対応している。）

（6）Franz Kafka: Erzählungen, S. 120-1. または、Franz Kafka: Der Prozeß, S. 182-3. ともに、注（1）と同じ全集版。

（7）これは本書第十章で述べるような意味においては、世界構造のしくみのうちにとどまるものであり、世界そのものから超出してしまうものではない。第十章の方が、世界について厳密な意味で述べているのであり、同様に、本書第三章の作品内での「彼岸」も、第七章での「あちら側」も、厳密には作品内を規準にしての事象である。

第七章

（1）例えば、坂内正『カフカの中短篇』、一九九二年福武書店。しかしこの本も、同じ著者の旧著『カフカの「城」』、一九八五年創樹社、に比べ、書きこなれているため、論に、本来あるべき陰影と幅を含んだものとなっている。小説の事象内実（Benjamin の Sachgehalt）を資格上同様に事象内実でしかありえぬ別のある事態に置きかえ、それで真理内実（Wahrheitsgehalt）にふれたかのように錯覚する愚を、各細部において紙一重でまぬがれた、示唆深いものとなっているのである。

但し、それは坂内の繰り返し指摘する、「隠喩でなくて換喩」（六、二二三―五、二九一―二ページ）ということになっているわけではない。そもそも坂内がそこで依拠しているモリエやトドロフの定義に従えば、「種から種への移行」でも、包含関係をあらわすべき種と類が非共起的に使われているのだから、何のちがいをも表徴しえず、その結果、「類から類へ」のそれぞれにわりふられている隠喩と換喩とが、厳密には全く異ならないことになる。せいぜい、事物単位でなく文章単位での類比を換喩と呼んでいるとされなくもないが、それも通常は当然に単なる類比のうちの一種にすぎず、また実際、ありきたりのカフカ謎とき式解釈でも、物だけでなくことがらに関する謎ときとして、その程度の構文大のサイズは含有しているものである。（なお、本書第三章において論者の使った「メタファー」は、これとは全く別個の、不在性と指示性に由来する彼岸像現出性の構造を指していることを、念のため申しそえる。）

換喩に関する穏当な定義は、佐藤信夫『レトリック感覚』一九八六年講談社文庫一二四―五ページ参照（白雪姫型＝隠喩、赤頭巾型＝換喩）。なお、同書の利点は一般にその整理の有用性にある。但し、同書も、換喩と提喩との分類の際、部分―全体関係のうち構成パーツにかかわるもの（青ひげ型）を提喩から切り離して換喩に含め（ひげが身体の一部か身体の隣接部かを穿鑿しても生産的でないという理由で）、提喩は内包―外延関係のものに限る（類による提喩＝人魚姫型、種による提喩＝ドン・ファン型、同一八八ページ）と整理してくれるのだが、郁文堂独和辞典・木村相良独和辞典・小学館独和大辞典の換喩（Metonymie）の項を見比べるとき、ドイツ語などにおける存在感覚にとってはこの仕分けでは都合が悪いことがわかる。挙げられている例は、順に Sprache 言語の代りに Zunge 舌を用いる、hohes Alter 高齢の代りに graue Haare 白髪、Dolch 短刀の代りに Stahl はがね、というもので、二例めはまさしく佐藤がこことはむしろ逆に提喩の徴表だとする「属性」をもってしても（白髪は高齢の属性であることに異論はあるまい）、高齢ということの存在、白髪というものの存在を並べてながめるとき、それらもまさに隣接事象としても見えてくることができることを示している。この例において佐藤式の提喩と換喩の区分があいまいになるのは、二語がものとことに分かれていることに由来するにすぎぬようにも見えるが、佐藤の分け方ではより提喩の定義にかなうはずの三例めも、材質という属性として直結せずに、原料存在としての Stahl の諸特性と Dolch の諸特性をねじれの位置において対比するとき（実際、あたりまえのことだが、世に一般に短刀という集合とはがねという集合に一方的包含関係が成立していないことは、数学的機械的論理上、見やすい事実である）、これは使われる意図によっては、まさしく隣接物による表示であって、一例めと同じ意趣でここで換喩の例となっているのだということがわかる。（結局、換喩と提喩を仕分けるなら、伝統的分類にてきとうに準じつつ、そのときの意識あるいは表現効果として、隣接か含有かによって分けることで満足するしかあるまい。常識的にも、「素人角力の大関――という属性をもつあの男――」を、内包をとって「素人角力」と呼ぶのが類による提喩に他ならぬなら、「目玉の大きなあの男」を「目玉」と呼ぶのも、提喩で流通させて構わぬはずである。）

（2）本書第六章。二九β番などの表記も、この論考に準ずる。

（3）Franz Kafka: Briefe an Felice und andere Korrespondenz aus der Verlobungszeit, hrsg. v. E. Heller u. J. Born, Frankfurt a. M. 1976, S. 399-403.

（4）Franz Kafka: Tagebücher 1910-1923, „Gesammelte Werke“, Taschenbuchausgabe, hrsg. v. Max Brod, Frankfurt a. M. 1983, S. 231.

（5）一九一六年六月六日の日記。a. a. O. S. 368.

（6）たとえばツェルトナー通りの売子の場合。Franz Kafka: Briefe an Milena, „Gesammelte Werke“, hrsg. v. Max Brod, Frankfurt a. M. 1952, S. 180-1.

（7）本書第二章。

（8）本書第六章で、論者は四五番の「空虚で楽しい走行」に、A・B二通りの救済イメージを求めた。カフカのこの散文集は、まさしく中期の作であるが、本論との関係で補足すれば、Aの方は、小説とはちがった思索として、究極現実への反転を示唆・先どりするものである。Bの方は、本論でいう凝固が、カフカにおいてむしろ現実的解決法となることを中心としており、かつそれが直接に救済を担うとき、本論で述べた「あちらの世界」への踏みこしも含んでしまうとともに、カフカの日常感覚として、現実からAを生み出すもととなっているのである。

カフカのその感覚は、本論でも再指摘したような、集の中の二つめの山である女・愛と結びつかざるをえないものであり、カフカの作品においては、『城』におけるメタファーとしてのフリーダにそれは現われるものだった。論者の定式化でいえば、メタファーとしてのフリーダの正体は、いわばフリーダと名づけうるものであり、それはまた、城の消防祭にまつわるオルガの長い挿話全体ににおう語られない裏伝説としての、ブルンスヴィック夫人やアマーリアの挿話とも重なりあう——それらすべての収斂となるものである。（本書第六章末尾部は、それをさらに一般化したかたちで、カフカを軸としつつわれわれ自身にまつわるものとして、作品と外的現実生活の両方の観点から、粗述したものであるに他ならない。）

（9）Franz Kafka: Hochzeitsvorbereitungen auf dem Lande und andere Prosa aus dem Nachlaß, „Gesammelte Werke“, Taschenbuchausgabe, hrsg. v. Max Brod, Frankfurt a. M. 1983, S. 10.

（10）Franz Kafka: Tagebücher, S. 31-2.

（11）Franz Kafka: Amerika, „Gesammelte Werke“, Taschenbuchausgabe, hrsg. v. Max Brod, Frankfurt a. M. 1983, S. 29-30.

（12）異なる慣性系の時計の相互遅延に関しては、岩波文庫『アインシュタイン　相対性理論』内山龍雄訳・解説、一一二ページ、一九八八年。

（13）Franz Kafka: Erzählungen, „Gesammelte Werke“, Taschenbuchausgabe, hrsg. v. Max Brod, Frankfurt a. M. 1983, S. 129.

（14）ザムザ＝フンコロガシ説は、論者以外の説として未だ見たことはないが、手伝いの婆さんは、ザムザをクソコガネムシ（Mistkäfer）と呼んでいるのであり、それはフンコロガシであるに他ならない。Franz Kafka: Erzählungen, S. 95.

（15）a. a. O. S. 24.

（16）Franz Kafka: Amerika, S. 218-222.

（17）論者は、原風景ははっきりした一つの風景をなすものととらえ、原現実の断片のうちでなく、作品現実の構造のうちで考えている。

（18）Franz Kafka: Erzählungen, S. 116-7.

（19） a. a. O. S. 199-200.

（20） Franz Kafka: Beschreibung eines Kampfes. Novellen, Skizzen, Aphorismen aus dem Nachlaß, „Gesammelte Werke", Taschenbuchausgabe, hrsg. v. Max Brod, Frankfurt a. M. 1983, S. 63-4.

（21） ジル・ドゥルーズ『カントの批判哲学』、中島盛夫訳、法政大学出版局、一九八四年、四―六ページ。

（22） 同、九ページで、「欲求の能力は、意志を規定するところの表象を予想している。」とされている。

（23） ロマン派（哲学者でなく文学者）、とくにノヴァーリスにおける哲学的記述のおそるべき秘密は、哲学の用語を使いながら、実は主観と客観を全く分けない、ことがらの起こる場、認識の起こる場から、白昼堂々出発するところにある。ところが、ほかならぬカフカの思弁的文章においても、主観たる「私」はひとまず確固としてあるように見えながら、場の中に対象性とともに浸透しあい（前記「罪、苦悩、希望、真の道に関する考察」三一番等）、そもそも「対象性」というとき、だれの、どうする、対象のなか、確定しづらい、というより、確定しようとしても無意味に近い。それにもかかわらず、対象世界から身を引くか対象世界にひそかに出て行くかということは、厳として問題になりうるのだ。（主人公と世界との形象があらわれる、小説作品の場合にはなおさらである。但しその場合にも、問題性としては、「対象」が、だれのどうする対象なのか混沌とした要素を残すことが、そもそもありうるのである。）

（24） 南前掲書、第一章、第十章。カントの超越論的世界構成のヴィヴィッドさは、個人のレヴェルにおいては完全に間主観的、主観客観創出的結構をそなえ通常の個人的現実に十全にゆきわたったものとなっている（本章で述べたことはこの点についてやや舌足らずとなっている）のだが、そこには、社会が、そして、直接には形式的ゆえに事象内実が、欠けている。

第八章

ベンヤミンの引用は Walter Benjamin: Gesammelte Schriften, Suhrkamp Verlag, Frankfurt a. M. 1972ff. に拠り、略号（GS.）、巻数（本論ではすべてII-2）、ページ数によって示す。

（1） GS. II-2, S. 427.

(2) a. a. O. S. 410.
(3) a. a. O. S. 414.
(4) a. a. O. S. 413.
(5) a. a. O. S. 428.
(6) a. a. O. S. 420.
(7) a. a. O. S. 412.
(8) a. a. O. S. 415.
(9) a. a. O. S. 416.
(10) Franz Kafka: Hochzeitsvorbereitungen auf dem Lande und andere Prosa aus dem Nachlaß, hrsg. v. Max Brod, Fischer Taschenbuch Verlag, Frankfurt a. M. 1983, S. 58–59.
(11) GS. II–2, S. 415.
(12) Franz Kafka: Erzählungen, hrsg. v. Max Brod, Fischer Taschenbuch Verlag, Frankfurt a. M. 1983, S. 34–35.
(13) Franz Kafka: Hochzeitsvorbereitungen auf dem Lande und andere Prosa aus dem Nachlaß, S. 33.
(14) GS. II–2, S. 420.
(15) a. a. O. S. 427–428. なお、「挫折」とは、文脈上は、真理不在でなく、カフカの自作評価を指す。
(16) a. a. O. S. 425.
(17) a. a. O. S. 429.
(18) Franz Kafka: Hochzeitsvorbereitungen auf dem Lande und andere Prosa aus dem Nachlaß, S. 57.
(19) Franz Kafka: Erzählungen, S. 111.
(20) GS. II–2, S. 438.
(21) a. a. O. S. 437.
(22) a. a. O. S. 437.

（23） a. a. O. S. 427.
（24） a. a. O. S. 433-434.
（25） a. a. O. S. 437.

第九章

使用テクストおよび参考文献は以下のとおり。


Walter Benjamin: Gesammelte Schriften, Suhrkamp Verlag, Frankfurt a. M. 1972ff. Bd. I-1.

Walter Benjamin: Gesammelte Schriften, Suhrkamp Verlag, Frankfurt a. M. 1972ff. Bd. II-1.

Walter Benjamin: Gesammelte Schriften, Suhrkamp Verlag, Frankfurt a. M. 1972ff. Bd. VI.

村上春樹『パン屋再襲撃』、文春文庫、一九八九年。

村上春樹『TVピープル』、文春文庫、一九九三年。

村上春樹『レキシントンの幽霊』、文春文庫、一九九九年。

村上春樹『ねじまき鳥クロニクル』（第1部・第2部・第3部）、新潮文庫、一九九八年。

村上春樹『神の子どもたちはみな踊る』、新潮文庫、二〇〇二年。

村上春樹『スプートニクの恋人』、講談社文庫、二〇〇一年。

村上春樹『海辺のカフカ』（上・下）、新潮社、二〇〇二年。

村上春樹『少年カフカ』、新潮社、二〇〇三年。

ユリイカ第二一巻第八号一九八九年六月臨時増刊『村上春樹の世界』、青土社。（一昔前の、いかにも大時代的な発想の、駄論の羅列。）

ユリイカ第三二巻第四号二〇〇〇年三月臨時増刊『村上春樹を読む』、青土社。（前項より論調の総体として少しは落ち着きが見られるものの、十年後にはやはりたんに古くさいもののように見えよう。）

川村二郎訳『ヘルダーリン詩集』、岩波文庫、二〇〇二年。（残念ながら、ここに収められているものは、すべてが駄作であり、かつ、駄訳である。一例のみあげるなら、六二ページ「広く押領するペルシャびと」は、日本語にも、古典的詩語にも、現代詩的言語にもなっておらず、その魅力のなさは、流布するたとえばランボー、マラルメ、ヴァレリーの訳詩が日本語として十二分なのと比して目をおおう。ただしこのことは、ベンヤミンが「翻訳者の使命」で言っている「翻訳可能性」や原作が翻訳されることを要求すべくもつ作品水準を、同箇所でベンヤミン自身もヘルダーリン全般をともすれば過大評価しようとするのとも反して、ヘルダーリンの作品のほとんどが本論中で指摘しているとおりそもそもおよそもたない、ゆえである点が、おおきい。その点にかんして、および、同箇所でベンヤミンがこれもヘルダーリンにかかわりながら述べているあるべき翻訳は訳語により語彙や統語のヴァリエーションを富裕化させるような訳なぞではなくむしろ通常われわれが努力してなす達意の訳のことでありしかしまた「純粋な言語」とはそもそもすぐれた作品の〈表現の真理〉によって現実のおよそ「言語」というものそのものを壊す謂である点にかんしては、南前掲書、第九章。)

原武史『鉄道ひとつばなし』、講談社現代新書、二〇〇三年。(思いのほか品格というものに欠ける文章ながら、優等列車というもの、優等車両というものの、たんなる、単純なる生を超えた、人間的構造にかんして、思いをいたらしめられるヒントとなった。)

内田百閒『百鬼園随筆』『続百鬼園随筆』、新潮文庫、二〇〇二年、『第一阿房列車』『第二阿房列車』、同、二〇〇三年。(若書きの、「文章世界入選文」における、意匠をこらしながらも「たんなる生」にすぎぬものと、「或高等学校由来記」における、酒乱の先生の「憂悶」に、のちに自らも歳いたって思いをはせているさいの、「たんなる生」を超えた、生の構造の機微と。)

田辺聖子『ジョゼと虎と魚たち』、角川文庫、一九八七年中表題作と、池脇千鶴主演・犬童一心監督映画『ジョゼと虎と魚たち』、二〇〇三年。(ともに、奇跡的に成立させ描きえた愛と、前者では、それが日常では「死」であっていいものとして生がつづくという処理がまっとうされているのに対して後者ではリアルさをそこだけ欠いてその愛がこわれる点と。描きえているものにおいて、ともにダスゲディヒテテをなし、前者はそれと生との全体的関係をさらになすとともに、後者では、そこだけ、たんなる生の見本をわれわれに提示してくれる好例となっている。むろん、現実そのものでなく映画であることを考えれば、その愛がこわれることが、小説での結構の、まさにヴィヴィッドな映像化の結実となっていて強烈な印象を与え涙をさそう、とも、さらに言えるのだが。)

内村博信「ヴァルター・ベンヤミンの言語理論と歴史哲学」、千葉大学、「社会文化科学研究」第七号、二〇〇三年。

西村龍一「電話の〈声〉とアイデンティティ――『ねじまき鳥クロニクル』あるいはメディア時代の文学」、北海道大学、「国際広報メディア研究科・言語文化部研究報告叢書』五四『聴くことの時代』、二〇〇三年。（なお、これらの内村論文、西村論文は、非常に優れたものでありながら、きわめて複雑かつ難解なものであり、大いに参考になりまた触発を受けたが、それに具体的に触れつつ、生産的に批判することは、残念ながらできなかった。それらを念頭におきつつ、わずかにそれらを批判したことになる箇所も、文中にあるが、およそ、論ずるに足らぬものとして本文中ではきすてておいた説が、これらではないことだけは、明記しておく。）

なお一般的必要を感じるので右記川村二郎訳『ヘルダーリン詩集』について補論する。全般的にこの川村訳は、（たぶん「わかりやすく」）単純化して訳していて、その結果アジがなく、しかしそれは不要に付着してきたコケおどしを取り払って正体をあばいてくれる結果となっているだけでもあって、ヘルダーリンの欠陥を逆に無意識のうちに浮き彫りにしているものだといえる。有名な「パンと葡萄酒」（九七―一〇九ページ、ここの訳では「パンと酒」、ただしそれはキリスト教文脈においてもディオニュソス文脈においてもやはり葡萄酒でないと、ドイツ語で「飲むパン」たるビールなどを排除しえた像を結ばないだろう）においても、とくに重要な第一連後半の訳（「我らが地球の影　月」との端的な言い切りのかたちは、カント・ラプラスの星雲説のような関心の時代とはいえまた当時あのマカーリエが自らのうちに太陽系を持っているとはいえ、現代の惑星像的なイメージがあるわけがなく、せいぜい「我らが大地たるこの星の影　月」でないとあまりに奇異で詩にならない）にはその傾向が強く見られる（どう訳しても必要十分な意味内容を尽くしかつ不要な副次義を排除した訳にはなりえないのだが、つまりこの原作はベンヤミンの言う「翻訳可能性」をやはりたんに有さず原作に感じられてきた高揚は仮象以外のなにものでもないのだが）。一部フェミニストが、ことば本来の文法的な意味における（文法的性たる）ジェンダーを現存言語の表面から完全排斥したがるとき、それが、英語帝国主義の無意識的な手先という以上に、フェミニズム文脈に入ってこないような現在のあらゆる帝国主義的要素を無頓着に等閑視しただ現状に追従して平気でいる感性的鈍感さそのものであること（このばあいはたんに英語には名詞の厳密な意味でのジェンダーが文法的に存在しないことに無知であるゆえにそれを自明の前提としてたとえば独仏語にもまた逆に英語細部の歴史的痕跡にもあてはめようとすること）にだれもがうんざりするものであるが、逆に、このヘルダーリンの、男性複数3格の人間にたいし夜が女性名詞だから異種存在ということをそうまで強調しないといけないほど人間が男性であることをお前は前提とするのかと言いたくなるほどの知的無神経さにもまた、うんざりしないではいられない。そして、訳者はやはり一流かつ率直で正直な研究者ではあるのであり、さらにこの詩の解題（二三三

—二三六ページ）からは、多くの独日の文学者がこの詩の第一連からは力強さと高揚感をうけとった事情（それでも本論でいう傑作の域にけっして達していない）、この詩の第二連以降はしかしそれすらゆるさぬレベルでの純然たる駄作であることが、訳者の意図に反して、逆に照らし出されている。すなわち、思想的にたとえば救済と希望の要素を抽出したかぎりにおいてのナザレびとイエス（ここにおいてはしかしなんと「シリアびと」なのだが）というのでないなんらかの歴史的陰鬱キリスト教的キリストと、ルイスのナルニア国ほどのたのしい肉づけも経ない印籠名辞としてのディオニュソスなぞとを、いきなり国家や祖国や民族や土地をなかだちに等置されては、読まされるものはたまったものではないのである。かっこいいお兄さん（ヘルダーリンをそうだと思うのはおおまちがいであって）の妄想ならともかく、曲がった背中をマッチ棒のようにぶさいくに伸ばしたおっさん（死者に鞭打つようで心苦しいがこう指摘しなければならないのは直後以来いまこのときまでの後世のせいである）の妄想には、とてもつきあいきれるものではない。その種類の「神」も「詩」も、——ここでの、および重要なそこかしこの箇所での、ベンヤミンの説の中心どおり——ごめんこうむる。

第十章

ベンヤミンの引用は Walter Benjamin: Gesammelte Schriften, Suhrkamp Verlag, Frankfurt a. M. 1972ff. に拠り、略号（GS.）、巻数、ページ数によって示す。

（1）湯浅博雄『聖なるものと〈永遠回帰〉』、ちくま学芸文庫、二〇〇四年、一三ページ。
（2）同、一五七—八ページ。
（3）同、一五六ページ。
（4）もっときびしく言えば、湯浅は悪い勉強はしてないが、オリジナルでなく、日本式バタイユ受容と、ラカン三界まに受け受容と、俗流ソシュール恣意性分節受容の、ミックスたるものを提示しているにすぎないことになっている（もっともけっしてできの悪い部類の本ではないので——それどころか比較においてはわが国においてこのたぐいのもののなかではむしろきわめて上質の出版物に属するとすら言えるので——そこまで言う必要はまったくないのだが）。ここでのみっつの個別の不服も、前後に述べた本質的な不服も、結局そこから発しているのである。しかもカントを一〇四―五、二三八―九ページではげしくおちょくり、ヘーゲルを二六、二三五ページで限定的にのみ評価しつつである点は、直接にこの逆批判を誘発する。――ところで、湯浅一一八ページの「対称性」唾棄と、中沢新一『カイエ・ソバージュ』全五巻（講談社選書メチエ、二〇〇二―二〇〇四年）の「対称性」称揚の、表面上の決定的相反性は、やや興味深い。ことがらのおよそうちがった消化をしているのではないはずのこの両者におけるこの事態は、どういう関係をなしているものなのであるか。――湯浅のは、等価性をあらかじめ認める日常的なありかたについて、その状態を「対称性」だとして処断しているのであり、中沢のは、そういう具合になっているのが、あるべき「対称性」が破られた状態であるという論じ方となっているというわけである。ただ、そんな図式的起源論で、両方ともあるわけなのだ。ベンヤミンの言うツァイトアルター（時代の年齢）でなくヴェルトアルター（世界の年齢）でものを見るばあいの、生産のあり方のしくみ（ベンヤミン「フランツ・カフカ」、GS. II-2, S. 410）が――原始人以来のものが、ぺろりとはがれていきなり見えてくる、という、迫力が、ここには、ないのだ。中沢の五巻本には、思想の本格的な鍛錬の成果を期待していただけに、そのありきたりの文化人類学的諸事実諸知見のばらまき提示に、読者はがっかりすることとなった。

（5）南前掲書、第三章。

（6）本書第九章。および、南前掲書、第十章。

（7）木田元『反哲学史』、講談社学術文庫、二〇〇〇年、一六六―七ページ。

（8）小泉義之『デカルト＝哲学のすすめ』、講談社現代新書、一九九六年、一一四ページ等の、「哲学者の神が宇宙である」「宇宙と世界を概念的に区別」「宇宙は無限であるが、世界は無際限」との、一見奇矯にも見えながら、スピノザやライプニッツにおいても十分に哲学史的典拠もある、興味深い、よく練られた説得的な説も、小泉のカントに対するそこここでの不満もろとも、この点で解決されることとなる。

つまりは、小泉の述べるその全体者宇宙とは、未回収債券の額面として、日常の時空すべての中に、超越論的知覚のいずこにおいてものなかに、溶かしこまれて、ただ「全体者」の仮構や空想のいとぐちとのみなりうるのである。むろん、自然科学が、経験的に秩序づけられた世界の、細断化されたかけらの寄せ集めと神学的な科学信仰によるそのかけら秩序づけ勘ちがいを、世界のすべてであると詐称するのが馬鹿げているのは、小泉の述べるとおりである。その経験を支える、超越論的現場のすべてに

「全体者」額面へのいとぐちが遍在するほかには、全体者の位置はない、というだけのことなのだ。別の言い方をすれば、その盲目的な初歩的な自然科学者たちの「世界」はヘーゲルの言う「悪無限」であるにすぎぬが、はっきりとしめくくられて地位を得てしまった「(哲学者の)神」「全体者」「宇宙」も、「イデア界」同様に、やはり額面の先在であるにすぎず、悪無限であることにかわりはないのである。

ではヘーゲルの言う「真無限」とはカント的にはどうなるはずなのかといえば、「無限」とは未回収の額面であるということがらそのものが、だから取り尽くされた無限は存在しないということそのものが、いわば「無限」はないということそのものが、「真無限」に相当するのである。(むろんその、ほんとうはない「無限」を、額面のみ、いとぐちとして先に与えること自体は、そのさい超越論的世界のどの場所からも、可能なままである。)

小泉が同書一一八ページで数学者カントールを正しく引用しつつ「あらゆる事物を含む宇宙を一つの事物として扱うことに問題がある」と言っているとおりである。しかし、「あらゆる事物を含む宇宙を、一つの事物として扱うことはできない」から、カントにおいては「宇宙は事物の数に入らない、事物以下のものである」(同箇所)とは、きわめて注意を要する事態である。それは、カントにおいては「存在する」ことが事物の属性の数には入らないこととも、正確にパラレルな関係にある。つまりたんにただただ「カントは、この世界に比すれば宇宙は無に等しいと考えた」(同箇所)のではない。存在することは、すでに意識がまさしくいま・ここをトレースしている現場そのもののことなのであり、その現場であればあらゆる現場に、額面としての「全体者」へのいとぐちは、溶かしこまれて、宿っているのである。しかし取り尽くされた無限は、額面のみの、存在しない存在であるにすぎず、無に等しいのだ。

われわれのこの世界の全体の外にある全体者を、メタレベルのものとして、手のなかに取り出して想定することは無意味である。なぜなら、格闘マンガのストーリーにおける、モードアップしたより外なる全体存在者の、またその連中のより外なる全体存在者、というぐあいに、ことがらは、この方向であればメタ化、メタメタ化、していくのみだからである。

神は細部に宿る——しかし、よりによって精密な細部において神が顕現しているのでも、どのつまらない細部をもみずからの一部とする神があまねく全体にゆきわたっているのでもなくて、全体者のありかは、超越論的現場のあらゆる場所のなかに、いとぐちとして存在し、しかし取り尽くされたものとしてはそこに封じ込められ無化されてあるのだ。

なお数学的な扱い方での無限論、集合論についてひとことのみしておけば、そこではこの話題の証明はつねに背理法によってなされるが、背理法は、それ以前にいちおう無矛盾な体系の全体を想定しているから——だから矛盾が生じれば仮定が誤りだったことの証明とされるわけだから、ほかの局面のことはまたべつとして少なくともこの話題には、およそ証明法自体としてなじんでいないにすぎないと言えるだろう。(なお数学の集合論における、「無限」の種類や、「無限」の密度や、「無限」の階層やの話題は、立論のセンスとしてかなりの精密さはそなえつつも、まさにここで小泉にしりぞけられた「世界」のみをことしているのでありしかもそのさい「宇宙」を扱っていると錯覚しているにすぎぬ話題であって——いいかえれば悪無限であるにほかなるまい。)

これらすべてにもかかわらず(カントが悪意的にのみ曲解されひきあいに用いられていることは別とすれば)、そこでの小泉による、デカルトの第三省察第一証明「私がもつ神の観念の原因は、神以外にはありえないということから、神は実在すると結論する」(一一二ページ)ことを、「世界は、限りなく多様な熱の度合いが、限りなく多様な仕方で渦巻いている場として、立ち現われることになる」(一一二ページ)との、ドゥルーズ的世界像への読みかえがこまやかになされていることそのものの価値は、減ずるものではない。

(9) 南前掲書、第八章。
(10) 新共同訳『聖書』、日本聖書協会、一九八八年、巻末逆丁一六ページ。
(11) 大貫隆・名取四郎・宮本久雄・百瀬文晃編『岩波キリスト教辞典』、岩波書店、二〇〇二年、二八七ページ(「共観福音書」の項、大貫隆項目執筆)。なおいうまでもなく、マルコ、マタイ、ルカを一括する呼称が共観福音書であり、執筆のさいの内容資料自体は、最古のマルコをもとに、マタイとルカは、マルコの記述と、マタイとルカに共通する現在は失われた「Q文書」なるイエス語録と、マタイもしくはルカそれぞれにあっての独自資料とをもとに、成りたっているとされる。またヨハネは共観福音書のいずれも見ていないとされる。同箇所、および、新約聖書翻訳委員会訳『新約聖書』、岩波書店、二〇〇四年、九一五—九一八ページ、佐藤研(マルコ、マタイ、ルカ)項目執筆、小林稔(ヨハネ)項目執筆。
(12) 前掲『岩波キリスト教辞典』、六七ページ、「イエス」の項、佐藤研項目執筆。
(13) 前掲新約聖書翻訳委員会訳『新約聖書』、九一六ページ、佐藤研項目執筆。

(14) 同、九一七ページ、ルカの神学的理念、佐藤研項目執筆。

(15) 「ナザレびと」は、ベンヤミンの「ゲーテの『親和力』」末尾でとつぜんかぎとなりつつイエスのメシア性を強調した「ナザレびと的本質」として登場し（GS. I-1, S. 200. そこではナザレ派などではなくあきらかにイエスを特定して指している）、気になっていたのだが、新約聖書翻訳委員会訳『新約聖書』八一ページ訳注二と、また、学問的でもあろうとはしつつ中立よりはやや信仰寄りであってしまっている新共同訳陣営では山内眞監修『新共同訳新約聖書略解』、日本基督教団出版局、二〇〇〇年、二八―二九ページとを両方掛け合わせてみると、マタイでのこの語が、はじめてわかってくる。すなわち、マタイは、「ナザレびと」の意味で、あきらかにそれと別語である「ナゾラびと」などという語を用い、しかもそれを旧約の預言を満たすためにイエス一家がナザレの町に身を寄せたとしながら肝腎のその旧約参照箇所が明快でない、という事実がまずあるわけなのだが、それは、キリストの出現地として当時ふさわしくなかったナザレをむりやり権威づけるために、旧約でメシアを指すものと位置づけられていたイザヤ書一一章一節の「若枝」netser から導出したナゾラびとを、そのままナザレびとと等置し、却って預言実現のひとつに逆転した、ものである。それが翻訳委員会訳より前の既訳ではたんにナザレびととのみ表記されていたのはたしかに不親切であり、またいっぽう、ここにも、マタイの「むりやり」でことわりない記述の特徴が、そもそも、凝縮的にすでに現われている、とも言える。

(16) ヨハネ福音書の作者に初期キリスト教において擬せられるキリストの弟子ヨハネは、いうまでもなくキリストの先駆者バプテスマのヨハネとはまったくの別人である。なお、レオナルド・ダ・ヴィンチが死のさい手元に残していた三枚のみの絵画がフランス王室に買い上げられたからそれらがルーブルにあるのだが、モナリザのほかの二枚は、バプテスマのヨハネを描いた一枚と、聖母子（おさなごイエスを抱いたマリア）がマリアの母アンナの膝の上に抱かれた図「聖アンナと聖母子」（つまり赤ん坊のイエスを抱いたマリアがさらに二重にアンナに抱かれている）であるが、中性的に描かれたバプテスマのヨハネと、ふくよかな赤ん坊のイエスという二人の男性を含む、計五人の顔が、すべてモナリザと同一であるのは、まことに奇観である。レオナルドは、顔はこうしかかけなかったのである。ラファエロの、ドレスデンにあるかの「システィーナのマドンナ」の、マリアが、たちの悪くないいじわるそうな表情をほんのわずかだけ含むゆえにより完璧なかわいさの、むすめむすめした意外な若さの理想的に美しいセクシーさのきわみである現代的な美少女であり、いっぽう赤ん坊のイエスは老人のような老成したほくそ笑みを浮かべており、下のふたりのちび天使が二〇世紀アメリカから世界に広まる天使像そのものの原形をあらかじめなしてそこにある（むろんドイツ語では天使はなによりも男性でのみあるわけだが）のが、しかもれいのラファエロの（プレ・ラファエリットどもの主張どころか）「ポスト・新印象主義」とでもいうべき、点描なぞでなくても純色が減らない純色陰影によって、描かれきっているのとは、気の毒だがほとんど才能上の桁においてのというべき、好対照をなしている。——それは、れいの「最後の晩餐」が、壁面に画鋲を打ち込んで遠近法の消失点となしてしまったたゆえに空間が理不尽にいびつなものとなってしまっているのを平気でいる無神経さと、あの「アテネの学堂」が視覚的に修正された均斉のとれた遠近法を用いているのとの好対照とも、軌を一にする。（もちろん、画面のなかに、一次元ごとにひとつ、三次元空間には最大縦横高さの三方向にみっつまで、消失点を実在させる、という、単純遠近法は、単純に誤っているのである。あまりこう定式化して言われないが、正しくは、「消失点は、画面の枠内の場所であっても、画面よりも奥に、画面の背後に、画面のなかには実在しない位置に、ある」のだ。もしくはより穏当にしかしほんとうはより不正確に言えば、「見ている箇所箇所について、同一次元方向であっても別々の、複数の消失点がある」のだ。このことは、中学の「美術」科で遠近法を習わされたさい、馬鹿正直に習ったとおりの描き方をしたらとんでもない画面ができあがってあやうくこっぴどい点をかっくらいそうになって慌てたことのある者ならば、ほんとうはみんなすでにして知っていなければならないはずのことなのだ。しかしそれをみんな知らない——それは、巨人吉本隆明が常軌を逸した天才だったからはじめて読みえたことなのでもなんでもなくだれもが新約を虚心にまじめにきちんと読みさえすればここで示したようにしか読めなかったはずなのをみんながたんに表面づらだけを読み飛ばしてきていた、という事情と、完全に、同断なのである。）

（17）前田英樹『倫理という力』、講談社現代新書、二〇〇一年、五三ページでは、この「黄金律」を、「緩んだ馬鹿な道徳律」と呼び、それがなぜ必要なのか、誰も徹底してはっきりさせずに、経験や習慣の法則に委ねてしまうこととなる個々人の気質や傾向に任せてしまうところから、「詭弁の如く」引き出されるとし、「黄金律」に対するこの非難の主体を、カントに擬している。むろん、たしかにカントの道徳法則によれば、この「黄金律」はじっさいに「緩んだ馬鹿な道徳律」以外のなにものでもない（それをカント自身がそうではないように誤解したわけだが）。

（18）永井均『これがニーチェだ』、講談社現代新書、一九九八年、一五四ページ以下。（なお「アンティクリスト」という用語は、ドイツ語として反「キリスト教徒」や「反キリスト教」徒のことではなく、終末論的世界観において、のちの世に現われる「反キリスト」なる男のことである。）

（19）永井均『これがニーチェだ』は、ニーチェを、「ことの真相はこうじゃあないか」と言いたてる第一空間、「力と強者と価値」を言いつのる第二空間、「もしその力、強者、価値が本物なら、それはそのように言いつのられるものの正反対でこそあり、全的肯定のみがすべてを包み込む」ことに結着する第三空間、が、とぐろを巻いてまさに相克しつつある場の、その全体である、と、読む。矛盾にみちたニーチェにあって一定の全体像を示すのに成功しつつ、かつ、第一・第二・第三のそれぞれが、系譜学・力への意志・永劫回帰、といった、キーワード圏と対応するものでもあることによって受け入れやすさの手をもおのずから差しのべて待ってくれている説ともなっていつつ、これはかなり不快な説であり、この不快さによって、私は、昔ニーチェファンだったのがここ二三年見る影もなくニーチェのありとあらゆる一文一文にニーチェ自身こそが教養俗物にほかならないあまりにもひどい俗臭を嗅ぎつけてしまってしかもそれが下手をしたら現在みずからもそこへと転落してしまいかねない教養俗物の戯画をまるで見せつけられているかのようで、ニーチェがまんならない病状態だったのから、逆に、脱することができた。つまり、ニーチェの真骨頂は、そんなきれいごとではないのだ。たがだかプロテスタントの家庭のルサンチマンに縛られたもの（だからたしかに強者の肯定は強者を言うことの不要へとは読みかえられなければならなくはあるのだが）でありつつもそれでもそれをうち破って、西欧の形而上学の全体を根底から逆転させる「体系」を、ニーチェがなんといっても構想したところにのみ、ニーチェのすばらしい点が存するのである。（なお、この永井均や中島義道は、独我論をネタに、安楽に他者から、――「日本独我論協会」などという存在がもしあればそれはことの性質上自己矛盾的な存在であるだろうなどと説明上で冗談を飛ばしているくせにまるでそれを地でいっているかのように――おかねをもうけすぎである。）

（20）また、第二批判における「〈善〉の定式」の要諦も、〈普遍的規則などクソクラエだが、このつまらない、おれでも、これだけはしないでたまるか〉というかたちとなる。南前掲書、第二章第二節。ただし「このつまらない、おれでも」という点は、第三批判の「希望」（およびここでの他力本願）との関係の整合性において、今回新たに追加した部分である。

一般的に、〈美〉そのものは、第三批判の立論領域内においては、〈善〉等の価値をものともしない点に、カントの〈美〉の把握の中心点があるのだが、三批判書をつうじて、悟性と想像力の豊かな遊びが〈真〉〈善〉〈美〉を通底するはずである構制の、つまり超越論的世界観の最中心義を検討し直すとき、そこにあるのは、「おおきな美意識」が個人の〈真〉〈善〉〈美〉をしめくくっていることとなる、さまである。

(21) 一般的には、佐々木毅『アメリカの保守とリベラル』、講談社学術文庫、一九九三年、で示されている、《「プティ・ジャスティス」を下部では代表する民主党と「サイレント・マジョリティー」を下部では代表する共和党が、上部ではきちんとした一定のみのりのある政治理念的かつ戦略戦術的な議論を深める》点や、したがってアメリカのみがじっさいに国際間の争いにおいて根本的にたんに利己的なのではなくたしかに一定度は公正でもあらざるをえない点（しかし同じところから本質的にアメリカは自国基準を世界に押しつけざるをもまたえないのではあっても）、また、江藤淳『アメリカと私』、文春文庫、一九九一年、で示されている、《アメリカに留学しアメリカ社会で暮らすことによって、私江藤淳は、アメリカがそうであるのと同様に、とうぜんに自国に誇りを持つということを学んだ》点（これがまさに江藤淳の右翼のスタンスであり、江藤における右翼の本質であるが、江藤の右翼はともかく、国対国の長期的展望を持っての誇りあるつきあいを江藤に教えた、アメリカ自身の誇り）に、アメリカの美点は、求められるだろう。

(22) ジョエル・シュマッカー監督・サンドラ・ブロック主演映画『評決のとき』、一九九六年。むろん、表面上のストーリーは、ここで主演と記したのではない白人弁護士が、このばあい偶然にも白人のみから成る陪審員たちから、白人を殺した黒人への無罪評決を勝ち取る努力、そして、その経過において、被告から、自分のこととして考えてないじゃないか、もうほっといてくれ、というようなことを言われたのが転機になって、陪審員たちにたいするキメの文句に、殺されたのが、白人の少女だったことを想像してくれ、という、想像力の喚起を案出することが、白人陪審員による最終的な無罪評決のかぎとなる、という点にある。意識的には、一昔前の白人ヒーロー映画のじつはヴァリエーションにほかならぬものとしての、白人から黒人への融和とほんとうは黒人のやや一方的な寛容というかたちでの社会的和解が、テーマであるにすぎない。（いうまでもなく陪審員は無罪か有罪かのみを評決し、有罪ならば法に照らして裁判官が量刑を行なう。法の精神における無罪有罪の根本判定を、職業裁判官なぞにまかさず市民にまかせるのが陪審制である。）

(23) エドワード・ズウィック監督・トム・クルーズ主演映画『ラストサムライ』、二〇〇三年。ズウィック監督らしさは、インディアン戦争での白人の野蛮な振舞いへの回想に集約されているのみであり、あとは全面的に「トム・クルーズの、トム・クルーズによる、トム・クルーズのための映画」であるにすぎない。トム・クルーズが、スター・ウォーズのようにチャンバラごっこがしたかったからチャンバラが出るのであるし、トム・クルーズが生半可な「武士道」「サムライ」知識をひけらかしたかったためにそれが乱発されるのであるだけである。なによりも、最後に流れるクレジットの中での、制作から主演にいたるまでのトム・クルーズがその他大勢のスタッフ・キャストをただただ従えている構図からも、それはあきらかである。アメリカ人が、独立独歩を日本に教えてくれなければならない、点が、ここでも、一昔前の白人ヒーロー映画のじつはヴァリエーションにすぎぬものとしての、アメリカ映画のほとんど宿命的なあり方を、示している。しかもここで天皇がオールグレンに教わった内容とその後の態度が、上記、江藤淳の右翼の構造とも一致していることは、江藤のアメリカ理解の「正しさ」を示すものとしても、興味深い。（むろん、そのような右翼、もしくは、属国でないという以上に排外的であるようで単純に国が立ちゆくということを述べているわけではない。さらには、パトリオティスムスの意味とほぼ正反対の、日本における「忠君愛国的愛国」「滅私奉公的公」「国粋主義」は、超短期的・超長期的のあらゆる局面で単純単調に「国益を損なう」「亡国の徒」であることは明白だから、そのやつばらを、通常一般のエゴイズムに正当にともなう健全なパトリオティスムスの立場からは、まさに、「非国民」と呼んで、排斥すべきであろう。これは、哲学思想上で練りあげられるはずの理想のゆくえいかんがむろんより重要であるのとは無関係の、エゴイズムも「国」もまるで同列に自然主義的対象物であるかのようにとありあえず放置しつつ、いながらにしての日常目先即席レベルの話である。）

（24）最も明確にそれが文字表現されているのは、吉田満『戦艦大和ノ最期』、講談社文芸文庫、一九九四年である。犬死にでないのでなく、犬死にでしかないことこそが、将来の日本社会のための捨て石としては最も大事だ、犬死に以上の意味が決してなくまさに犬死にとして死ぬのであることこそがここで死ぬ意味なのだ、という意見への収斂によってのみ、大和尉官内の意見は一致し、まるで自殺するために沖縄へ向かうに等しい馬鹿作戦に対する、日本軍で例を見ぬ騒擾化が鎮静した。

（25）佐伯啓思『新「帝国」アメリカを解剖する』、ちくま新書、二〇〇三年。文明と文化を分けること（トーマス・マンの『非政治的人間の考察』のごとき）が特殊ドイツ的な理解に過ぎぬこと、しかし逆に文明と文化を分けないことは特殊アングロ・サクソン的とも言える指摘（四二ページ）、等もそこにはある。むろん、カルスタ風の思想分解が思想理解でじっさいにありえているかのごとき学問制度内錯覚をするのは、まさに特殊アングロ・サクソン的であるだろう。またたとえば西部邁ならばアメリカにおける新保守主義とリベラル・デモクラシーという用語のヨーロッパとの逆転（＝西部によればたんなる混乱）としてこうるさい不服をとなえる現象の、歴史的由来の種々相を、ていねいに解説してくれている（一六四—二四八ページ）。

（26）佐伯前掲書二三三—二三四ページ等。

（27）枚挙にいとまがないのでいちいちは省略するが、ことに、本書第八章の、ベンヤミンによりふれられる作品や断片（GS. II-2, S. 409-438）、あるいは本書第一章で取りあげた作品や断片が、念頭にある。あえてなかでも名ざすなら、とくに小説としては「究極現実」というべき現実の消失点のレベルを有する『城』や後期の短篇、散文断章では「罪、苦悩、希望、真の道に関する考察」の諸章、断片ではベンヤミンの引く会話の、〈神の調子の悪い一日であるこのわれわれの世界の外には希望が無限にある〉（GS. II-2, S. 414）といった発想などのことが、考えられなくてはならないことになる。

（28）本書第一章末尾。

（29）注（4）でも言及した、ベンヤミンの指摘の根本。

（30）前項の、内実からしての、側面である。同箇所（ベンヤミン「フランツ・カフカ」、GS. II-2, S. 410）で、相い前後して言われているもの。

（31）マックス・ブロート『フランツ・カフカ』、辻他訳、みすず書房、一九七二年、一四四ページで、カフカが短篇「判決」の最終場面でゲオルク・ベンデマンが橋から飛び降りて溺死することを、ブロートに射精だと語ったというのは、人々によく記憶されている話である。本書第二章で、カフカの世界構造を思想構造的にとらえようとしたさいに、これを、カフカの作品空間が時差的に用意したカタルシスだととらえ、一方、本書第一章においてはアトラス・プロメテウス的な業罰の開始側面を強調することとなった。ともにただしいが、その相互の関係は、本文で述べるような事情である。

（32）本書第八章。

（33）安達みち代『近代フェミニズムの誕生——メアリ・ウルストンクラフト——』、世界思想社、二〇〇二年、一九一ページ。「エコフェミニズム」は、一九七四年にフランソワーズ・ドボンヌにより導入された概念で、つづいて、メアリ・メラーの提唱する内容として、本論中以下でふれるような主張が、紹介されている。

（34）GS. II-1, S. 203-4.

（35）南前掲書、第五章。

（36）GS. I-1, S. 172.

（37）注（4）参照。

（38）南前掲書、第二章での、位置づけ。

（39）GS. I-1, S. 195.

（40）GS. VII-1, S. 368.

（41）柴田翔『記憶の街角　遭った人々』、筑摩書房、二〇〇四年、は、その著者の二代前、われわれの三代前以来の日本の姿を、おもわず思いおこさせる名著だが、たとえばその二四五ページで、「演習で安易な訳をする学生がいたりすると」手塚富雄という人は、「ことばというものを、そう甘く見てはいけません」というようなことを「むしろ低い声で言われるのだったが、しかしそこには有無を言わせぬ威圧感があった」というぐあいの人だったというエピソードが紹介されている。生野幸吉教授は、翻訳にさいして「手塚先生は〈その一語〉を見つけなさい、ということを言われたが、〈その一語〉なんてないのでね」ということを教室でふともらされたが、まさにただただそのとおりである。たとえば沖縄を音楽的モザイクにおいて桃源入り口場所化してみせる大工哲弘CD『蓬萊行』、二〇〇三年、収録の、「標準語奨励の歌」（詞・曲不詳、一九三四年ごろ）の歌詞に、「強い身体にきれいな言葉　きれいな言葉は正しき人よ」とあるのを大工はヒュルヒュルとおもしろおかしいミュージカル・ソーの伴奏で飄々と唄ってみせるが、異化されたこの歌詞に、「きれいな言葉」のまやかしがとどめるところなく言いつくされているのであり、「きれいな言葉」のたぐいをめぐるそのような事態を知らぬのは、頭が弱い（かのように思えるが）という以前に、教養がないというべきである。「国民の煙草　新生」というはちゃめちゃな歌の元歌が、革命歌「赤旗の歌」（一九二一年）であるらしいが、そのようなことを知っているのが、ほんとうの教養なのである。ただし「教養」自体、やはり衣食同様たんにあたりまえのことであり、それ以上に振りかざして改めて論ずるようなことでもそれ以下でもない。衣食のあたりまえとは、ほんとうにうまいものの素材と料理の腕がわかり、いい服のデザインと仕立てがわかる、ということを、すべて含んでのことなのであり、そういう種類の、「あたりまえ」、なのである。むろんそれへのウンチクというようなことを言っているのではない。全身的知ではあれ、なによりも知とまでなった知であるということを言っているのだ。するとやはり、諸経験の集積でありそうなその「教養」のいちばんの元は、読書へのアンテナと読書に払った努力、読書の集積なのだ。「必読書」リストは、五十年前と比べて本質的にはたんに幾冊も増えただけであって、ふるい落とされた分はほんとうは五十年前も必読ではなかったのである。(そして、大学受験までの「受験地獄」と社会的に勘ちがいされている勉強は、じっさいは大学に入ってからこのかたの研究に要する各大学出身学者の勉強量と比べればまるで問題にもならぬほどいかばかりでもないものであり、水準としても、大学入試なんぞ、その時点でたんにゼロレベルの、出発点そのものにすぎない。若いころ、たったそのていど、みなが勉強しても、ばちはあたらない。つまり、「受験戦争」という問題は根本的にマスコミにより勘ちがいされた仮象であって、大学受験をめぐる問題は基本的にこの現代日本に存在しない、ことを、まるで言うまでもないという意味で蛇足ながら、大急ぎでつけ加えておこう。清水義範『今どきの教育を考えるヒント』『目からウロコの教育を考えるヒント』、講談社文庫、二〇〇二年、二〇〇四年、ほどの作者でも、その根底的にまっとうな教育観にもかかわらず、この点においてのみは、おそろしくたんに、転倒しているのである。)現今、百家争鳴かまびすしい、しかし本質的には単純極まりない、教養談義は、これで「論証終ワリ」。しかしなおついでにいえば、外国語の、猿まねを超えたレベルでの会話運営能力も、一意的に、その外国語で書かれた読むにあたいするの本の、高密度の、集中的読書によってのみ、養われるのである(とはいえ日本語の読むべき厖大な本を読むのに忙しくて、個人的には、ベンヤミンとカフカとカントとフィヒテとヘーゲルの一次文献以外は、留学中のほかはなかなかドイツ語なぞを読んでいるひまはない)。

あとがき

第Ⅰ部第一章では、――そのほかの章がカフカや作品の「救済」の最低限の成否自体に必要以上にてこずり苦心しているのに対し――論自体が、「救済」の最低限の非成立という事態を形式的に裏返したように成りたつかたちを選ぶことができてしまい、総まとめとしての総論をも兼ねている部分としては、かえってそのことに、うまくとりすぎていてがっぷり四つでない不満が、わずかに残った。終章で、それを少し、補足できたように、思っている。

ところで、終章で述べたとおり、法治国家、平和、法、などというものが、もしそんなものの存在を言うとしても、それがちゃんと機能を果たしているという理想（それだけの形容づけのみでも空想的に非現実な理想状態になるわけだが）としてならば、日常ではほんとうはそんなものなどまったくありもしないというのが適当であるほどの不確かさで日常をおおっているものにすぎないということ、そして、そんなものは、実態としてならば、ねじまがった専横がもつれあった作為とか集団的な過誤や気分でぬりかためられたものであるにすぎないということ、を、カフカはわかっているのである。――そこでしかし、カフカは、たんに正確であると同時に、全体像を原理的にえがきえないことにかんしては仮説を論理的にいろいろ組み立てて、堕罪や楽園や生命の木にかんしての種々の考えは、矛盾したこころみのままになっていも、するのである。また、主人公が外的世界に踏み出さずにいると虫の半身だが、外的世界に踏み出すと、世界がこんな、法になったり、また主人公が受け身でというのでなく能動的に動いても、その動きがめざす対象が、ゆきつけない城になったりということになりも、じっさいたしかに、するのである。——これは、この本体全IV部と終章で述べたような、空気のような世界、空気としての構造、そしてすでに空気存在である世界構造、という、相互に補完する観点が読みとして決定的に正しい理由であるとともに、思えば、まさしくそれらよっつ（右のダッシュ間の内容）順に、第IV部第八章第一節でまさに原理的系統的に批判した、実存主義的、ユダヤ神学的、フロイト・ラカン精神分析的、物語理論的解釈を、解釈者本人功名心一点張りの悪気でもなくじっさいにそれが正しいと信じ込みつつ喚起される、よすがに、たしかになっているのである。ここまで論じてきて、改めてこの符合に気づき、驚く次第である。

なお、ブロートの編纂した旧来の全集が、思いのほか、新批判版によっても、本質的な変更を見ないことに、びっくりする。（まあ、それで本質的な変更を見てしまうのだったら、つい最近八〇年代までに読まれてきた「カフカ」は、読まれてきた理由ともども、なんだったのだ、ということにもなってしまおうが。）句読点など、たとえば絶大の権威を誇ってきた岩波の校閲批判版の漱石全集が九〇年代の最新改訂のさい、思いのほか多くの変更を受けた、そのレベルの変更に、むしろ新批判版カフカ全集はとどまっている。（ブロートが意図的になしたことがらはもともとブロート自身が多くはちゃんと断っており、ブロートがカフカから直接聞き書きでなしたという、生原稿には残りえないがテクスト校閲上は当然の正統性ももたずにはいないものだって、ある。それがまた、後年になって思い出してからなしたものもあるからやっかいなのだが、それだって、たとえばテクノロジーの発展上で或るものは記録性を保てずに記録注記として現在は消滅してしまっているが記録事実の伝来はあるような、そういうものと、ほんらい、同列のことがらだろう。）ブロート自身が自身の解釈として述べているカフカ読解となるとまたとたんに荒唐無稽でもあるのだが、カフカの直接述べていた章配列等、ブロート版の相当程度の正確さと得難い資料性は、非難や、新版への早合点の変更よりも、むしろ再評価されていいだろう。

さて、或る美が、批評によって或る具体的な真理内実として解きあかされる、ものであるとしても、そのベンヤミンの説は、たとえばシェリングやハイデガーのような、美が、もしくは芸術が、哲学的な真というものの（バウムガルテン的に感性的というだけでなくて感性理性一致的な）表出態であるとか、哲学的な真というものの（感性理性一致的な）開示であるとか、いうことを、意味しない。真、善、美、それぞれが、あくまでカント的に（それをカント的とはベンヤミン自身は言わないだろうが）、とりあえずそれ自体としては別の原理によって成りたっているのであるし（即述のように深いところで美がそれらをしめくくる構制もあるとはいえ）、カント自身は美の理論において芸術をほとんどまじめに扱うにはいたらなかったが、芸術美というもの自体が、また、美的側面と思想的側面の複合体でもある。カフカの作品は、本論全Ⅳ部に終章を含めた全体において、救い出しえた、もろもろの要素によって、細かな砂金の粒々をばらまいたような星々であるかのようなぐあいに、美としてもまた、成り立ちえているだろう。

カフカは、四一歳の誕生日を前に、亡くなっている。現代人は荏苒、よわいを重ねて永らえるのが通常だから、あまり年齢のことなどとやかく気にしてもしかたなくはあるのだが、それにしても、自身よりも、ちょうどすでに若くなってしまった作家の細部（というのも、ここでは日記や手紙を総じて扱い残していることになるので、さらにじっくり目を向けるとしたらその方面になることとなる）に、いつまでもしがみついているのも、どうかと思われる。博士課程に進学して以来、どうにか、読みをここまで進めてきたわけだが、これで系統的に一段落ついたことでもあり、カフカに関しては、しばらく、はなれることにしたいと思う。

だから、これは、青春への惜別の書である。

本書の成立にさいしては、カバーのヨハネス・イッテンの絵の選定（意気投合）にいたるまで、本書前編である同時刊行の『意志のかたち、希望のありか――カントとベンヤミンの近代――』同様、人文書院の谷誠二編集長に、はなはだ辛抱づよくおつきあい頂き、たいそうお世話になった。深く感謝申し上げたい。

初出一覧

第Ⅰ部

第一章　空気と世界構造　『クヴェレ』第五二号、二〇〇一年一二月

第Ⅱ部

第二章　変成とカタルシス　『現代思想』第一五巻第一四号、一九八七年一二月

第三章　機構と彼岸の女性像　東京大学『ドイツ近代における女性論の展開と文学作品に現れる女性像の変遷』、一九九二年三月

第四章　イメージの初源と終焉　『モデルネ、美と歴史への挑戦――ドイツ語圏のディスクルス――』（「クヴェレ叢書」第一一巻）、鳥影社、二〇〇二年七月

第Ⅲ部

第五章　女へ　京都工芸繊維大学『人文』第四〇号、一九九二年三月

第六章　空虚でたのしい走行　京都工芸繊維大学『人文』第四一号、一九九三年三月

第七章　凝固と反転　京都工芸繊維大学『人文』第四二号、一九九四年三月

第Ⅳ部

第八章　真理と正義　『希土』第二七号、二〇〇二年三月

第九章　ベンヤミンのヘルダーリン論または『海辺のカフカ』　『クヴェレ』第五三号、二〇〇三年一二月

第十章　カフカとベンヤミンにおける彼岸的なものの近代的位相　『希土』第二九号、二〇〇四月四月

まえがき・序章・終章・あとがき　京都工芸繊維大学『人文』第五一号、二〇〇三年三月

著者略歴

南　剛（みなみ・つよし）
1959年　広島県に生まれる。
東京大学大学院人文科学研究科博士課程満期修了。
ドイツ文学専攻。
現在、京都工芸繊維大学助教授。

ISBN4-409-14059-0 C1098

空気《くうき》のような世界《せかい》、空気《くうき》としての構造《こうぞう》
――カフカより孤独に――

二〇〇五年四月一〇日　初版第一刷印刷
二〇〇五年四月二〇日　初版第一刷発行

著　者　南　剛
発行者　渡辺睦久
発行所　人文書院
〒六一二-八四四七
京都市伏見区竹田西内畑町九
電話〇七五・六〇三・一三四四
振替〇一〇〇〇-八-一一〇三

印刷　創栄図書印刷株式会社
製本　坂井製本所

落丁・乱丁本は送料小社負担にてお取替いたします